胖妞秀色可餐

上

風文創 697

一筆生歌 著

風文創 697

目錄

序文

一筆生歌

《胖妞秀色可餐》描述的是一個穿越成極品農婦的女孩，憑藉自己高超的廚藝，努力改變生活而獲得幸福的故事。當初為什麼會寫這本書呢？說來也滿好笑的，因為有天晚上我做了個夢，醒來後便把這個夢轉化成自己筆下的故事。

看書是我的一大愛好，體會書中人物的喜怒哀樂，感受他們的悲歡離合，這過程對我來說非常舒服、愜意，我很享受它。然後，我便也愛上了在自己的精神世界裡無拘無束、天馬行空，經過腦子加工一番後，成為一個個非常吸引人的故事，寫入自己筆下，與無數讀者一起分享，這種分享讓人無比滿足、幸福。

也正因為如此，我才會熱愛寫作，熱愛將每一個幻想、每一個夢轉化成筆下的故事，這本書也不例外。

至於這本書是怎樣的夢呢？有天晚上，我夢見自己穿越到古代，變成一個超級胖、超級醜，而且性格非常極品的村婦，丈夫厭惡，兒子也厭惡，全村的人都不喜歡，簡直人人喊打，不管自己怎麼解釋自己不是原主，大家都不相信，繼續遭受到大家的鄙夷。我的心裡無限委屈，然後我便發誓，一定要證明自己是不同的。

只不過，還沒來得及改變，夢就醒了。醒來後，除了心有餘悸，還遺憾自己沒有改變，讓大家刮目相看。

為了彌補這份遺憾，我決定將這個夢寫成一個故事與大家分享。於是，我便思考，如果我真的穿越成這樣的人，我該怎麼改變自己呢？

我想，我不能坐以待斃，必須要逆襲，不光要減肥變得美麗，還要憑藉自己的能力發家致富，做一個讓人欽佩的人，最終收穫屬於自己的幸福。

我覺得這個故事很有意義，逆襲的過程雖然艱辛，但不論是在故事中還是在現實生活裡，這種由失敗一步步走向成功，是每個人都嚮往追求的。

主角的手裡握著的是一副爛牌，可她不放棄，用努力和汗水改變自己，最後變得光彩無限。我希望這故事讓讀者看得開心的同時，也能夠激勵讀者，讓讀者像主角一樣努力不懈，以積極的態度面對人生，勇敢地改變自己，傳遞人生的正能量。如果看到這本書的人體會到了快樂和積極，那麼這樣我也算是一個成功的作者了吧！

第一章 穿越

夕陽西斜，在天邊映出火紅的雲彩，煙囪裡冒出裊裊炊煙，伴隨著狗叫聲和孩子們的歡笑聲，組成一幅靜謐溫馨的田園風光圖。

要是擱在平時，李何華肯定會感慨這田園風光的美好，可現在，她卻沒有絲毫欣賞的心思。

她現在只想說一句：夭壽哦！

望著面前用籬笆圍成的院子，還有周圍完全陌生卻又不同於現代的一切，李何華終於相信，她這是中大獎了。

因為她——穿越了！

多麼魔幻的名詞，小說裡才存在的事情，竟被她給碰上了；可是不管多麼難以置信，在抓狂了大半天後，她還是不得不接受這個事實。

她不知道自己穿越到什麼朝代，因為腦子裡除了自己的記憶，其餘一片空白，她想了好久，還是什麼都沒想到。

李何華撫了撫額頭，忍不住嘆氣。為什麼她一點都沒有繼承原主的記憶呢？

腦子裡的空白讓她挫敗地敲了敲腦袋，忍不住喪氣地低下頭，這一低頭，就再次看見自己現在的樣子，忍不住「哦」地叫了出來。

不論看過多少次，她都接受不了現在這副身體的樣子啊！

她這到底是穿到什麼人身上啊！為什麼古代會有如此胖的女人？村裡的女人不是都應該吃不飽嗎，什麼時候生活條件好到能讓人長得如此胖？

這副身軀，目測身高沒有一百六，可體重起碼有八、九十公斤，臉上一摸都是橫肉，脖子也不見蹤影，全被肉占據了。仔細一數，肚子上的游泳圈足足有四、五層，兩條腿更是典型的大象腿，這副樣子真是胖得無可救藥。

唉，穿越就算了，為什麼她會穿越到胖子身上啊？

想當年，她一直對自己的身材引以為傲，現在好了，一下子就讓她從瘦子變成個大胖子，她感覺心都痛了。

誰能告訴她，這到底是哪裡？原主是什麼人？叫什麼名字？原主有家人嗎？

心裡一大堆的疑問想要尋求答案，可惜的是，沒有人能夠回答她。

她從醒來到現在已經有大半天時間了，可這屋子裡卻只有她一個人，這其間沒有任何一個人出現過。

這讓她不得不猜測原主是一個人獨居，可古代女子獨居不是很奇怪嗎？難道原主是個寡婦？還是失去雙親的孤兒？

咕嚕、咕嚕……

這時，一陣響聲從肚子裡傳來，引得李何華低頭看向自己的胖肚子。肚子餓了。

從她醒來到現在這麼長時間，只顧著想事情，壓根兒沒想起來要吃飯，肚子這麼一叫，才感覺到餓得不得了，好想吃點東西。

算了，以後再慢慢弄清楚吧！先弄點東西吃好了。

李何華捂著肚子，艱難地站起來往廚房走去。

廚房就是個茅草房，裡面是典型的農村鍋灶，中間豎著根大大的煙囪，灶臺上的兩個大鍋用來做飯。

雖然現代已經很少有這種土灶了，但是作為整日和美食打交道的人，這種土灶她還是會用的，燒火、做飯還難不倒她。

在廚房的櫥櫃裡找了一圈，結果只找到了半袋糙米，還黑糊糊的，除此之外，什麼糧食都沒有。

完了，現在是連吃的都沒有了。

正想著該怎麼辦，肚子又不爭氣地叫了起來。算了，糙米就糙米吧！黑就黑吧！先弄點吃的填飽肚子再說，不然可能會被餓死。

首先要把米淘一淘。她找了半天，才在廚房裡找出一個可以用來淘米的盆子，可這盆子卻黑黑的，上面不知道附著什麼污垢，一看就髒得很，看得她差點反胃。

看來在做飯之前，她得先把廚房打掃一下，不然做不下去。

正好旁邊就是一個大水缸，李何華伸手揭開水缸上的蓋子，正準備去舀水，卻悲慘地發現，水缸裡一滴水都沒有。

「唉……」她現在百分百確定，這原主一定不是個勤快的人，要不然不會把廚房弄得這麼髒，水缸裡也沒有一點水。

這下好了，在打掃廚房之前，她得先去打水。

李何華拿起放在水缸邊的水桶朝門外走去，院子裡沒有水井，那就肯定要去村裡公用的水井裡打水。

走出門外，李何華的腳步頓住了。呈現在眼前的全是古色古香的鄉村建築，不遠處，幾個在玩耍的孩子身上也是穿著古人的衣服，儘管知道自己穿越到古代，可直到現在才有種真實感。

就在李何華發愣時，正在玩耍的幾個小孩發現了她，立刻跑近兩步，離得不遠又不近，然後齊齊指著她叫了起來。

「大肥豬、母老虎，家有個壞潑婦……大肥豬、母老虎，家有個壞潑婦……」

「……」這群孩子是在說她嗎？大肥豬？母老虎？還壞潑婦？

李何華倒沒有生氣，畢竟知道這群孩子是在罵原主，並不是在罵她。不過透過這群孩子的話，她不得不猜測，原主難道真如孩子們所說的是個母老虎和壞潑婦？那這人品也太差了吧！

遠處叫嚷的孩子們見李何華站在那裡不動彈，並沒有像以前那樣把鞋子脫下來追上來打他們，紛紛覺得奇怪，不由停止叫嚷，面面相覷。

「你說她怎麼了？怎麼不來打我們了？」一個小孩子問周圍的小夥伴們。

大家都很疑惑，以前他們這麼做，那個大肥婆都會追在他們後面打，雖然她胖得追不上他們，可每次都會追到跑不動了才停下來開始罵人的呀！

今兒個是怎麼了？

另一個孩子不由道：「要不，我們去看看她怎麼了？」

有個孩子立刻反對。「不行、不行，萬一被她抓住就慘了，她打人可狠了，你看書林被打的樣子就知道了。」

幾個孩子想起書林傷痕累累的樣子，齊齊打了個冷顫，再不敢上前，只站在原地看著。

李何華心想，很好，又瞭解了些原主的樣子，只不過，都不是什麼好的。

不過，這幾個孩子的出現倒是提醒了她，她可以將孩子們當作一個突破口，向他們問一些想知道的事情，反正他們也不會懷疑什麼。

想到這裡，李何華調整了下面部表情，換上一個自認為最和善、友好的笑容，朝著那群孩子們走近。「孩子們，我想問……」

話還沒說完，那群孩子就像見到什麼怪物一樣，一下就跑了，而且跑出去老遠都不帶停的，邊跑還邊喊。「快跑啊！壞潑婦來啦！」

李何華無語，再不敢上前一步。

那群逃跑的孩子本還以為可以看到她氣急敗壞追著他們的樣子，可是跑出去老遠了才發現她並沒有追上來，再一次傻眼。

幾個孩子互相看了看，慢慢試探著又往回走了一點，看她依然不動，又走近一點，直到走到一個不遠不近的安全距離，便不再動了。

李何華也不動，她就要看看，這群小屁孩要怎麼辦？

雙方僵持了片刻，最後，還是那群孩子先堅持不住，有個看起來格外壯實的孩子伸手指著李何華，問道：「妳怎麼不來打我們了呀，大肥婆？」

李何華就跟沒聽到一樣，繼續不動彈。

這孩子急了，又問了一遍。「大肥婆，妳是不是傻了！」

眼看有戲，李何華眼珠子轉了轉，撇撇嘴，裝作一副不屑的表情，說道：「我才不和你們這群笨蛋說話呢！」

這話一出，孩子們都生氣了，脫口反駁。「妳說誰是笨蛋呢！妳才是笨蛋！」

李何華更不屑了，翻了個白眼。「你們不是笨蛋？好，那我問問你們，知不知道我叫什麼名字啊？」

其中一個男孩立刻昂起頭。「我們怎麼可能不知道？妳叫李荷花！」

李何華暗驚。沒想到原主竟然叫李荷花，和她的名字這麼相近，這是巧合嗎？

壓下心裡的驚疑，李何華裝作一副問題被回答出來的氣急敗壞樣，好像很不服氣地繼續問：「那你們知道我家有幾口人嗎？」

孩子群裡立刻有個孩子回答。「妳家有兩個人。」

另一個孩子馬上反駁。「不對、不對，她家有三個人！」

又一個孩子出來反駁。「都不對，她家一共有五個人！」

李何華都聽糊塗了，原主不是一個人嗎，怎麼好像還有很多家人的樣子？那家裡其他人呢？醒了大半天可是一個家人都沒見到啊！

李何華還想接著套話，誰知被一個婦人打斷了。

「李荷花，妳要幹什麼？是不是又在欺負孩子們！」

說話的是一個三十來歲的女人，正一手牽著　個孩子，雙眼怒視著她，好像在看一個十惡不赦的大壞蛋。

「我……」李何華不知道該怎麼解釋？

看她說不出話來，婦人以為她是心虛了，冷哼一聲，對孩子們道：「你們快回家吧！不要去招惹她，免得被她打死！」說完拉著自己家的孩子走了。

徒留李何華在身後無語哽咽。

算了，下次有機會再多套點消息吧！現在還是先去打點水。

想到打水，李何華愣住了，繼而狠狠敲了敲自己的腦袋。她剛剛還沒來得及問水井在哪兒呢！這要她去哪兒打水啊？

舉目四望，周圍已經沒有人了。這個時間應該都在家裡吃晚飯吧！看來是找不到人問去哪兒打水了，只能靠自己找。

李何華拎著水桶，順著村裡的路走，直走到盡頭也沒發現水井；她又掉頭，往反方向走去。這次運氣不錯，終於在東邊的村頭發現一棵大樹，樹底下是一個大水井。

李何華趕緊拿起放在井邊的繩子套在木桶上，將木桶放進井裡，放倒木桶，等桶裡差不多裝滿一桶水時，開始向上提水。

結果提了半天沒提起來，真的是太重了。

李何華不由望了望這副身子上的肉。這肉真的是白長了，竟然連一桶水都拎不上來。沒辦法，只好將水桶裡的水倒掉一點，等只剩大半桶的時候，終於勉強拉了上來。

將水桶放到井邊，李何華鬆了口氣，用袖子擦擦額頭上的汗，小歇了一會兒，這才深吸一口氣，用力拎起水桶，朝來時的方向走回去。

只不過到家時，桶裡的水只剩下一半了。

拎了半桶水回家，李何華就癱坐在椅子上起不來了，喘得厲害。

這副身子真的是太胖了，不僅胖，還比一般的胖子虛弱很多，稍微動一下就喘得不行，幹什麼都不索利，一看就是常年好吃懶做、沒有運動量造成的。

唉，真的好想念原來身輕如燕的感覺啊！

不行，必須要減肥！以後這副身體就是自己的了，她可受不了這樣，所以她必須要瘦下來，重新變得苗條。

想要減肥，飲食和運動必須雙管齊下。飲食上她倒不擔心，因為家裡除了糙米就什麼都沒有了，想長胖也沒得長。

至於運動，她每天多去打幾桶水，從家裡到水井那段路程可不近，一天連續拎個十來桶，就相當於跑步一個小時，她還可以每天睡前做點瑜伽，這樣運動量應該很可觀，長期堅持肯定能瘦下來的。

安排好之後的減肥計劃，李何華瞬間輕鬆了些。人活著就得有目標，來到這裡已是事實，想回去也不可能了，那就只能努力在這裡生活，讓自己變得越來越好，也不算辜負再一次的生命。

給自己比了個打氣的動作，李何華站了起來，準備去幹活。

拎著水來到廚房，第一步就是先倒一點水進盆子，開始仔細刷這個髒兮兮的盆子。這盆子實在太髒了，李何華只能忍著噁心感拚命刷洗，整整洗了三遍才把盆子洗乾淨。

接著，李何華去房裡找了一件爛得不能再爛的衣服出來當抹布，蘸著清水，開始給廚房大掃除，從灶臺到櫥櫃，一個不落。

對她來說，哪裡不乾淨都行，就是廚房不能不乾淨。廚房不乾淨，她渾身都不舒服，連做飯的心情都沒有了，這大概是每一個跟美食打交道的人的通病吧！

一直到將打回來的水用完，廚房也沒有徹底刷乾淨，她只好又拎著水桶去井邊打了一桶水回來接著清洗，直做到天黑，這才將整個廚房打掃乾淨。

看著跟之前截然不同的廚房，李何華滿意地點點頭，心裡充滿了成就感，這才開始準備自己的晚飯。

其實也沒有什麼好準備的，只要將糙米淘洗一下，然後放水進鍋裡煮成粥就行了。土灶燒飯很快，不一會兒糙米粥就煮好了。李何華藉著燒水的火光，在廚房草草吃了兩碗粥，再用燒好的熱水洗漱一下，這才拖著疲憊的身軀爬上床。

房裡沒有任何亮光，只有窗外的月光投射進來，讓房間不至於完全黑暗。

李何華看著窗外，思緒不禁飄遠。

她在現代已經死了吧？最後的記憶是朝她瘋狂駛來的大貨車，然後就是滿目的紅。那種情況下，神仙也救不活，所以，她的靈魂才來到這裡，進入這副身體。

來到這裡後，她唯一放不下的就是家人了，父母知道她不在了，會如何地傷心？還有爺爺，老人家那麼疼愛她這個小孫女，不知道能不能接受得了她離世的事實？幸好還有哥哥在，哥哥那麼堅強、那麼厲害，肯定會好好處理家裡的事。不過，哥哥也會很傷心吧？畢竟，全家最疼她的其實就是哥哥。

想著、想著，李何華的淚不由自主地流了下來，她趕忙用手擦去。

不能哭，要堅強，就算隻身一人在這異世也要好好的，就算家人不知道，她也要讓他們安心。

強迫自己拋開那些悲傷的情緒，她開始思考現在的情況。現在唯一知道的，就是原主叫李荷花，家裡還有其他家人，目前看來為人不是很討人喜歡，其他的就什麼都不知道了。

所以接下來她要做的，就是盡可能地多打聽原主的事，不要露餡，等站穩腳跟後再看看接下來該怎麼辦？

第二章　丈夫

第二天，李何華醒來時已是天光大亮，太陽升得老高，目測大概已經九、十點了。

李何華趕忙從床上爬起來，將頭髮梳理一下後，去廚房舀了點水洗漱，然後淘了一點糙米繼續煮粥。

她硬著頭皮喝下兩碗糙米粥後，便拿起水桶去打水。

不過，當她拿著水桶出去時，立刻就後悔這時候來打水了。

昨天是晚上去打水的，沒遇到什麼人，可現在是大上午，村裡人來人往，好多村人正坐在大樹下聊天，當他們看見李何華拿著水桶要去打水，全都盯著她看，那目光裡有鄙夷、有驚奇，還有厭惡，看得她如芒在背，恨不得立刻隱身。

天啊！原主到底是什麼人，怎麼人人都對她不太友好的樣子，就連小孩子都討厭她，她到底是怎麼做到的啊？

頂著如刺的目光，李何華假裝淡定地走過去，直到來到很少有人的村東頭水井邊，才深深地鬆了一口氣。

不過，這口氣鬆得太早了，因為此刻水井邊正站著一名婦人，也用厭惡又鄙夷的目光看著她。

這婦人大概四、五十歲的樣子，身軀很瘦，身上的衣服空盪盪的，臉上的皮微微耷拉著，襯得一雙眼白過多的眼睛更加苛刻，看著她的樣子，好像恨不得吃了她，一看就是不好惹的主。

李何華可以確定，這人和原主的關係絕對不太好。

就在她還沒想好該用什麼表情面對這婦人的時候，這婦人就先一步開口了。

「喲，今個兒太陽打西邊出來了，妳這樣的貨色還來打水？莫不是做給別人看的吧？哼！」

一股濃濃的諷刺之意撲面而來，讓李何華不知該反擊還是不要理會？很明顯，眼前這婦人對原主滿滿都是惡意，也不知道是不是和她有什麼過節？

不過，她要是貿然開口說錯了什麼，很可能會引起這人懷疑，畢竟對方是大人，可不像小孩子那麼好糊弄，所以李何華像是沒聽到這婦人的話一般，拿著桶子直接來到井邊，拿起繩子套在桶上開始打水。

這樣不理人的態度，無疑讓婦人覺得被打了臉，頓時惱怒異常，開口說的話比剛剛更加尖酸。

「妳裝什麼呢！誰不知道妳是個什麼貨色，不就是看鐵山回來了，怕他把妳休了是吧？我告訴妳，就算妳裝，他也會休了妳，娶到妳這樣的女人，可真是倒了八輩子楣！」

這話說得很難聽，不可謂不誅心，不過李何華卻沒有該有的義憤填膺，因為她知道，這人嘴裡說的並不是她，而是原主。

她在意的其實是這婦人話裡的意思。從她說的話裡能知道，原主已經嫁人了，有個丈夫叫什麼鐵山，之前應該是不在家，現在回來了，而且原主丈夫貌似要休了原主，兩人的感情肯定不好。

不過，原主的丈夫怎麼不見人影呢？她都來了兩天，整個屋子一直只有她一個人，這到底是怎麼回事？

李何華不知不覺陷入了思考，可這樣子在婦人眼裡看來，簡直就是不將她放在眼裡，這讓她的怒氣再次往上冒，惱怒之下，想也沒想就伸手推了李何華。

李何華正在想原主的事情，完全沒防備，這突然一推，讓她瞬間失去支撐，往前倒去，而她的面前正是這口大井！

要是掉進井裡，那可就沒命了！

李何華的心都要跳出來了，求生的本能讓她先於大腦做出了反射動作，以超越肥胖身軀的靈敏度，一把抓住井邊的石磚不放，連手指被磨出血了都感覺不到，只知道死死抓住。

在確定自己穩住之後，李何華慢慢起身，一點點挪到水井旁邊，遠離掉進去的危險。此刻，她才覺出背上出了一層冷汗，心跳像是要蹦出心口，雙手也疼得不得了，低頭一看，手指正流著血，是被磚磨的。

而這一切的罪魁禍首，正是身邊的這個婦人。

李何華的眼神一下子冷了下來。

之前不管這人說什麼，她都可以不計較，因為她知道那說的是原主，有可能的確是原主不好；但現在這婦人的所作所為，已經威脅到她的生命安全，剛才要不是她抓住磚頭，她早已經掉下去了。

李何華直直地看向婦人，眼神是從來沒有過的凌厲。「妳現在向我道歉，這事就算了。」

婦人也沒想到會差點把李何華推下去，她只是太生氣了就隨手一推，哪知道會這樣。剛剛看她要掉進井裡，她也嚇得心臟都要停了，幸好最後沒事，她在心裡大大地鬆了一口氣。此刻見她沒事，她便不怕了，指著李何華的鼻子，喝道：「我呸！還想我給妳道歉？是妳自己活該，誰讓妳那麼胖，自己站不穩！」

李何華從來沒有這麼生氣過，在她活了這麼多年的人生裡，很難有什麼事能讓她特別生氣，可是此刻這婦人的行為卻讓她無比惱怒，氣得她根本不想再忍。

她快步走上前，以牙還牙地伸出手也推了這婦人一把，直接把她推得往後退了好幾步，踉踉蹌蹌地摔在地上。

婦人難以置信地瞪向李何華，聲音尖利得好像能刺破人的耳膜。「妳、妳竟敢推我？妳這個賤人，我要跟妳拚了！」說著就要衝上來打人。

李何華直接將手邊的桶子提起來，朝著婦人扔去，只聽「咚」一聲，婦人被木桶砸了個踉蹌，差點又摔倒。

李何華冷眼看著婦人扭曲的臉。「我告訴妳，妳最好別惹我，若把我惹急了，我就跟妳拚了，看是妳打死我還是我打死妳！」

李何華話裡的決絕和狠辣，讓婦人不由自主地瑟縮了下，下意識停下想上去廝打的動作，眼神看向李何華的身材，再想想自己的身子，心裡估計著打起來討不了好，硬碰硬只可能是自己吃虧。

婦人眼珠子轉了轉，突然往地上一坐，拍著自己的大腿，開始號哭。「哎喲，我的命好苦啊！李荷花欺負我個老人家啊！都來看看啊，來給我做個主吧！我這個老人家要被打死了啊——」

婦人突然的變臉讓李何華傻了眼，一時反應不過來。剛剛還恨不得上來撕了她的人，此刻卻哭得好像自己多傷心似的，過了片刻，她才明白這人是在耍無賴。

難道這就是傳說中的一哭二鬧三上吊？

不過，她可不想搭理這人，就讓她自己在這號吧！她不奉陪。她拿起水桶，打了大半桶水後就往家裡走去，絲毫不在意身後的婦人。

到家後，她將水桶裡的水倒進水缸，便決定不再去打水了，還是等黃昏沒人的時候再去吧！

昨天將廚房打掃乾淨，今天就來打掃房間吧！原主的房間像豬窩一樣，要不是沒辦法，她根本不想待在房間裡。

李何華用盆子裝滿半盆水，又找了塊抹布，開始擦拭房裡的東西，也順帶將一些胡亂擺放的東西好好收拾整齊，又將一些沒用的東西扔了出去；等擦好之後，又拿掃帚將地面仔細地掃了一遍。

別看這房間不大，打掃起來卻不輕鬆，累得她汗流浹背，身上的衣服都濕了，人也不住地喘氣。

不過看著乾淨多了的房間，她心裡還是很高興的。

李何華將床上不甚乾淨的床單和枕巾全都撤下來，放到洗衣服的大盆裡，將盆子搬到院子裡準備開始洗。

就在她打算去找根洗衣服的棒槌時，屋外響起一陣嘈雜聲，緊接著是一聲怒喊。「李荷花，妳給我出來！」

還不等李何華出去，院子裡突地進來好幾個人。

李何華注意到，剛剛在井邊的婦人也在這群人裡面，此刻正抹著眼淚呢！

呵，很明顯這是來尋仇的，看來是打算惡人先告狀。

為首是一個二十多歲的男人，一進來就指著李何華，怒道：「李荷花，妳竟然敢打我娘，我看妳是活膩歪了！」

另一個男子也跟著怒喝。「今天妳要是不給我們一個滿意的交代，我們要妳好看！」

李何華眉頭皺了起來，甩甩手上的水。「你們要怎麼給我好看？我做什麼了？你們給我好好說清楚！」

第一個說話的男子喘了口粗氣。「妳還問怎麼了？好不要臉的女人，妳打了我娘，還問我們怎麼了?!」

「呵！」李何華冷哼一聲。「你哪隻眼睛看見我打你娘了？你們誰親眼看見了？看見的站出來跟我說說。」

周圍的人面面相覷，因為的確沒人看見。

正在哭的婦人神色一僵，心裡暗暗奇怪。這李荷花今天怎麼變聰明了，以前她都是直接撒起潑來啊！今天怎麼還想起來要什麼證人？

可是不管怎麼說，今天她都不會讓這賤人好過。

婦人眼珠子一轉，嗚咽起來，抓住自家大兒子的胳膊。

「柱子啊！你可要給娘討個公道啊！李荷花她真的打我了，還使勁地推我，可憐我一把老骨頭差點就起不來了，嗚嗚……」

吳大柱拍拍自家老娘的手。「娘，您放心，我一定要她給您一個交代！」說完怒視著李何華。「妳這個潑婦，打了人還不承認是吧！我娘說妳打她，妳還要狡辯什麼？」

李何華絲毫不懼。「真是笑話，你娘說我打她，那就是我打她了？那你娘哪裡受傷了，給大家看看呀！」她剛才壓根兒沒有傷到這婦人，她倒要看看如何說她打人了？

婦人眼看不好，立刻抹了抹眼淚，哭訴道：「妳使勁推我，將我推倒在地，妳說傷在什麼地方？這傷的地方妳讓我如何給人看？妳安的什麼心！」

李何華終於見識到什麼叫無恥了。好，既然她無恥，那麼她也不客氣了。

李何華伸出剛才血淋淋、現在被水泡得越發嚇人的手。「好，那妳打我怎麼說？妳把我一雙手都打破了，咱們就來好好清算一下。」

婦人看見李何華的手，眼神縮了縮，下一秒大聲反駁。「妳胡說！我什麼時候打妳了？這是妳自己弄傷的！」

李何華呵呵一笑，將剛才吳大柱的話原封不動還了回去。「打了人還不承認是吧？我說妳打我了，妳還要狡辯什麼！」

「妳！」吳家的人都被李何華的話噎住了。

就在這時，人群中不知道誰喊了一句。「鐵山來了！」

下一秒，人群讓開一條道，一個漢子從外面走了進來。

李何華只看了來人一眼，心裡就忍不住喝了一采。

好Man的男人啊！目測起碼有一百八，身形高大又結實，劍眉星眼，輪廓分明，古銅色的皮膚更為他增添一絲味道，渾身上下充滿著男人味。

真沒想到在這個小村子裡，還有這麼出色的男人。

其實李何華這個人有個特點，只要是相熟的人都知道，那就是她是個標準的顏控，也是外貌協會的資深會員。對於好看的人，也不是說會動心，就是純粹地喜愛和欣賞，忍不住想多看兩眼。

她這個毛病都不知道被好友們吐槽多少遍了。

就在李何華快看呆的時候，剛剛那婦人叫了一嗓子，將她叫回神。

「鐵山啊，你終於來了，你可要給我個交代啊！這李荷花真的是欺人太甚，將我女兒害成那樣還不夠，現在還打我這個老婆子，你不能不管啊！」

李何華沒來得及仔細思量婦人所說的話，只抓住剛剛漏掉的一個重要訊息：這個男人叫鐵山！之前這婦人就提過，她有個丈夫叫鐵山，難道就是他？不會吧！這樣的男人怎麼可能娶原主這樣的女人呢？一看就不般配啊！

就在李何華神遊時，張鐵山也在看著她，見她像是絲毫不以為意的樣子，拳頭緊了緊，深吸一口氣，壓下心裡的怒氣，沈聲說道：「嬸子，這事情真是對不住，我會教訓她的，您看要怎麼賠償，給我說個數吧！我賠給您。」

此話讓婦人眉宇間的神色上揚了幾分，得意地斜了李何華一眼，對張鐵山語重心長道：「你是嬸子看著長大的，嬸子還能要你的錢嗎？只是不是嬸子說呀，這女人真的是要不得，不然還不知道要把你拖累成什麼樣呢！你趕緊休了她吧，這樣的害人精不能留啊！」

張鐵山沒有回應婦人的話，只是道：「嬸子，該賠償的還是要賠償的，您看，三十文夠不夠？」說著就掏出三十文遞給婦人。

婦人看著遞到跟前的錢，有點猶豫，不過在一旁的吳大柱卻一把將錢推了回去。「鐵山，我們是一起長大的，怎麼能要你的錢？我們只是來要個賠禮道歉的，你家這女人簡直太過分了，這錢你拿回去，要是給錢，就是不認我這個兄弟。」

看吳大柱執意不肯要，張鐵山也不想繼續拉扯，將錢收了回來，繼而眼神凌厲地看向李何華，說出口的話又冷又沈。「還不快給婦子道歉！」

李何華本來對張鐵山的好印象因為這一句話開始消失。這男人不是原主的丈夫嗎，怎麼什麼都不問就斷定是她錯了，還一來就讓她道歉，有這樣的丈夫嗎？

看來，原主的丈夫也很不喜歡她。

但是，這事情不是她的錯，她不可能道歉。

李何華的神色也冷了下來，無懼地看著張鐵山。「我有什麼錯，你就讓我道歉？她說我打她就打她了？那她將我的手傷成這樣怎麼不說？有你這樣不分青紅皂白的嗎？」

張鐵山還沒說話，婦人就搶著道：「妳別胡說八道，妳這個傷可不關我的事，我一個老婆子怎麼可能打得過妳？妳看看妳的身形，再看看我的身形！」

周圍的人看著兩人的身形，紛紛贊同婦人的話，再加上原主李荷花之前的所作所為，大家都選擇站在婦人這邊。

「肯定是李荷花誣衊，她這人就是不講理！」

「對啊！她這樣的人不欺負別人就不錯了，誰還能欺負她？」

「這李荷花真是越來越壞了……」

李何華聽著周圍人的說話聲，心裡頓感無力。原主做人真的是太差了，竟然沒一個人願意站在她這邊，連帶現在也沒有人肯為她說話，就連原主的丈夫也是。

第三章　懇求留下

張鐵山聽著周圍人的話，臉色越來越難看，又見李何華一副壓根兒不願意道歉的樣子，心裡更是火大。

這個女人真是什麼噁心事都能幹得出來，他真是後悔當初娶了她，要不然娘和小弟還有書林也不會過得這麼慘，都是因為她！如果可以，他真的恨不得掐死這女人，就是到了現在她還不肯悔過，依然惹是生非，這樣的女人，簡直是多看一眼也覺得噁心。

可現在她還是他名義上的妻子，他們之間的事情屬於家事，他不想當著外人的面解決，徒讓別人看了笑話，還是等人走了再解決吧！

張鐵山對著吳家人再一次道歉。「嬸子、大柱、大壯，真是對不住你們了，我給你們道歉，之後我會教訓她的，你們想要什麼賠償直接說，這次看在我的面子上就算了吧！」

吳大柱畢竟是和張鐵山一起長大的，看他這麼道歉，也不想再難為他了，再加上自家老娘也的確沒什麼大事，這次就當給兄弟一個面子吧！

他拍拍張鐵山的肩膀，道：「鐵山，這次是看在你的面子上算了，不過可千萬不要有下一次，不然我們誰的面子都不給了。」

張鐵山反拍了下他的肩膀，無聲地道謝。

吳大柱帶著一家人走了。來看熱鬧的人見吳家人都走了，自然不好再多待，也跟著離去。不過片刻，院子裡就剩下李何華和張鐵山兩個人。

李何華不知道該怎麼面對這個對她來說很陌生的男人，再加上這男人剛剛一副認定是她錯的樣子，她也不想搭理他，乾脆直接轉身進屋，繼續去找她的棒槌。

可是剛進屋，身後的男人就跟著進來了，徑直坐在椅子上，冷冷開口。「李荷花，把妳的東西收拾收拾，今天就走，我家容不下妳這尊大佛。」

李何華的腳步一頓，心裡跟著咯噔了下。這話很明顯就是要休了原主，也就是要休了現在的她。

原主啊原主，妳怎麼就混成這副樣子呢？我才來兩天，妳不是被人罵就是被人打，現在還要被休，我可是被妳害慘了，這一身的黑鍋都得我來揹。

要是在現代，李何華肯定二話不說就點頭答應了。休就休唄！反正又不是真正的老公，她還不樂意接手別人的老公呢！可這裡不是現代，是對女子極度不公平的古代，她要是被休了，後果不知道會怎麼樣，畢竟她現在也不知道原主有沒有娘家，離開這間棲身的屋子，壓根兒就沒地方可去，讓她一時半刻去哪裡找棲身之所？

所以，她暫時不能被休，最起碼得讓她想辦法掙點錢，有間自己的屋子再說。

李何華想了想，對冷眼看著她的男人確認道：「你要休了我？」

張鐵山還以為她會撒潑呢！不由感到驚訝，但很快就恢復冷漠，從懷裡掏出一紙休書扔在桌上。「這是休書，妳自己去把東西收拾一下，不要讓我攆妳走。」

休書都寫好了，這是真的鐵了心地要休妻了。

看著桌子上的休書，李何華在腦子裡想著該怎麼辦？

這時候哭鬧肯定是行不通的，越哭鬧越讓人不喜歡，再說她也做不出哭鬧的事，那麼就只能來軟的，看能不能讓這個男人心軟，收回休妻的想法。

考驗演技的時候到了！李何華在心裡準備片刻，暗暗掐了把自己的大腿，眼眶迅速因疼痛蓄滿了眼淚，看起來就像要哭了似的。

趁著眼眶裡有淚，李何華期期艾艾地開口。「我知道你現在很討厭我，不過你討厭我也是應該的，都是我不好，我以前就是個渾人，腦子不清楚，所以才幹了那麼多的壞事，我現在很後悔；我不求你原諒我，只要你能給我個改過的機會就好，我會表現給你看的，你能再給我一次機會嗎？」

李何華說這段話是有用意的，一方面是為了讓這男人心軟，不要急著休了她，另一方面則是為了之後做準備。

她不是原主，她以後的行事風格肯定會跟原主大相逕庭，難免不會讓人懷疑。她現在告訴他自己真心悔過，以後就有理由解釋自己的行為為何與原主不同了。

李何華的這段話讓張鐵山再次驚訝，不由審視起她來。

之前他剛回來，看到家人被她弄成那樣，他立刻就打算把她掃地出門，可才剛說出口，這女人就跟個瘋子一樣，衝著他拳打腳踢；被他制服以後，她就躺在地上又是號哭、又是打滾，弄得全村人都來看熱鬧。

這還不算，她還趁著他不注意，一把拎起書林，揚言他要是敢休她，她就掐死書林。要不是他上去將書林奪了下來，書林真的會被這惡婦掐死。

他氣得立刻將她趕到屋外讓她滾，可這女人壓根兒不要臉，在屋外敲了一夜的門，罵罵咧咧了一整夜，弄得整個村裡的人都不能睡覺，跑來找他，他只能讓她進來，限她最後兩天時間，收拾東西滾蛋。

本來以為今日來給她休書，她會鬧得更厲害，可沒想到她竟然不鬧了，反而開始悔過。不過，他早已見識過這女人的真面目，對於她嘴裡的話，他一個字都不信，她現在如此說，只不過是想讓他心軟，不要休她罷了。

可這妻，他一定要休，不然都對不起他那可憐的母親、弟弟和兒子。

張鐵山咬了咬牙，吐出的話讓李何華心涼。「李荷花，我不管妳是真心悔過還是裝模作樣，這休書我已經寫了，妳拿去，從今天起咱倆就沒有關係了，妳要怎樣是妳的事，和我無關。」

李何華內心不禁擔憂。看來這人是真的死心塌地要休了她，可她現在真的不能被休，她什麼都沒弄清楚呢！離開這裡她該去哪裡？難道要流浪街頭？

不行，她必須想辦法留下來，度過眼前的難關再說。

看來像剛剛那樣說還不夠，這男人壓根兒不相信自己會悔改，還是要再想想辦法。想來想去，也只有豁出去這一條路了。

面子算什麼，現在生存更重要。

李何華拋開面子，上前拉住男人的衣袖，以原主的語氣祈求道：「鐵山，我知道你厭惡我，你要休了我，我不敢說什麼，都是我自己做錯了，但是咱們好歹夫妻一場，你發發善心，再讓我在這裡多留兩個月行不行？只要兩個月就成，兩個月後我就自己滾蛋，要是我出爾反爾，你就把我打出去，行不行？」兩個月應該夠她想辦法掙點錢，租間房子住了。

沒奈何這話對張鐵山還是起不了作用，他一把甩開李何華的手，冷冷地看著她，眼神讓人害怕。

李何華頂著他的目光，咽了咽口水，硬著頭皮繼續說：「鐵山，你相信我的話，我要是撒謊，就讓我不得好死！你就寬限我兩個月吧！我一個被休的婦人，身上沒有一點錢，總得想辦法賺點錢好生存下去，你給我兩個月時間賺點錢，求求你了。」

張鐵山看著面前這女人懇求的嘴臉，心裡卻沒有絲毫同情，反而更加厭惡。

賺錢生存？呵呵，真是好笑，他這幾年寄回來的錢，全被這女人私吞了，一分錢都沒有用到他家人身上，現在她卻告訴他沒有錢？他已經大發善心沒有找她要回那些錢了，現在她竟然說沒錢？

張鐵山想起自己回來後看到家人們的樣子，心裡的怒氣就壓抑不了，真恨不得立刻了結這個女人，要他再多看這女人兩個月，他辦不到！

張鐵山站起來，不想再聽這女人廢話，直接朝外走去。「休書我已經寫了，不管妳願不願意承認，妳都不是我的妻子了，立刻收拾東西離開我家，在我回來前妳要是還沒走，我就不客氣了！」

眼看張鐵山就要離開，李何華一下子急了，心裡默唸著大丈夫能屈能伸，也顧不得一次次被他無情拒絕地丟臉，厚著兩輩子的臉皮，跟著跑上去，心一狠，從後面抱住他的腰，不讓他走。

「你別走，求求你了，再讓我在這裡住段時間好不好？求求你了！」

張鐵山冷不防被她突然抱住，身子僵直了一瞬，下一秒立刻要掙脫開。

李何華覺得自己的手都要被掰斷了，可還是拚盡全身力氣，死死抱著不鬆開。「鐵山，我被休了就沒有地方可去啊！總得先給我一段時間安排一下吧？我肯定不會賴著不走的，我給你立個字據行不行？」

「呵，可笑！妳那娘家人不是厲害得很，不是愛給妳撐腰？既然他們這麼疼妳，妳回去跟他們住豈不正好？少拿這些有的沒的糊弄我！」

李何華身體一僵。沒想到原主真有娘家人，貌似娘家人也幹了什麼事惹這男人生氣了，現在這男人要把她攆回娘家。

那她要不要回原主的娘家呢？

不行，就算有娘家人她也不能走，一來她不知道娘家在哪兒，和娘家人也不熟悉，回去說不定就露餡；二來原主這個樣子，娘家人也不管管，不是不疼她，就是那些娘家人也都不是什麼好人；三來古代被休回家的姑娘，能得到什麼好的待遇？所以，不到萬不得已，原主的娘家不能回。

在這裡雖然也很艱難，但起碼她這兩天瞭解了很多，而且這男人雖然很厭惡她，但可以看得出來不是壞人。

下定了主意，李何華說道：「我不回去，回去了也沒有好日子過，我要自己想辦法找個地方住，你就寬限我一段日子吧！」

見她怎麼樣都不願走，張鐵山怒喝一聲。「妳給我放開！」然後突然加大力氣掙脫開來，一下子將李何華甩在地上。

李何華只感覺屁股生疼，手掌也被地面磨得火辣辣的，眼眶迅速盈滿淚水，可此刻她卻顧不得痛，再次懇求道：「你就讓我多待一陣子吧！我保證絕對乖乖地不給你惹事，還給你做飯吃、給你做家務，你讓我做什麼我就做什麼，一旦我找到了房子，我就會盡快離開的。」

張鐵山只是想掙脫開來，沒想到會把她甩到地上，可也不可能對她道歉。看著她眼淚汪汪卻還不忘祈求他的樣子，頓感煩悶。

這女人為什麼非要再多待一陣子？是拖延的辦法嗎？可是不管怎麼樣，他都是要休她的。

罷了，看在她是書林母親的分上，他就讓她再住一段時間，要是到時候她還不肯走，那他就不會顧念她是個女人了。

張鐵山深吸一口氣，什麼話都沒再說，大步往外走去。

李何華看著他的身影消失在門口，不知道他這是答應了還是沒答應？

算了，不管他答不答應，她都要厚著臉皮暫時留在這裡，就算被罵也要忍下去，等她掙到錢，就不用低聲下氣求人了。

她想了想，決定再去打掃一下家裡，說不定那男人看家裡乾淨了，會對她寬容一點，不再急著把她掃地出門。

李何華忍著身上的疼痛，艱難地挪著肥胖的身軀爬起來，拿著棒槌開始洗床單。

艱難地洗了半個時辰，終於將床單、枕巾等都洗乾淨，正在院子裡晾曬時，張鐵山再一次回來了，只不過這次不止他一個人，他後面還跟著一個小少年和一位差不多四、五十歲的老婦人，而他懷裡還抱著個小男孩。

看見李何華在晾衣服，張鐵山沈著臉，直接走進屋子裡，就像沒看見她一般，這讓李何華心裡更加沒底了。

跟在張鐵山後面進來的兩個人也看見了她，頓時臉色變得很難看，看著她的眼神充滿著厭惡，跟著張鐵山後面進屋，沒有要理睬她的意思。

李何華抿抿唇，繼續將手頭上的活幹完，這才擦擦手，跟著進了屋子。

屋內，張鐵山剛剛抱進來的小男孩正坐在桌邊玩著手裡的小布球，看都沒有看她一眼，而其他三人正在整理行李，看來是準備住進來了。

李何華不知道自己該幹些什麼，想上去幫忙，人家肯定不領情，可又不能什麼都不做，想了想，乾脆去廚房做飯。

此刻已是大中午，他們肯定還沒吃，她便下廚做點東西，大家一起吃。

進了廚房，李何華卻發現廚房裡多了兩袋糧食，她打開看了看，是一袋白麵，還有一袋細米。

李何華有些驚喜，吃了幾頓糙米粥的口腔迅速分泌口水，從來沒有像這一刻這麼想吃白米和麵條。

不過，這些東西不是她的，她沒辦法用。

想了想，李何華轉身出了廚房，在院子裡找到正在搬東西的張鐵山，在心裡做了一番心理建設，這才開口喊住他。

「鐵山。」

不過張鐵山並不願意搭理她，一個眼神都沒有給她。

李何華扯扯嘴角，繼續道：「我想做點午飯，能不能用一點廚房裡的白麵，我想做點麵條讓大家中午吃。」

張鐵山沒有理她，繼續做他的事情。

李何華有點失望，只好轉身回去做她的糙米粥，但廚房裡已經有人了，正是剛剛那個老婦人，看樣子是打算做午飯。

她不知道這老婦人是誰，但她猜測應該是張鐵山的娘，便想試試自己的猜測對不對，試探著叫了一聲。「娘。」

張林氏抬眼看了眼李何華，下一秒就轉過頭去，語氣十分不好。「別叫我娘，我當不起妳的一聲娘。」

李何華知道她猜對了，這婦人就是張鐵山的娘，雖然她說當不起她叫娘，但是該叫的還是要叫，最起碼在她還住在這裡的時候得叫。

李何華上前一步，接過她手裡的碗。「娘，我來做吧！您去歇一歇。」

誰知她伸出去的手卻被「啪」一下拍了回來。「不需要妳在這裡裝模作樣。妳不是很牛嗎，現在裝什麼好兒媳？我們家不敢勞您大駕。」

李何華的手被打得發疼，忍不住在心裡深深嘆息。

看來又是一個很討厭她的人啊！

算了，不讓她做就不做吧，免得惹人家厭煩。廚房沒辦法待，李何華只好拿起水桶繼續去打水，若不找點事情做，她乾杵著也很尷尬。

到了井邊，倒沒有遇到其他打水的人，不過她還是多待了一會兒，望著遠處的大山發了下呆，估計著時間差不多了，這才拎起水桶回去。

回到家，她就看見其他四人正圍坐在桌邊吃飯，看見她回來也只瞥了一眼，絲毫沒理睬她。

李何華扯扯嘴角，給了大家一個笑容後，拎著水回廚房，將桶裡的水倒進水缸，這才無力地坐到小板凳上喘氣。

等歇夠了，她才摸了摸快餓扁的肚子，站起來到灶臺邊盛飯吃，結果發現鍋裡什麼都沒剩，全被盛完了。

真的一點都沒有留給她。

李何華覺得有點委屈，可是她又沒資格跟人家說什麼，是她死皮賴臉地待在這裡的，現在被人怎麼對待都要受著，還不能有什麼異議，不然就等著滾蛋。

她為什麼要過得這麼慘啊？想來想去都是因為原主太奇葩，都是替原主揹的黑鍋……

第四章　賺錢的主意

在心裡哀傷了片刻，李何華重新打起精神，拿出糙米開始淘洗。雖然她想直接用米或白麵做點吃的，可萬一惹怒他們被掃地出門就不好了，所以還是繼續乖乖地吃糙米粥吧！

看來她要快點想辦法掙錢，自己買吃的，然後盡快找到一個棲身之所，以後就不用過得這麼可憐了。

李何華在廚房裡吃了點糙米粥後，又將自己用過的碗筷刷好，這才出了廚房進了房間。只不過她剛剛打掃乾淨的房間此刻已經被放上行李，床上也鋪上了新床單，看樣子是其他人要住這個房間。

這可是她忍著手痛，拚命打掃好久才弄乾淨的房間，現在就這樣被別人占了，她真的好想出去說個理啊！但她卻不能說，也沒有資格說。也許外面的人就盼著自己受不了離開才好，可她現在必須堅持，堅持到自己找到住所才行。

這時張林氏走了進來，看到李何華，厭惡地道：「以後我住這間房，妳不要在我眼前晃。」如果不是兒子說讓她再住一段時間，她現在就想將這個惡婦打出去，才不會忍著怒氣繼續容忍這個女人。

李何華深吸一口氣，沈默地出了房門，去找別的房間，結果發現家裡僅有的三個房間都被放上行李，顯然全被住走了。
也就是說，沒有她的房間。
李何華愣住了。沒有房間她要住在哪裡？難不成睡在院子裡？
這事情沒辦法忍了，李何華直接找到正在院子裡劈柴的張鐵山。
「張鐵山，家裡就三個房間，我原來的房間給娘住了，我看了其他兩個房間，也被放上行李，我現在沒地方住了，你們能不能給我騰個房間？」
可張鐵山像是沒聽到一樣，繼續劈著手上的柴，直到劈完了才冷冷地瞥了她一眼，絲毫不理會，抓起斧頭進屋。
李何華咬咬唇，跟在他後面，再次懇求。「張鐵山，我沒有房間住，你們能不能給我個房間？」
張鐵山走動的步伐不變，邊走邊道：「沒有多餘的房間，妳若不願意住可以直接走，沒人攔妳。」
李何華看著前面高大的身影，氣得恨不得上去撓他兩下。真的是太過分了，能不能有點憐香惜玉的精神啊！就放任她這麼個如花似玉的女人沒地方住？嗯……她低頭看看自己現在的樣子。好吧！如花似玉已經不適合形容她了，憐香惜玉什麼的，也不適合現在的自己。
算了，現在她是人在屋簷下，不得不低頭，等到她有了住的地方，她就再也不鳥這個男人了。

最後，李何華發現家裡還有間柴房，面積很小，裡面堆放著許多柴火，還有一些雜七雜八的東西。雖然環境很差，不過好歹能遮風擋雨，她也沒辦法挑，只能住在這裡。

李何華一頭鑽進柴房，將那些占了許多地方的柴火集中堆放，再把那些亂七八糟的東西全放到角落，清出一片空間，然後把一些平整的柴火疊在一起，弄成一個稍高於地面十公分的簡易小床。

足足花了一個多時辰才將柴房整理出個樣了，李何華累得恨不得倒在地上不起來。她歇息了片刻，硬著頭皮到原來的房間裡，頂著怒視，拿了一床備用的棉被出來，然後將曬在院子裡已經乾了的床單和枕巾一起拿回柴房。

不過木頭床很硌人，不能直接睡在上面，李何華就想到外面空地上的草堆。她到外面的草堆裡拚命拽草，把這些草抱回柴房裡鋪好，這才勉強可以睡覺。

看著自己的「新房間」，李何華苦中作樂地給自己背了一段話：天將降大任於斯人也，必先苦其心志，勞其筋骨，餓其體膚，空乏其身，行拂亂其所為，所以動心忍性，曾益其所不能。

背完後，李何華噗哧一聲笑了，感覺自己也沒那麼慘了。

晚上，張林氏做的晚飯依然沒有李何華的分，不過她也無所謂了，自己做了糙米粥喝，就當作自己在減肥，這樣吃一個月肯定會瘦。

飯後，李何華直接躲到柴房裡，等到其他人都洗漱好了，才悄悄回到廚房去燒熱水洗漱，然後拖著痠疼不已的身體躺在柴火床上，盯著黑漆漆的房間，開始思考自己的賺錢法子。

她到底要做些什麼才能盡快賺到錢呢？

前世她大學學的是外語，但在這裡是壓根兒用不上的，唯一能用上的估計就只有她的廚藝了。

她家是名副其實的廚神世家，旗下的公司也全都跟餐飲有關，可以說幾乎壟斷飲食業的半壁江山。她的爺爺更是世界級的美食大師，千金難求一頓飯；她爸爸也是頂級神廚，專門研究各種美食；至於家裡的產業，則是她媽媽打理。

到了她這一代，哥哥十分具有管理天賦，十八歲就接手集團事務，將李氏集團打造得更上一層樓；不過因此，哥哥在廚藝上花的工夫就少了，爺爺乾脆將全部心思都花在培養她，傾盡畢生所學教她，就是希望李家食譜能傳揚下去。

爺爺曾說她是天賦極高的天才，很多年難得出這麼一個，所以更是不遺餘力地培養她；結果她不懂事，因為感覺自己被束縛，想要自由，叛逆地不聽爺爺的安排，自己去大學城租了個店面做美食小吃，氣得爺爺半年不理她，不過爺爺最疼她，最後還是支持她了。

現在想想，那時的她真幸福啊！幸福地得到家人的愛護、得到爺爺的教導，還擁有一身頂級廚藝。

也許在這裡，她依然能夠憑藉自己的廚藝，活出自己想要的生活。

不過，如果想要靠廚藝賺錢，那就得好好規劃一下，畢竟她對這裡還不太瞭解，不知道做什麼才能成功，她需要去瞭解一下市場。

第二天，李何華早早起床，洗漱過後直奔集市。

她不知道集市在哪兒，但這個時間肯定有村裡人去趕集，只要跟著其他人走就能找到集市。

果不其然，有幾個婦人手裡拎著各式各樣的東西，一邊說著話，一邊往村外走，一看就是去鎮上趕集的，李何華趕緊偷偷跟在她們後面。

村子離鎮上不算遠，步行約莫半個多時辰就到了，大街上各種賣東西的吆喝聲不絕於耳，很是熱鬧。

李何華沿著大街，一邊走、一邊看，主要看的是賣吃食的攤子。

她轉了一圈後發現，這個鎮上賣的吃食種類不多，路邊攤最多的是賣麵的，還有包子、饅頭和燒餅，其他吃食倒是很少。不過每個攤子的生意都不錯，很多人光顧。

看來這個國家的百姓整體生活水準不錯，這對她來說是很有利的。老百姓有錢，那說明生意可以做得起來，而吃食種類少，更利於她賣吃的，她可以擺個小吃攤，憑她的手藝，不愁沒有客人。

不過做生意需要本錢，而她在原主身上只找出三十幾個銅板，也就是說，她全身上下只有三十幾個銅板的身家，就算她不知道這個時代的物價，但也知道三十幾文是遠遠不夠開個小吃攤。

至於借錢，那是不可能的。憑原主的人緣，能有人借錢給她根本是奇蹟，所以借錢不用考慮，還得靠她自己想辦法掙錢來開小吃攤。

可是怎麼樣不需要本錢就能賺錢呢？

一分錢難倒英雄漢，這話一點也不假。她身上什麼值錢的東西都沒有，沒辦法換錢，像一些穿越小說的女主角去山裡採點藥草、人參之類的珍貴東西去換錢，那更是不實際。山上要是有這些東西，其他人早就找到了，還能等到她去採？人家居民可不是傻子。

想了半天沒想到辦法，眼看時間不早，李何華找到街邊的包子攤，花三文錢買了兩個饅頭和一個包子，準備回去當今天的午飯和晚飯，她真的不想再吃糙米粥了。

到家時已是午後，家裡靜悄悄的，不知道是在午睡還是出去了？不過李何華也不想知道。

她徑直進了柴房，倒在床上，累得不想起來。連續走了半天，對於正常人來說是很累的事，更何況是她這樣的胖子，她只覺得全身好似快要散架一般，真恨不得永遠不要動。

不過肚子裡的飢餓感比疲累更強烈，她只好勉強坐起身，拿出自己買的包子和饅頭吃了起來。吃了半個饅頭，感覺口很渴，李何華不得不爬起來去廚房找點水喝。

廚房裡有燒好的冷水，她也顧不得加熱，直接舀了一碗咕嚕、咕嚕喝下，然後又舀了一碗，一連喝了兩大碗才感覺解了渴。

她剛把碗放下打算出去，耳邊卻響起一陣窸窣聲，仔細一聽又沒有了，不過她相信剛剛的聲音不是她的錯覺。

她放下手裡的碗，視線在廚房裡掃了一圈，最後定在灶膛後燒火的地方。

她慢慢走過去，就見燒火的柴火堆裡窩著個小男孩，正是張鐵山抱回來的那個。小傢伙坐在灶膛的角落裡，小小的一隻，雙手抱膝，不動也不說話，就那麼靜靜地窩著，不仔細看根本發現不了。

李何華不知道這小傢伙和原主到底是什麼關係，不過能被張鐵山抱回來養，肯定關係非比尋常。

李何華試探著又走近一步，輕聲呼喚。「小傢伙？小寶貝？」

結果這小傢伙像沒有聽到一樣，依然動也不動，連頭都沒有抬一下。

李何華心裡咯噔了下，暗想莫不是這小傢伙耳朵聽不見吧？

她不願相信這樣一個小小的孩子是殘疾，她慢慢蹲到小傢伙面前，試探著將手在他面前晃了晃。

「小傢伙，你聽見我說話了嗎？」

結果這孩子還是沒有反應，好像整個人都沈浸在自己的世界裡，與世隔絕。

李何華抿抿唇，慢慢伸手握住小傢伙的小手，正打算拉一拉他，結果這個好似雕塑般的男孩突然有了動作，一把甩開她的手，使勁地揮舞著雙臂，無聲又瘋狂地抗拒著她的接近。

李何華被他的行為還有臉上的狠戾嚇了一跳，趕緊往後退了幾步。「好好好，寶貝，你不要激動，我不碰你了，你看我沒碰呢！你別生氣。」

小傢伙激動了好一會兒，才漸漸安靜下來，接著又維持之前一動不動的樣子。

李何華眉頭漸漸皺了起來。這小傢伙剛剛有沒有聽到她說的話？為什麼行為這麼奇怪？怎麼感覺好像不太對勁的樣子？

不過，小傢伙好像很排斥她的接近，她還是不要強行去和他溝通好了，萬一傷到他就不好了。

李何華只好走回柴房，繼續吃剩下的包子，吃了兩口，看了眼手裡的包子，又望了眼廚房的方向，想了想，還是起身再次走進廚房，將用紙包包住的肉包放在小傢伙的跟前。

「寶貝，這是肉包哦，給你吃。」

怕小傢伙不吃，她趕緊往外走，邊走邊說：「我出去了，你自己吃吧！」

李何華不知道那小傢伙有沒有吃，但不知道為什麼，腦子一想到小傢伙剛剛的樣子，她心裡就沒辦法平靜。

小傢伙大概只有四、五歲的樣子，卻瘦得讓人心疼，身上的衣服空盪盪的，一個人坐在那裡，悶不吭聲，莫名讓人心裡不好受；而且剛剛她還在他的胳膊上看到很多傷痕，有新有舊，像是長期遭受毒打。

李何華壓根兒不敢想像，誰會對一個如此小的孩子下此毒手？她心裡隱隱有個不敢承認的猜測，讓她不願去相信。

不行，不能再想了，她強迫自己忘記腦子裡的猜測，專心吃東西；但是吃了一個饅頭後，她感覺肚子還是餓得厲害，好像剛剛的饅頭沒有任何作用一般，腦子裡強烈地叫囂著：還想吃！還想吃！

這原主的胃口可真大啊！一個饅頭估計只夠她塞牙縫，可她不能縱容現在的胃口，李何華用力拍著自己肥肥的肚子。「不能再吃了，還想不想瘦下來！」

她將剩下的一個饅頭收起來留到晚上再吃，起身將柴房的門關上，這才躺下來好好歇一歇，順便開始想賺錢的事情。

到底怎麼樣才能夠賺錢呢？而且還不要本錢的那種。

想了半晌，她終於想到，也許去給別人做菜會是個賺錢的法子。

不過，她不太想去酒樓裡當廚師，一來不一定能找到招廚子的酒樓，二來只有鎮上才有酒樓，如果她在酒樓當廚子的話，就得每天從早到晚地走，回村估計都要天亮了吧；最後一點就是，做廚子沒辦法立刻拿到錢，最少也要做一個月才能拿到，這對於現在急需錢的她來說太慢了。

所以她不考慮當廚子，那就給人家做飯，按次收費。古人成婚和去世，好像都是在家裡辦酒席，特別是村裡人，都會專門請一個廚子去做席面，不需要廚子準備任何東西，只要人去做菜就行。

李何華覺得這法子很適合現在的她，她的手藝肯定沒問題，只要有人願意請她去做席面，她相信一定能讓主人家滿意。

現在的問題就是，她要去哪裡找需要做席面的人家呢？這村子裡肯定不行，就算真有人家打算找廚子做席面，也不會願意用她，說不定還會被人家打出來，所以她得去別的村子，最好是沒人認識她的地方。

想到了一條生路，李何華突然感覺輕鬆很多，對生活的期盼又多了一些，嘴角不由自主翹了起來，慢慢地睡著了。

第五章　毛遂自薦

就在她睡覺時，張鐵山帶著張青山從田裡回來了。

張青山看家裡一片靜悄悄，對張鐵山說道：「估計是娘帶著書林睡覺呢！娘有午睡的習慣。」

張鐵山放下手裡的鋤頭，慢慢走到東廂門口，輕輕推開門往裡面看了一眼，卻發現只有他娘一個人的影子，不見書林的身影。

書林呢？

張鐵山走了進去，發現床上的確沒有書林的影子，趕緊去自己的房間察看，依然沒有；他又去了青山的房裡，結果還是沒有小傢伙的影子。

張鐵山這才急了。

張青山立刻道：「哥，我們去廚房看看，書林喜歡躲在沒人去的地方。」

聞言，張鐵山大步朝著廚房走去，果真在廚房裡看到靜靜坐在角落的張書林，兩人頓時鬆了口氣。

張青山趕忙叫了一聲。「書林，看爹和二叔回來了。」

可惜的是小傢伙並沒有理睬他，張青山也不生氣，他已經習慣書林這樣了。

道。

「哎！哥，你看，書林跟前怎麼有個包子啊？哪來的？」張青山指著書林跟前的包子說道。

張鐵山也看見了，沈默片刻，沒有回答，上前將小傢伙抱起來，輕輕地拍著他的小背脊。「書林乖，爹爹回來了，跟爹爹出去好不好？」

書林沒有說話，不過也沒有排斥張鐵山。

張鐵山抱著書林走出廚房，張青山拿起肉包跟著出去。「哥，這肉包還新鮮著，給書林熱一熱吃吧！」肉包可不便宜呢！也不知道是誰給書林的，還挺捨得的。

張鐵山朝大門閉著的柴房看了一眼，道：「扔了吧！」

「啊？」張青山睜大眼睛。「哥，這肉包可不便宜，書林長這麼大都沒吃過呢！扔了太可惜了，就讓他吃吧！再說了，扔了多浪費糧食啊！」

張鐵山的腳步頓住，看了眼懷裡瘦弱的兒子，猶豫半晌後，鼻腔裡發出一聲。「嗯。」

張青山咧開嘴笑了笑，轉身回廚房將肉包加熱。

張鐵山拿著肉包，先剝下一塊放進自己嘴裡，過了片刻後感覺沒問題，這才撕下一小塊遞到書林嘴邊。「書林，吃包子。」

懷裡的小傢伙眨了眨眼，半晌後才張開嘴吃下，小嘴慢慢地咀嚼著，好一會兒才嚥下去。

張鐵山也不急，看書林吞下去後才又撕了一塊餵他。

張青山在一旁看得眼睛發酸，掩飾般地揮了揮袖子，擦了下眼睛。「哥，對不起，是我沒照顧好書林，才讓他變成現在的樣子。」

張青山自責極了。要是他能夠多注意一點，或是跟那個女人拚了，何至於讓書林變成這樣？

張鐵山搖搖頭。「不關你的事，你也還小。」弟弟才十三歲，還是個孩子，哪裡能夠護得了書林，他和娘也吃了不少苦。

張青山轉過頭去，拚命地眨眼睛，好半晌才再次開口。「哥，你回來了，我們就不怕了。」

張鐵山「嗯」了一聲。

張青山看向柴房的方向，眼裡多了一抹厭惡和仇恨。「哥，你為什麼還要留著那女人？她這麼壞，你還留她幹什麼？」

「我已經休了她，看在她生了書林的分上，最後讓她再住段時間。」

張青山氣憤難平。「哥，你都休了她，還這麼好心收留她幹麼？讓她滾回她娘家去，那家人都不是好東西！」

張鐵山眼裡閃過一絲鋒芒，聲音莫名地帶著危險。「不著急，我還沒有找那家人算帳，等我算了帳再說。」

第二天一早，李何華洗漱好後就再次出門。今天，她要去別的村打聽看看誰家要辦喜宴？

她順著出村的路出村，往西邊的方向走去，那邊的房屋很密集，一看就是個大村子。

走了差不多半個多時辰才到達，李何華抹了抹頭上的汗，先找了個地方坐下歇息，等到身上的汗水乾了，這才整理了下衣服，朝村裡而去。

有村人看見她，都好奇地瞅著她，交頭接耳地說著什麼，不用聽就知道是在議論她的身材。

李何華當作沒看到，換上一個最燦爛的笑容，徑直走到一位中年大姊跟前，笑著道：「大姊，我想向您打聽一下，你們村有誰家要辦喜事嗎？」

中年大姊聞言，將李何華從頭打量到腳，然後問道：「妳問這個幹什麼？妳來咱們村有事啊？」

李何華心想，怎麼這大姊的眼睛像掃描器一樣？這跟她沒關係啊！唉，估計這裡的人都有一顆好奇又八卦的心吧！

李何華只好照實道：「大姊，不瞞您說，我是一位大廚，現在不在原來的酒樓做了，想接一些村裡的席面來做，所以來問問你們村有沒有需要的？」

中年大姊聞言愣住了，眼裡明明白白地表示著「就妳還能是大廚」，反正十分不相信。

李何華繼續笑道：「大姊，您看我不像是吧？其實我真是大廚，而且我的手藝沒人說不好的。看見我這身材了吧！都是我當廚子這些年吃的，沒辦法，吃得太好，人就越來越胖了。」

聽李何華這麼說，中年大姊倒是相信了幾分，說道：「那妳來巧了，我們村的確有人要辦喜事，就是王老頭家，妳可以去問問。」

李何華眼睛一亮。「真的啊？大姊您能不能辛苦一下帶我去一趟？麻煩您了。」

這個時代的村人還是很淳樸的，而且格外喜歡看熱鬧，現在看有個胖女人說自己是大廚，要來做席面，都好奇地湊上來聽，見李何華要去王老頭家，大家都來了興趣，紛紛表示可以帶她去。

中年大姊站起來，揮了揮手。「妳跟我來吧！我帶妳去。」

李何華趕緊道謝。「謝謝您，大姊，您可真是個好人。」

中年大姊被恭維得很舒服，嘴角的弧度越發地大。

走了片刻，就到了王老頭家。中年大姊率先走進院子裡，喊道：「王老頭、王老頭！人在不在？」

屋裡的人聽見喊聲，連忙回應。「誒，在在在，來啦！」接著從屋裡出來一個老頭，正是中年大姊口中喊的王老頭。

「她曹嬸啊！叫我幹什麼啊？」

中年大姊邊說邊轉向李何華。「你家不是要辦喜事了嗎？這位說她是大廚，想來給你家做席面呢！」

王老頭的視線落到李何華身上，眼裡閃過懷疑。「她曹嬸啊！我家已經打算請河西村的周老根，不需要了。」

李何華知道這是人家的拒絕之意，但她不會這麼輕易放棄，便上前一步對王老頭道：「大叔，您好，我叫李何華，我是一名廚子，我的手藝很好，只要吃過我做的飯，沒人說不好吃的。您家要辦喜事，這席面的味道可是很重要的，要是席面好吃，那可是特別有面子不是？」

李何華的話說到人的心坎上。的確，喜事的席面非常重要，席面好吃，來的客人吃得好，那可是很有面子的事情，別人家都會高看一眼；所以，即使是再不富裕的人家，一旦有喜事，都要買足了好菜，然後請專門做席面的人來做。

王老頭道：「席面我們當然是要好好地準備，我家請的可是這十里八村做席面的好手，人家的手藝可是人人稱讚的。」其實王老頭沒說出口的是，妳個年輕婦人怎麼可能比得上人家幾十年的廚子呢！

王老頭話語裡的不信任，李何華感受到了，不過她沒有生氣，只是再接再厲道：「大叔，我相信人家的手藝肯定不差，但我也相信自己的手藝絕對不比人家差，要是沒有這個真本事，我也不敢說這個大話。不然你們讓我試試，我下廚做道菜給你們嚐嚐，看到底是我的手藝好，還是人家的手藝好？要是你們覺得我的手藝比不過人家，我絕不多說一句廢話，立刻就走。」

這番話讓周圍看熱鬧的人紛紛議論起來。

「這女人好大的口氣啊！莫不是吹牛吧！」

「那周老根可是做了幾十年席面，這女人的手藝能比得過他？」

「那也不一定，她都敢說做道菜試試了，說不定真有兩把刷子呢！」

這時有人開口說道：「王老頭，你就讓她試試吧！反正都快吃午飯了，做道菜正好當午飯。」

這話立刻得到周圍人的附和。

這時，王老頭的家人也出來了，其中一位看上去十八、九歲的年輕男人，拉了拉王老頭的袖子。「爹，您就讓她試試吧！若是不行，我們不用她就好，也沒什麼損失。可要是她真的做得比周老根好吃，那我們肯定要選做得好的人來做席面啊！」

王老頭看眾人都說讓她試試，也不再猶豫，點頭答應。「行，那就讓妳試試，但可說好，是免費試，我們不會給錢。」

李何華趕緊道：「肯定不收錢啊！我就是做給你們嚐嚐。」

王老頭轉身。「妳跟我來，正好今日打了一條魚，妳就做道魚吧！」

李何華大喜，趕緊跟上去。後面看熱鬧的村人不肯走，都跟著進了廚房，廚房不夠站，就站在外面瞅著。

李何華也不管外面人多人少，徑直進了廚房，看到一條已經殺好了的黑魚。

黑魚拿來做酸菜魚十分適合，所以李何華打算做一道酸菜魚。

李何華問王老頭。「大叔，您家有沒有酸菜，能不能給我拿一碗來？」

王老頭點頭。「行，妳等著。」說著就讓他媳婦去拿酸菜。

李何華則開始動手處理黑魚。

先將魚厚身部分的肉斜切成片，然後將魚的頭、尾、排部分切下來，作為後面做魚湯的材料，再將片下來的魚肉加入蛋清和酒進行醃製。

醃製時，李何華將配料如薑片、大蒜、花椒、辣椒等準備好，然後將炒鍋燒熱倒油，下薑片、蒜瓣、花椒、辣椒煸香，將魚頭、魚尾等製湯材料倒入鍋中煸炒。

很快地，廚房就傳來一陣勾人的香味。

很多圍觀的村民不知道她這是要做什麼，魚除了燉湯不就是紅燒嗎，怎麼還給牠片成一片一片的呢？而且要這麼多酸菜幹什麼？

王老頭的媳婦王嬸也很好奇，不由開口問道：「丫頭，妳這是做什麼呢？好像從來沒見過啊！」

李何華一邊繼續手裡的動作，一邊回答。「我在做酸菜魚，一般人不知道怎麼做。」這裡的人好像不知道這酸菜魚。

眾人聽李何華這麼一說，立刻理解成這菜是她的獨門食譜，頓時對她的好感提升不少，有些開始相信她的確有本事。

李何華不在意別人的議論紛紛，只繼續手裡的動作。在魚塊炒得變白後，她在鍋裡倒入開水，再把酸菜倒入鍋裡，與魚湯一起煮，等鍋內的魚煮至九分熟後再倒入另一個鍋內；然後用筷子把醃製的魚片均勻地挾到鍋裡，旺火汆燙至變色後就關火。

最後，她再將乾紅椒段、花椒粒鋪在魚片上，撒上香菜，燒滾一大勺油淋上，這道酸菜魚就做好了。

其實早在魚還沒做好之前，圍觀的人就開始吞口水了。沒辦法，這味道真的太香了，讓人嘴巴不停地冒口水，恨不得立刻挾一塊來嚐嚐。

有人道：「這味道太香了，不用吃就知道肯定很好吃，這可比周老根做的菜香多了啊！」

很多人贊同這話。大家或多或少都吃過周老根做的席面，對於周老根的廚藝，一向是讚不絕口；可今日聞了這酸菜魚的味道，他們卻無法昧著良心說沒周老根好，最起碼周老根做菜沒有這麼香。

王老頭也從原來的猶豫、勉強，變成了萬分期待，此刻見李何華做完了，立刻問道：「可以吃了嗎？」

李何華點頭。「可以了，大家嚐嚐吧！」

此話一出，王家人首先從筷籠裡抽出筷子，迫不及待地去挾魚肉。

王老頭第一口下去，定了兩秒，眼睛立刻睜大，驚訝地看了眼李何華，下一秒就收回視線繼續伸筷子；而王家其他人也是一樣，不停地吃著。

圍觀的眾人早就在等王家人的評價了，結果這一家人什麼都不說，就這麼埋著頭吃是什麼意思啊？而且弄得他們也好想吃！

帶李何華來的中年大姊首先忍不住了，開口問道：「我說你個王老頭，到底怎麼樣啊！你們怎麼啥都不說啊？」

王老頭沒說話，等嚥下口裡的菜後，這才一邊伸筷子，一邊抽空回道：「太好吃了，我從來沒吃過這麼好吃的魚！」

王老頭的小兒子也道：「真的從來沒吃過這麼好吃的菜呢！」

圍觀的人被王家父子倆的話說得呆住了。真的有那麼好吃？有那麼誇張嗎？不過，大家的口水已經流了一地，只能看著王家人吃，感覺太難受了。有人臉皮比較厚，覥著臉皮開口。「王老頭，能不能也給我嚐一口，我這口水都快流乾了。」

結果王家人誰也沒理，只顧著伸筷子，不一會兒，一鍋酸菜魚就沒了，連酸菜都被吃得乾乾淨淨。

王老頭這才抹了一把嘴，對周圍人道：「不好意思啊！沒了。」

這話可把周圍人氣得夠嗆，但也無可奈何。

李何華一直靜靜地等在一邊，直到此刻才笑著問道：「怎麼樣？我的廚藝可以勝任您家的席面嗎？」

這下王老頭沒有之前的抗拒了，熱情地對李何華豎起大拇指。「佩服、佩服，妳的廚藝真的太好了，我家的席面就交給妳來做了！」

李何華如釋重負地笑了。

王嬸開口問道：「不知道妳是怎麼收費的？」這麼好的廚藝肯定不便宜吧！要是太貴他們也請不起。

李何華不知道收費的行情，於是道：「我跟別人一樣，那個周老根怎麼收費，我就怎麼收費，絕不會收貴。」

王家人聞言都高興起來，王老頭道：「那行，咱們就說好了啊！按照周老根的收費來算，一桌菜十文錢。」

「不知道您家這次要請多少桌呢？」

王老頭伸出一雙手。「我家這次請十桌。」

這麼說一次能賺一百文，按照一文錢一個饅頭來看，這價錢還是可以的。李何華便拍板道：「那就這麼定了，等你家辦席面那天，我一大早就過來。」

之後，李何華又跟王家人商討了下具體的細節，直到午時才打道回府。

走在回家的路上，雖然肚子很餓，可李何華卻發自內心地高興，因為不久後她就能掙到錢啦！只要把這個頭開好，接下來就不愁沒有生意，村民們的口耳相傳能力是很不俗的。

既然這樣，她能不能給自己一點獎勵呢？

好吧！其實是她真的不想再吃糙米粥了，吃得她都快虛脫。現在身上還有三十文錢，可以買點米或麵回家吃，反正十天後王家就要辦宴席，錢應該夠用。

李何華忍著強烈的飢餓感，沒有回村，而是直接去了鎮上，找到一家糧油店，進去買了一點米，又買了一點麵粉，一共花了二十五文錢，兜裡面就只剩五文錢了。

第六章　警告

李何華揣著僅有的五文錢回到村裡，到家時差不多下午四點，很多村人還在地裡勞作。

李何華沒有看見張鐵山和張青山兩人，也沒看見張鐵山的娘，不過家裡大門敞著，應該走得不遠。

她先將買來的米放到柴房，接著拎著麵粉去廚房，打算做點麵條。正準備動手時，腦子裡卻想起昨天那個孩子。

鬼使神差地，她挪動腳步，來到灶膛後面，果真再次看見昨天那個孩子。

依然是同樣的坐姿，依然是默不作聲，像一隻被遺棄的孤鳥。

李何華的心抽動了一下，酸澀難當，一股不知名的情緒充斥著大腦，讓她非常想抱抱這個孩子，親親他，然後給他最好的東西，讓他笑、讓他開心。

可她知道她不能，這個孩子非常排斥她，她靠近只會傷了他。所以，李何華強壓下心裡的情緒，對孩子道：「寶貝，你好呀，我現在要來做飯吃，做香噴噴的麵條，也給你做一碗好不好？」

孩子如預想般地沒有回應，李何華也不失望，轉過身開始做麵條。

家裡沒有其他配菜，她只能做一碗最普通的素麵。

做麵條對她來說太簡單了，不出十分鐘就搞定，李何華特地多做了一點，先盛出大半碗放到廚房的凳子上，然後連凳子一起搬到小男孩的面前，輕聲開口。「寶貝，這是麵條，很香的，你嚐嚐看吧！」

見孩子不動彈，也沒有任何反應，李何華抿抿唇，嘆息了聲，說道：「寶貝，我不打擾你，你自己吃，要小心不要燙到了，我走啦！」說完簡單地將鍋子刷洗乾淨，然後慢慢地端著自己那碗麵回到柴房。

李何華一邊吃自己做的麵條，一邊想著廚房裡的小男孩。不知道他有沒有吃？會不會被燙到？

吃到一半，李何華還是不放心，乾脆放下碗起身去廚房，誰知剛走到廚房門口，就聽見裡面有女人的聲音，是張林氏。

李何華趕緊停下腳步。

廚房裡面，張林氏驚訝地道：「哪裡來的麵條啊，書林？」

沒有人回答。

李何華趕忙悄悄地回到柴房，剛關上柴房的門，就聽見外面有兩個人的說話聲，是張鐵山和張青山回來了。

張鐵山和張青山沒見到母親和書林，放下手裡的東西去了廚房，就見張林氏正彎腰站在灶膛邊說著什麼。

看見兩個兒子回來，張林氏直起腰。「你們回來了啊！」

張青山好奇地問：「娘，您在幹什麼，在和書林說話？」

張林氏眉頭微皺。「剛剛我去溪邊洗衣服，回來就看見書林跟前多了一碗麵，也不知道哪裡來的？我問書林，書林也不理我。」

張青山趕緊湊上去看，果然見書林跟前攏著一張板凳，上面放著一碗還冒著熱氣的麵條，一聞味道，竟然有一股濃濃的香味。

「這麵條真香啊！哪來的啊？」張青山跟著疑惑，不由看向他哥。

張鐵山看著麵條，眉頭皺了皺，半晌後搖搖頭，聲音也淡淡的。「沒事，我們都出去吧！」說完走到柴火堆裡，伸手將書林抱進懷裡走了出去。

張青山看著凳子上的麵，想了想，還是端起來跟著出了廚房。

這麵條聞著真香，不管是誰給書林的，肯定對書林是好意，不吃不就浪費了，還是給書林吃吧！

張青山將麵條端到桌子上，又遞上一雙筷子。「哥，這麵條好香，肯定跟昨天給書林包子的是同個人吧！這人手藝肯定很好。哥，你餵給書林吃吧！」

張林氏在旁邊疑惑地道：「真是奇怪，我就在門口不遠處洗衣服，也沒看見誰來家裡給書林送吃的啊……而且村裡人送東西，為什麼不出聲啊？」

張青山也不解地搖頭。「不知道，大概是不想讓我們知道吧！反正只要是對書林好的就行了。」

張林氏想想也是。「給書林送吃的，肯定是對書林好的，這麵條就給書林吃吧！不要浪費人家的好意。」

張鐵山眼睛不著痕跡地瞟了眼柴房緊閉的門，接過張青山手裡的筷子，挾起一筷子麵條先送進自己嘴裡。

麵條剛入口，張鐵山立時頓住，眼裡閃過一絲驚訝，過了幾息才咀嚼起來，然後慢慢嚥下去。

張青山看著他哥的動作，立刻拍了下腦袋。還是他哥想得周到，他只想到是好東西就讓書林吃，卻沒想過可能有問題，這要是有問題，不就害了書林？

想到這裡，張青山有點愧疚，伸手拿過他哥手裡的筷子，也挾了麵條送進嘴裡。

他也要幫書林試一試，不能讓他哥一個人試毒啊！

誰知麵條剛入嘴，他的眼睛就不自覺地睜大，咀嚼幾口，驚訝極了。「這誰做的啊？這不就是普通的麵條嗎，怎麼能做得這麼好吃，比鎮上賣的都好吃啊！」

張林氏見小兒子這麼說，不禁好奇，趕緊也嚐了一口，大感驚訝。沒想到一碗普通的素麵，竟然能做得那麼好吃。

張鐵山沒有說話，過了片刻後見沒什麼事，這才挾起麵條遞到書林嘴邊。「書林，吃麵條，乖乖張嘴。」

連說了兩遍，書林的眼珠子才動了動，盯著麵條片刻，最後張開了嘴。

張鐵山慢慢地餵書林，直到他把碗裡的麵全部吃完。

張青山在一旁看得驚訝。「哥，書林竟然把一碗麵都吃完了，他之前一直不太吃得下東西的。」

張鐵山眼裡也閃過驚訝。自他回來後，書林就變成了這樣，飯也吃不下去，常常好不容易餵一點，他卻立刻吐了出來。

這段日子稍微好了一點，可是吃得也很少，帶他去看大夫，大夫只說這是心裡的病，治不了。這讓他每每都擔憂地睡不著覺，可是現在書林卻把一碗麵都吃光了，怎能不讓他驚訝？

難道書林……

張鐵山再一次瞅了眼柴房的方向，眼裡閃過莫名的情緒，讓人看不懂。

此刻的李何華並不知道外面發生的事情，只是靜靜地吃完了麵條，知道張家人還在，就不想出去，只等著外面沒人了再去廚房洗碗。

過了一陣子，李何華站了起來，慢慢地做著瑜伽，伸展的同時也可以瘦身。現在的身子真是太胖了，瑜伽對於她來說非常難，很多以前輕而易舉的動作現在卻難於上青天，連蹺個腿都辦不到，一個彎腰的動作就把她累得夠嗆，所以一套動作下來，李何華大汗淋漓，好像剛從水裡撈上來一樣，身體也累得不想動，癱坐在床上大口喘氣。

李何華挫敗地看著身上這一身肉，重重地握了下拳頭。

她一定要堅持啊！必須要減下來！

第二天，公雞剛剛打鳴，李何華就睜開眼睛，忍著睏意起床，拿著買來的麵粉進廚房做饅頭，當作今天一天的伙食。

饅頭很快就做好了，她正打算將饅頭放進蒸籠裡，眼角餘光瞟見放在角落裡的半籃韭菜，眼睛亮了亮，腦子裡又不由自主想起了那個孩子。

她偷偷用一點韭菜應該沒關係吧？她想做些煎餃給那孩子吃，他真的太虛弱了，需要吃點好吃的。

可要是被其他人發現了呢？會不會以為她偷用他們家的東西而不高興？

李何華陷入了糾結，明明知道不要做多餘的事比較好，可是不知道怎麼的，就是很想做點好吃的給那個孩子。也許是出於她自己都不想承認的愧疚吧！雖然不是真正的她，可是現在，她就是李荷花。

最後，李何華還是偷偷用了一小把籃子裡的韭菜，剁成韭菜餡，加些調料，最後包進麵皮裡，在鍋裡煎一下，一份煎餃就做好了。

她挾了一個嚐了下，很滿意這味道，便將剩下的用碗蓋起來放在灶臺上，等著給小寶貝吃。

她知道這樣肯定會讓其他人懷疑，可她只是想對那個孩子好一點，她現在什麼都沒有，只有做點吃的給他；但不可能每次都偷偷摸摸地不讓人發現，所以其他人知道就知道吧！她又不是做什麼壞事。

想著，李何華端起已經蒸熟的饅頭要回柴房，誰知剛轉身，就見一個高大的身影站在廚房門口，嚇得她差點將碗摔了。

李何華拍著自己的胸口，心還是怦怦跳。「你怎麼悶不吭聲地站在這裡，嚇死人了！」

張鐵山沒有任何表情，只是盯著她的眼神讓人發寒。

李何華被他盯得不自在，暗暗撇了撇嘴，放棄跟這個男人溝通，抱著饅頭低頭繼續走。

「妳在玩什麼把戲？」張鐵山盯著灶臺上的碗，聲音裡透著無盡的冷意。

李何華停下腳步。「我沒有玩什麼把戲，就是給孩子一點吃的而已。你們要是不想給他吃，扔了就是。」

這話說完，張鐵山的眼神變得更加銳利，盯得李何華感覺自己身上插了刀子，恨不得立刻離開這人的視線。

這人怎麼回事啊！不就是個普通的村夫嗎，怎麼會有這麼銳利的眼神？難不成他發現了什麼？

李何華在心裡暗驚，不過面上還是裝作平靜的樣子，說道：「沒什麼事我就先走了。」

「李荷花，我警告妳，不要在我眼皮子下耍任何花招，妳要是再敢打書林的主意，我會讓妳嘗到什麼叫後悔。」淡淡的一句話，蘊含的鋒利卻顯而易見。李何華相信，如果她真的敢傷那孩子一分一毫，這男人絕對不會放過她。

可她從來沒有想過要傷害那個小小的孩子，她只是單純地想對那個孩子好而已，所以，她怕什麼呢？

李何華無畏地直視著面前的男人。「你放心，我沒有打書林的任何主意，只是單純地想對他好而已。」

然而李何華的這句話卻引來男人的冷哼。「對他好？妳之前是怎麼對他的，現在說要對他好，妳以為這話有人信嗎？李荷花，我不管妳腦子裡打的是什麼主意，妳都給我乖乖地收起來，這裡不再是妳能撒野的地方，我給妳在這裡住一段時間已經是大發慈悲了，不要再企圖挑戰我的底線！」

她說要對書林好，他是一個字都不信的。之前那幾年，她喪心病狂地對待自己的親生兒子，怎麼可能在這麼短的時間內就改過自新？

江山易改，本性難移，這女人的骨子裡就是惡毒和骯髒的，永遠不可能變好，最起碼，不可能像現在表面上表現得那麼好。

他知道這兩天給書林食物的人是她，但他不會相信她是真心對書林好，這個女人腦子裡肯定在打什麼主意。他不動聲色地觀察了兩天，不過並沒有看出什麼異常，看來這女人比他想像得有心計，也耐心多了。

不過，不管她想做什麼，他都不會讓她如願，適當的警告很有必要。

李何華哪裡知道張鐵山內心的想法？被張鐵山這樣警告，她有點生氣，也很委屈。她不就是給那孩子一點吃的，又沒有做什麼，幹麼像是對待罪犯一樣又是警告、又是呵斥？可她的理智知道，這男人把她當成原主了。

說來說去，都是原主的錯，她的委屈都是替原主揹黑鍋造成的。

李何華在心裡告訴自己不要生氣，接著深吸一口氣，說道：「不管你信不信，我是真的沒有打什麼主意，要是你不放心的話，就看著我好了，我不會做別的事，只不過順帶給孩子做點吃的而已。」說完不再多待，徑直出去了，走到門口又補了一句。「灶臺上是我給小傢伙做的煎餃，你看著辦吧！」

柴房內，李何華坐在床上，卻沒了胃口。

這種不管做什麼事都會被別人解讀成有什麼陰謀詭計的感覺，真的太難受了，難道她以後就不能單純地做自己嗎？

唉，原主的罪孽太深，只要她在這裡一天，就會被原主的陰影籠罩一天，除非她能離開，遠離所有認識她的人，這樣才能重新做隨心所欲的李何華。

看來，她一定要快點掙夠錢，去鎮上買一套屬於自己的院子，然後搬離這裡。不不不，買一套院子太遙遠了，還是先掙錢租一套房子吧！然後再慢慢掙錢買院子，這樣就可以早點搬走了。

再過幾天才會去給王家人做席面，這其間都沒什麼事，她可以利用這幾天的時間想辦法賺點錢，不然就只能坐吃山空了。

該做什麼呢？李何華一邊咬著饅頭，一邊在腦子裡想辦法。突然，她的視線定在自己手裡的饅頭上，心裡有了主意。

對啊！她可以做點新穎又好吃的糕點去集市上賣，不管什麼時代、什麼地方，美食永遠不愁賣不出去。

李何華的眼睛亮了，開始仔細思量要做什麼樣的糕點才能吸引客人？

想了半天，李何華決定做紅豆糕和雞蛋糕。這兩種糕點都很簡單，不需要繁複的機器，在這裡的廚房就能做得出來。

紅豆糕屬於中式糕點，只要好吃，再比糕點鋪子賣得便宜些，不愁沒人買；而雞蛋糕屬於西式糕點，在這個時代肯定沒人見過，也能夠吸引客人，到時不愁沒人光顧。

不過，做這兩種糕點要用到雞蛋和紅豆，還需要白糖，可她手裡只剩下五文錢，根本不夠買這些材料，該怎麼辦呢？

李何華鬱悶地撓著自己的頭髮，直把自己撓成了個瘋子。

難道就這麼放棄了？不行，不能放棄，她可是急需用錢，憑她的手藝，這點子一定能賺錢，只要把材料買齊就行。

可她能去哪裡弄到錢呢？原主的娘家，她不認識，原主也沒有什麼好朋友，在村裡的人緣為負數，想借錢是根本不可能的；而她唯一認識的，且能說幾句話的就是……

李何華的視線投向外面院子裡，那裡有劈柴聲傳來。

第七章　賣糕點

李何華站起身，悄悄走到門後，打開一道縫往外望去，入眼的是一具健壯的身軀，袖子捋到手肘，露出結實的手臂，右手拿著一把斧頭，一下又一下，肌肉隨著動作一鼓一鼓的。

要是擱在以前，李何華肯定會好好欣賞一下帥哥，可現在她卻無心欣賞，滿腦子都在糾結著要不要拉下臉皮去跟他借錢？

去跟張鐵山借，有很大的可能會被拒絕，估計還會被狠狠奚落一頓，可是不借的話，她就一點辦法也沒有了。

在借與不借的糾結中，李何華最終還是選擇了借。

被奚落就奚落吧！最起碼她試過了，不能不試就放棄。

李何華鼓起勇氣將門打開，走到張鐵山跟前，可張鐵山連個眼角餘光都沒給她，繼續劈著柴。

李何華張了張嘴，又閉上，又張了張，來回試了好半晌，這才開口。「張鐵山……」

張鐵山瞥了她一眼。

李何華一輩子都沒有跟人開口借過錢，感覺十分尷尬，不由搓了搓手，強撐著臉皮笑了笑。「張鐵山，我能請你幫個忙嗎？」

張鐵山沒理，因為壓根兒就不想搭理她。

李何華皺了皺鼻子，就知道自己討不了好，可是沒辦法，人在屋簷下，必須得低頭啊！要是以後她發達了……

李何華從自己的幻想中回過神來，繼續道：「張鐵山，我想跟你借點錢行不行啊？」說完立刻補充。「你放心，我一定會還的，我給你寫張借據吧！」

可惜的是，李何華這話只換來張鐵山的冷冷一瞥，那眼裡有厭惡，也有警告。

李何華咬了下唇，繼續無視他的冷眼。「張鐵山，我想做些糕點去街上賣，可是我沒有紅豆、雞蛋和白糖，你借我一點錢，我去買，等我賺了錢，我立刻就還給你。你不用擔心我賣不出去，我的手藝很好，等我做好了讓你嚐嚐……」

「滾，不要在這裡囉嗦。」

「……」這男人，怎麼就這麼難搞！

李何華偏不滾，繼續磨他。「你要是不相信我能賺錢，我現在就做一份給你吃吃看，這樣你就知道一定能賣得出去了，行不行？

「你要是不喜歡吃，我可以做給小寶貝吃啊！小孩子都喜歡吃蛋糕的，真的很好吃，你就讓他嚐嚐嘛！

「張鐵山，我真的只是想做些糕點賣錢，可我身上只有五文錢，你就借我一點吧！不用太多，借我二十文錢就行。求求你了，大不了我還你三十文錢，這樣你可是淨賺十文錢啊！」

李何華說了一大堆，結果這男人依然像聽不見一樣，沒有一絲要理她的意思，只不過劈柴的動作越來越用力，聲音越來越大，好像在砍人，李何華都怕下一秒這男人要不耐煩地劈她了。

李何華壯著膽子，進行最後的嘗試。

「張鐵山，你不是討厭我嗎？只要我賺了錢，就能盡快搬走了啊！到時候不就不用看到我了？所以你借一點錢給我是有好處的，而且我一定會還。」這句話說完，李何華真的詞窮了，要是他還不答應，就只能放棄了。

張鐵山終於停下劈柴的動作，直起身來，冷冷地看著李何華。就在李何華以為這男人要揍自己的時候，他將手伸進衣襟裡，掏出一串銅板，遞給她。

李何華驚喜地睜大眼睛，伸手去接，卻撲了個空，不由皺眉看向他。

只見這男人抓著錢，冷淡道：「借妳錢可以，但妳得在兩個月內搬走，然後再也不要出現在這個村子裡，也不要出現在我們面前，要是妳違背了，就不要怪我不客氣。」

李何華想了想，點頭。「好，我答應。」

反正她也不想待在這裡，以後不會跟這裡再有什麼交集，跟他們更是不會有接觸。

手裡有了錢，李何華立刻開始行動，第一件事就是去鎮上買做糕點的材料。

她買了紅豆和新鮮的雞蛋，又到鋪子裡買了包白糖，最後跑到有賣油紙包的地方，買了一疊紙用來打包糕點。

接著，她又跑去鎮上一家專門賣糕點的鋪子裡，打聽糕點的價位。紅豆糕的價錢是七文錢一斤，李何華站在一邊觀察，有位客人正好買了一斤，裡面大概有四塊紅豆糕，也就是說差不多兩文錢一塊。

李何華心裡有數，便打算按塊賣，每塊做大一點，然後賣兩文錢一塊。

東西買好了，價錢也問好了，李何華興沖沖地回到家，等張家人吃完晚飯，張林氏將鍋碗刷乾淨後，她才拎著買來的材料進廚房。

首先開始和麵，然後是打雞蛋、蒸紅豆……

外頭，張家一家人坐在院子裡說話，聽著廚房傳來的聲音，張林氏首先忍不住了。

「這是在幹什麼呢？不會在糟踐咱家的東西吧？」

張青山也很不高興。「哥，這女人真的太討厭了，真不想跟她住在一起。」

張鐵山沒有說話，抱著書林輕輕地拍著。

看張鐵山不說話，張林氏也習慣大兒子沈默寡言的性子，自顧自地和小兒子說起其他的話題；但是不過一會兒，院子裡卻突然傳來一陣奇異的香味，香得讓人不由自主想流口水。

張青山使勁嗅了嗅。「這是糕點的味道吧？誰家買糕點了，真香啊！」

張林氏也使勁吸了吸鼻子。「是糕點呢！可又跟鎮上的糕點香味不一樣，比鋪子裡賣得都香，這是什麼糕點啊？」

張青山不由自主站起來，使勁嗅著空氣裡香味的來源，半晌後不太相信地說道：「娘，我怎麼覺得這是咱家傳來的呢？」

「怎麼可能，咱家啥時候買糕點了？」

「娘，好像是真的，就是咱家的香味，好像是廚房……」

張林氏瞅向廚房，眼裡閃過懷疑。難道那女人買了糕點在廚房吃？

一直沒有說話的張鐵山在此刻出聲了。「娘、青山，坐下吧，就是咱家廚房。」

張林氏和張青山對視一眼，坐了下來。

張林氏不由嘀咕。「這女人就是這樣，好吃懶做，糕點這樣貴的東西都買來吃，吃就算了，還一個人偷偷躲在廚房裡吃，咱家娶進這樣的女人真是倒了楣，要不是當初她爹……」

「娘！」張鐵山的一聲呵斥，打斷了張林氏接下來的話。張林氏抿了抿唇，沒再接話。

張青山瞅瞅他哥，又看看他娘，識趣地沒再多說，只是眼睛下意識地看向廚房，卻看見李何華端著一個盤子出來了。

李何華剛做好紅豆糕和雞蛋糕，切成了一塊一塊，找了個籃子，裡面鋪上一層乾淨的白布，只等著明天趕早出去賣。

不過，她特意每樣都留了四塊，打算給張家人吃。畢竟，她的材料錢是跟張鐵山借的，用的也是張家的廚房，柴米油鹽也是張家的，於情於理都要給張家人嚐嚐。更何況，她想要給小傢伙吃她做的糕點，所以這會兒，她便親自端著糕點出來了。

李何華走到幾人跟前，忽視張林氏和張青山不善的眼神，將盤子放到小方桌上。「這是我做的紅豆糕和雞蛋糕，剛出爐，拿來給你們嚐一嚐。」

張林氏和張青山眼裡閃過驚訝。他們都以為是她買糕點回來吃，沒想到竟然是她做的，怎麼想都不可能啊！就李荷花這樣的人，能做出這麼香又這麼好看的糕點？莫不是騙人的吧？

張林氏對李荷花恨之入骨，現在怎麼可能接受她的好意？就算這糕點的確很誘人，她也不會給她面子。「哼，妳什麼時候這麼好心了？我可不敢吃妳的東西，我怕妳給我下毒呢！」

李何華不想理會，淡淡道：「你們吃吧，我回房了。」反正她的禮數到了，他們要是不願意吃就算了，她用不著在意。

張林氏與張青山看著李何華進了柴房，這才將視線收回來，看向桌子上的糕點，眼裡閃過猶豫。

這糕點不光樣子好看，香味也忒誘人，一看就很好吃，可這是那個女人做的，吃那個女人的東西豈不是……

這時，張鐵山率先拿起一塊雞蛋糕。「娘、青山，吃吧！」

見他這麼說，張林氏和張青山對視了一眼，也不猶豫了，紛紛伸手拿了一塊。

吃！為什麼不吃？那女人貪了他們家那麼多錢，這點雞蛋糕算什麼？

一口咬下去，幾人同時微怔了下。張鐵山倒還好，張林氏和張青山眼裡的不可思議顯而易見。

張青山一邊咀嚼，一邊瞅了眼柴房，話語裡充滿懷疑。「這是她做的？她能做出這麼好吃的糕點？」

張林氏也很懷疑，可她知道這糕點不是買的，因為她從來沒有見過什麼雞蛋糕。這紅豆糕倒是見過，以前也吃過，可味道沒這麼好吃。

張鐵山吃完一口後，靜默片刻，撕下一小塊遞到懷裡的兒子嘴邊。「書林，吃糕點。」

對於張鐵山的話，書林一向是有反應的，他乖乖張開嘴吃下，慢慢地咀嚼，一點也沒有出現排斥的表情，雖然吃得慢，可是看得出來他吃得很香。

張鐵山不由自主想起早上的煎餃，也是如此刻這般，書林吃得很香，一點都沒有吐出來。

那女人什麼時候有這樣的廚藝了？

第二天一早，李何華在天還濛濛亮時就起床，簡單洗漱之後，便朝著鎮上走去。

來到鎮上時，天色已經大亮，集市也開始熱鬧起來。

李何華在一塊稍微乾淨點的地方蹲下，將籃子放下，稍稍掀起蓋著的白布，露出裡面的紅豆糕和雞蛋糕，然後拿出一個油紙包打開，裡面是一塊塊切得更小的糕點。這是李何華在家裡切的，專門給客人試吃。

準備好之後，李何華扯開了嗓子吆喝。「賣雞蛋糕和紅豆糕嘍！又大又香的雞蛋糕和紅豆糕，免費品嚐，不好吃不用買！」

聽李何華說到免費品嚐，不少人都被吸引過來，尤其是小孩子，眼睛盯著那些又香又好看的糕點流口水，不停地踮著腳喊。「我要吃、我要吃！」

大人們見自家孩子要吃，便問：「這糕點怎麼賣啊？」

「紅豆糕和雞蛋糕都是兩文錢一塊。」

有人一聽兩文錢一塊，覺得貴，紛紛搖頭。

李何華笑著道：「我這可是祖傳的秘方做出來的糕點，味道保證是一等一的好，而且每塊糕點分量都不小，賣兩文錢一塊，真的不能再便宜了。來，你們先嚐嚐，要是覺得不好吃，你們就別買。」說著，李何華將手裡的糕點分給那些小孩和大人。

結果如李何華預料的一樣，吃下去的人都覺得很好吃，那些孩子更是吵著要再吃，大人們被鬧得沒辦法，只好掏錢。

接下來李何華就沒有再吆喝了，只不停地給客人包糕點、收錢。其他人看她這邊這麼熱鬧，也紛紛圍過來跟著買。

由於是第一天賣，李何華不敢做太多，只做了一籃，誰知不到半個時辰就全部賣光了，還有一些人沒買到，紛紛急了。

「妳這糕點怎麼這麼少？我們想買還買不到啊！」

李何華笑著道歉。「不好意思，今天做的量少了點，不過沒關係，明天我還會來，想吃的可以過來買。」

不少沒買到的人聽李何華這麼說，放了心，決定明天再來看看。

李何華看著空空如也的籃子，開心地笑了，又去買明天要用的紅豆和雞蛋。她要多買一點，明天帶兩籃來賣。

買完東西，李何華心情頗好地回家，一進門就直奔柴房而去，將門拴上，然後將袖兜裡的錢都倒在床上，一時間只聽見嘩啦啦的銅板碰撞聲。

李何華喜得眼睛都瞇了起來，一個個開始數。一共有五十個銅板，扣除成本和今日買材料的錢，能存三十文錢。

李何華忍不住在床上滾了滾，激動過後，她使用繩子將這些錢串在一起，拎到眼前，不捨地瞅了好幾眼，嘆了口氣，起身去找張鐵山。她打算將這錢還給張鐵山，她不喜歡欠人家的錢。

張鐵山正好挑著一桶水回來，李何華趕緊將錢遞給他。「這是還你的錢。」

張鐵山沒說什麼，伸手拿過來，隨意地塞進胸口，然後繼續挑著水桶出去了。

李何華也不在意，反正她的錢還了，感覺一身輕，又回到柴房，在床上躺了一會兒，等到張家人吃過晚飯，這才出去做糕點。

第二天，李何華依舊在天剛亮的時候就出發了，找到昨天的位置，將兩籃糕點擺到跟前就吆喝開。

有了昨天的盛況，今日很快就有人來買，以至於雖然今天多做了一籃糕點，結果賣的速度跟昨天一樣快，還不到晌午就全部賣完了。

李何華揣著賣糕點的錢，又去買明天做糕點需要的材料，往回走的時候，看見一個小販站在街頭賣糖葫蘆，心裡第一時間想到了家裡那個小傢伙，不由自主地走過去，花了兩文錢買了一根。

走了兩步，李何華的腳步又一次停住，眼睛看向不遠處一家賣豬肉的攤子；猶豫了半晌，還是狠下心走過去，花了十五文錢買了一斤五花肉。

不是她想吃五花肉，她買這些肉的目的，其實是想回去做道紅燒肉給張家人吃，算是感謝張家人的收留，讓她能夠繼續住下去，畢竟她已經被休了，不算張家人了。

當然，最主要的一點，她希望能藉此在張家人面前刷些好感度，讓大家接下來的日子和平相處，各自舒心。畢竟她不想一見面就被各種仇視的目光盯著，因此適當地賄賂一下房東還是必要的，誰叫她現在還沒本事離開呢？

第八章 紅燒肉

李何華到家時已經是下午，肚子早就餓得咕嚕叫，但她做的第一件事是找到在灶膛後面的小傢伙，將糖葫蘆輕輕放到他的腿上。

「這是我買給你的糖葫蘆，小孩子都喜歡吃，你也吃吃看，要是喜歡吃，我以後經常給你買。」

小傢伙沒有動彈，也沒有像一般孩子那樣欣喜地立刻就吃，他始終低垂著頭。

李何華的眼裡閃過一絲痛惜。他還是個剛接觸世界不久的孩子啊！可卻像對世界毫無感覺般，拒絕和這個世界溝通，也拒絕任何人進入他的世界。

到底是受過多麼重的傷害，才會變成這樣？

李何華知道，這個孩子已經處於封閉的邊緣，如果現在不努力將他拉出來，他終有一天會徹底縮進自己製造的世界裡，與世隔絕，成為一個徹頭徹尾的自閉者，一輩子就毀了。

她不忍心看到這樣一個孩子就這麼毀滅下去，她想盡她最大努力來拯救這個孩子。

她不是醫生，也不知道這個小傢伙能不能將她說的話聽進去，但她還是想憑藉自己的方法試一試，那就是儘量多和他溝通。

「小寶貝，你知道嗎？我今天去鎮上賣糕點了，就是昨天我給你吃的那種糕點，生意很好，全都賣完了，以後我每天都能掙錢，就給你帶好吃的，好不好？

「還有，我以後只要做什麼好吃的，我都先給你留一份，有沒有覺得我做的東西很好吃呀？嘻嘻，我是不是有點自戀啊！寶貝？

「我今天還買了五花肉，打算做紅燒肉給你吃，還有你爹、你小叔和你奶奶都能吃到，家裡都沒見過葷腥，這樣你怎麼能長胖呢？你看你這麼瘦，可是要好好補一補，這樣才能長得壯，就像……就像你爹一樣高大。」

李何華將今天發生的事都跟小傢伙說了一遍，直到沒話可說，這才站起身。「小寶貝，我要來做飯了，待會兒你就有肉肉吃啦！」

儘管小傢伙沒什麼反應，不過李何華覺得小傢伙其實聽得到她說的話，不回應沒關係，只要能聽進去就好，她多說說話，對他也是有好處的。

李何華要減肥，所以她沒打算吃今天做的紅燒肉，只熬了一點白米粥當作晚飯。等粥熬得差不多時，她將買來的肉清洗好，切成一塊塊，然後開始做紅燒肉。

不一會兒，肉香就從廚房飄了出去，瞬間，滿屋子都是誘人的香味，引得張林氏跑進廚房，看到又是李何華在做菜，往鍋裡看了下，發出一聲輕哼，撇撇嘴，轉身走了。

李何華看了眼張林氏的背影，搖了搖頭沒管她，繼續做自己的菜，直到收汁完成，她才將鍋裡的肉盛到盤子上。

李何華給自己盛了碗粥，走到灶膛後面和小傢伙一起坐著。

「寶貝，我今晚喝粥，你想不想喝啊？」說完用勺子舀了一勺遞到小傢伙的嘴邊。見小傢伙不張嘴，李何華輕哄道：「寶貝，嚐一口吧！可以先喝點粥，等會兒你就能吃到香噴噴的紅燒肉啦！」

不過結果自然是失望的，小傢伙就是不理她。李何華只好自己吃，邊吃邊跟小傢伙說話，直等到喝完兩碗粥，這才和小傢伙告別，端著紅燒肉進了堂屋。

堂屋裡，張林氏坐在門邊縫衣裳，看見李何華將一盤肉放到桌上，眼裡閃過疑惑，不過並沒有開口問她，她並不願意主動搭理她。

李何華主動解釋。「娘，這是我今天去集市上買的紅燒肉，特意做來給你們吃的，等會兒您只要再炒一道青菜、煮點米飯就行了。」

張林氏眼裡閃過詫異，不過很快就被厭惡取代，嘴裡冷哼一聲，低頭繼續縫衣服，倒是沒有直接拒絕。這毒婦貪了她兒子那麼多錢，吃她一點東西也補不回來，她幹麼拒絕？

李何華不在意張林氏的態度，放下紅燒肉後就回到柴房。

看李何華將門關上，張林氏眼睛瞟向桌上的紅燒肉，站起來走到桌邊，瞬間一股香味撲鼻而來，讓她不由自主地咽了口口水。

這毒婦什麼時候有這麼好的廚藝了？不管是昨天做的糕點，還是現在的紅燒肉，色香味俱全，讓人挪不開眼。

她剛和鐵山成婚那時，什麼都不會做，燒的菜更是難吃，難道那時她是故意的？還是說她這幾年好好鍛鍊了廚藝？

不對啊！憑那女人的懶勁，她會去磨練廚藝？

張林氏怎麼都想不透是怎麼回事，眼看時間不早了，只得匆匆進廚房做晚飯。

張鐵山和張青山從山上回來時，張林氏的飯剛剛做好。

看見放在地上的兩隻山雞和野兔，張林氏的眼睛亮了亮，趕忙問道：「今天收穫這麼多啊？」

張青山略顯激動。「娘，哥的身手真的太好了，一箭就射中一隻，我要好好跟哥學，像哥那樣厲害！」

張林氏露出自豪的笑容。「你哥當然厲害，你好好跟你哥學，以後像你哥一樣有本事。」

張青山使勁點頭，突然聞到一股肉香，眼睛下意識尋找，就見桌子上有盤紅燒肉，雙眼立刻發亮。「娘，您今天去買肉了？好香啊！」

張林氏的笑容淡下來，沒好氣地說：「我買什麼肉啊！是那個女人做的，不知道打的什麼主意。」

張青山眼裡閃過詫異。「她？她什麼時候那麼好心了？莫不是有什麼陰謀吧？」

正好張鐵山從廚房裡將書林抱出來，張青山趕忙對他道：「哥，你快看，那女人竟然給我們做了一盤紅燒肉，你說她在打什麼主意？」

張鐵山順著張青山的手看向桌上的菜，沒說什麼，抱著書林坐下，對站著的張林氏和張青山道：「不用擔心，吃飯吧！」

張林氏還想再說些什麼，不過看張鐵山已經在餵書林吃飯了，這才作罷，和張青山坐下來。

儘管張青山很厭惡、不屑李何華，可筷子卻不由自主地伸向那盤紅燒肉。他安慰自己，那女人欠他們家那麼多，吃她一點紅燒肉不算什麼。

入口的瞬間，張青山頓覺一股愉悅充斥大腦，無比確定這盤紅燒肉是他吃過最好吃的紅燒肉，比鎮上酒樓裡的肉都好吃。雖然他沒吃過酒樓裡的菜，但不知為何，他就是這麼覺得。

看他娘也是一樣的表情，張青山不禁疑惑。「那女人怎麼會有這麼好的廚藝？我怎麼感覺很不尋常呢？」

張鐵山面無表情地望了一眼緊閉的柴房門，眼裡閃過一絲探究。

飯後，張鐵山將打來的野物簡單收拾了下，第二天天一亮就直接去鎮上賣。

鎮上有一間「福滿樓」酒樓，每天需要不少野味做菜，但凡獵到野味的人，都可以直接賣給這家酒樓。但是因為打獵難度高且危險，一般人壓根兒做不來，所以能獵到野味的人少之又少，所以這野味的價格不低。

張鐵山在少年時期就開始上山打獵了，從那個時候起就將打到的野物賣給這家酒樓，因此跟酒樓的掌櫃十分熟悉。時隔幾年，這還是他回來後第一次打野物來賣。

張鐵山直接走進酒樓，朝站在櫃檯後算帳的掌櫃打招呼。「掌櫃的。」

掌櫃抬起頭，一看是張鐵山，頓時驚喜。「鐵山？你這幾年到哪裡去了！」

張鐵山露出淡笑。「當兵去了，剛剛才回來。」

掌櫃恍然大悟。前幾年朝廷和梁人開戰，下令徵兵，每家都要出一個兵丁，不交兵丁可以，要出十兩銀子才行。

大多數老百姓都拿不出這個錢，只能讓家裡的男人去了，想必張鐵山也是前往戰場打仗，如今能見到他平安回來，還是很高興。

掌櫃收起帳本，從櫃檯後走出來，一眼就看見張鐵山手裡的野物，更高興了，拍了拍張鐵山越發健碩的身子。「終於又有人給我送野物了。你不知道，你這幾年不在，我這裡都沒人給我送，客人們想吃，我還得花高價去買。」

張鐵山淡笑。

掌櫃從櫃檯裡拿出一小塊銀子遞給他。「來，鐵山，這是你今天的野物錢。」接著轉頭叫來小二。「將這野物拿到廚房給王師傅，告訴客人今天有野物。」

「好咧！」小二樂顛顛地走了過來。

張鐵山也不客氣，將錢收下，將野物遞給小二。

掌櫃和張鐵山又說了一會兒話，張鐵山才告辭離開，不過他沒回家，而是直奔集市而去。

家裡除了昨天李荷花做的那道紅燒肉，已經很久沒有沾過葷腥，既然他回來了，就要讓家裡人過上好日子。

他在一家賣了好多年的豬肉攤子前買了點排骨，想了想，又買了斤五花肉。昨天娘和青山都說紅燒五花肉好吃，就連書林都吃了好幾塊，他從來沒見他吃得這麼香過，便想著再買一點，讓娘做給大家吃。

買完東西，張鐵山正打算回去，卻在無意中看到站在街邊的李何華。

她的跟前擺著兩個籃子，籃子裡正是每天都會送給他們吃的糕點，此刻她正滿臉笑意地將糕點遞給客人，俐落地收錢，告訴客人下次再來，每位客人都很滿意地離開。

張鐵山不知不覺看出神。這個女人還是那副模樣，一切都沒變，可是卻又好像變了，整個人跟記憶裡的樣子，還有娘和弟弟描述的出入很大，究竟是本性如此，還是偽裝？

張鐵山突然有點疑惑。

不過一想起這女人這幾年來做的事情，他又為自己的疑惑感到可笑。

為什麼要疑惑，這女人做過的事永遠不值得原諒，不管她是改過也好，偽裝也罷，他都已經休了這個女人，她跟他們家再也沒有關係，她只能再在這個家住一段日子，然後再也不會碰面。

於他們來說，這個女人終將是陌生人，這已經是他對兒子的生母最後的仁慈。

想罷，張鐵山收回視線，邁開步子回家。

回到家第一件事，就是將買來的肉交給張林氏。「娘，中午給家裡人都好好補一補。」

張林氏嗔怪道：「你啊！怎麼買這麼多，有錢也不能亂花啊！」雖說是嗔怪，可眼裡的笑意擋也擋不住。

兒子去當兵這幾年，她和小兒子活得太辛苦，四年硬是沒有吃過一頓肉，從沒吃過一頓飽飯。她這個老婆子就算了，可小兒子還是個孩子，正在長身子，每天都吃不飽，讓她這個當娘的心都在滴血。

好在大兒子回來了，他們的日子重新好過起來，生活又有了希望。

張青山也很高興，看到肉眼睛都要發光了，他迫不及待地催促張林氏。「娘，快做、快做，我都饞死了！」

他不好意思說的是，昨天吃了那女人做的紅燒肉，今天一整天肚子裡都有饞蟲在作怪，很想再吃一次，沒想到他哥真是個救星，今天就買了肉，讓他又能吃了！

張林氏笑著點了下張青山的頭。「你個臭小子，一整天就知道吃！」

張青山摸著頭嘿嘿笑。

張林氏嘴上抱怨，其實心裡很疼兩個兒子和孫子，立刻就忙活起來。

最後，她煮了一鍋米飯，還燒了一道跟昨天一樣的紅燒肉。

張青山雙眼發光，像頭餓狼般撲向紅燒肉，結果咀嚼兩下，眉頭微微皺了起來，將嘴裡的肉嚥下去，下筷子卻沒那麼積極了。

張林氏疑惑。「怎麼了？不是說想吃紅燒肉嗎？」

張青山嘿嘿笑了下，不敢說這肉的味道跟昨天的差了十萬八千里，怕惹他娘傷心。要是擱在以前，他肯定會吃得很香，畢竟能吃肉已經很幸福了，可是吃過昨天的肉，再吃現在的肉，卻覺得食之無味，真是奇怪得很。

張青山看向他哥，想看看他哥是什麼反應，但他哥卻沒有任何異樣地吃著，看不出是滿意還是不滿意？

算了，他哥一向沒什麼表情，他還是看他家大姪子吧！

正好，張鐵山挾了一塊肉到書林嘴邊，結果書林就是不張嘴。

張林氏緊張極了。「書林怎麼了？昨天不是吃了很多嗎，今天怎麼不吃了呢？是不是不舒服啊？」

張青山卻覺得是因為今天的菜不能吸引他家大姪子。之前書林就因為長期挨餓，導致現在不愛吃東西，這幾天之所以吃了，都是吃那女人做的菜，只要是那個女人做的，書林就願意吃，而且吃得很香；但如果不是那個女人做的，書林就不怎麼吃飯。

張青山越想越覺得是這樣，心裡驚了一下。難道只有那女人做的菜，書林才吃得下去？這樣可怎麼辦，難道要把那女人留下來？

不行，絕對不行，那個惡毒的女人千萬不能留，必須趕出去。

書林會漸漸好的，不一定非要吃那個女人做的東西。

張青山心裡的想法無人知道，張林氏現在全副心神都在她的大孫子上。

她忍不住哀嘆。「書林總是這麼不願意吃飯可怎麼辦？本來就瘦弱，再不吃東西，這要是……」剩下的話張林氏怎麼也說不出來，可是大家都懂。

張鐵山的眉頭緊鎖著，眼裡也是深深的擔憂。

昨天書林吃了很多肉，他心裡很高興，還以為書林的症狀漸漸變好了，誰知道根本不是這樣，書林只是吃昨天的肉吃得很香而已，而昨天的肉，是那個女人做的……

張鐵山的眸子突然變沈。

第九章　請做席面

剛吃過飯沒多久，張家人正打算午休，突然，家裡的大門被人敲響，一道陌生女人的聲音響起。

「有人在嗎？」

張青山第一個站起來走出堂屋，就見一個中年婦人站在他家門口，並不是他們村子的。

「妳找誰？」

中年婦人道：「我找一個叫李荷花的人，她家是住在這裡吧？」

李荷花？這人找那女人幹麼？儘管不想沾上那女人的事，張青山還是不情不願地開口。

「對，她就住在這裡。」

聽到此言，中年婦女似乎鬆了口氣，臉上露出笑容。「那我沒找錯，我找她有點事情，能進去跟她說嗎？」

張青山回答。「她不在家，出去了。」那女人每天天不亮就出門了，下午才回來，也不知道幹什麼去了。

聽聞李荷花不在家，婦人有點失望，可她大老遠來一趟，不能就這麼走了，她想再問她什麼時候會回來？屋裡面的張林氏和張鐵山聽見聲響，也都出來了。

張鐵山知道大概是什麼事，便道：「妳先進來吧！她一會兒就回來。」

這中年女人不是別人，正是李何華第一次出去找席面時詢問的那個大姊，人稱曹四妹。

張林氏給曹四妹拉了張椅子讓她坐下，出於好奇，主動問道：「不知道妳找李荷花有什麼事？」

曹四妹說道：「妳是李荷花的婆婆吧？是這樣的，我娘家姪兒要成親，想讓妳家兒媳婦去做席面。」

此話一出，在場的人都驚訝了，張林氏更是以為自己聽錯了。「做席面？」

能做席面的都是大廚，沒幾十年的經驗或幾把刷子，人家怎麼可能請去做席面？席面可是一家人的臉面啊！這李荷花怎麼可能會做席面呢？

曹四妹以為張林氏只是單純地疑問，便道：「對啊！老姊姊妳可真是好福氣，妳兒媳婦的手藝真是絕了！上次她去我們村，給王老頭家做了一道叫什麼酸菜魚的，那香的喲！把我們整個村的人的饞蟲都勾了出來，王家人吃得連湯都不剩！」

張林氏覺得自己腦子都不夠用了。什麼王老頭？什麼酸菜魚？

曹四妹看張家人的臉色，這才反應過來他們還不知道，自知失言，暗道自己莫不是壞了那大妹子的好事吧？難道那大妹子是想瞞著家人，偷偷掙點私房錢？

可現在說都說了，話也圓不過來了，只能一個勁地給李何華說好話。「老姊姊，妳這兒媳婦的手藝真厲害，我們村的王老頭就要請她做席面呢！我今日來也是衝著妳兒媳婦的好手藝來的。我娘家姪兒辦婚事，我覺得這席面不能差了，就想到妳兒媳婦，這不就來請她給我娘家哥哥家做頓席面……」

張家人這下更驚疑了，他們都不明白，這李荷花什麼時候有這麼大的本事，還能讓人家親自上門來請？

張林氏瞅瞅自家大兒子，不知道接下來該怎麼回？

張鐵山也有點驚訝，不過很快就恢復正常，對曹四妹道：「李荷花不在家，馬上就回來，妳稍等一下，等她回來妳們再商量。」

曹四妹笑著點頭。

等了一會兒，李何華從鎮上回來了，手裡兩個籃子空空如也。

看見在屋裡坐著的曹四妹，李何華也很驚訝，忙問：「大姊，您怎麼來了？」

曹四妹現在見到李何華，那態度就不一樣了，親熱地拍拍她的手。「妹子，我今日是來找妳做席面的。」

「做席面？」

曹四妹又將事情說了一遍。「我娘家大姪兒要成婚，本來我哥哥是打算找周老根的，可我覺得妳做的菜比周老根香很多，所以想請妳去做。」

這對於現在的李何華來說完全是意外之喜，簡直就是送上門來的生意，她立刻答應。

「行啊！謝謝大姊這麼信任我。」

曹四妹笑咪咪的。「還得是妳自己手藝好，那天妳露那一手，可是香得喲！雖然我沒能吃到，但我知道一定很好吃，我不選妳選誰？」說完這個，她說起席面的情況。「大妹子，我家的人可比王老頭家的人多多了，席面要做二十桌，而且要連續忙兩天，妳能忙得過來吧？」

聽聞有二十桌，李何華很高興，不過這工作量挺大的，她一個人只能做菜，像洗菜、切菜這樣的工作顧不上，需要有人在一旁幫忙，但她不知道主人家幫不幫，於是立刻問清楚。

「大姊，我只能負責燒菜，洗菜、切菜的活有人做嗎？」

曹四妹點頭。「我嫂子和我都會在旁邊給妳打下手，妳只要負責燒菜就行了。」

李何華這才放心。

曹四妹離開後，李何華的嘴角咧了起來，彷彿已經看到錢向她飛來。

她真沒想到，王老頭家的席面還沒做，就有了第二筆生意，看來她那日露那一手，已經在蓮花村的村人們心裡打下良好的基礎，說不定之後會有更多要辦席面的人來找她，那她賺錢就不愁啦！

看著李何華笑咪咪的樣子，張林氏這才有了真實感，不得不相信這女人真有本事去給人家做席面，而且還得到人家的讚不絕口。

張林氏的內心是不平靜的，當然，除了書林，所有人的內心都難以平靜。在他們的心中，李荷花就是個惡毒、潑辣、好吃懶做的潑婦，可以說是一無是處；可如今這女人卻能讓別人親自上門請去做席面，這無疑是一塊巨石投進湖水，激蕩著人的內心。

張林氏忍不住開口。「妳會做席面？」

李何華的笑容微頓，思考著該怎麼回答？

她並不知道原主的廚藝怎樣，也不知道張家人對原主瞭解多少，現在的她會做席面，不知道會不會引起張家人的懷疑？可廚藝是她謀生的手段，她不能因為怕被別人懷疑就隱藏自己的廚藝，如果因為廚藝的原因被懷疑，那她也無可奈何，到時只能提前離開這個家了。

想明白之後，李何華大方地點頭。「對啊！我會做席面，上次去蓮花村，在那裡訂好給一家做席面，這次來的這個大姊也是蓮花村的，看我手藝好，請我去做席面。」

看張林氏還想再開口質問，李何華率先截過話頭。「我餓了，我先去做點飯吃，從早上到現在還沒有吃飯呢！」說著去了廚房。

張林氏到嘴的問題不得不咽回去。反正這女人和他們家沒關係了，過段時間她就得走了，管她會不會做席面呢！

李何華進了廚房，輕輕吁了口氣。

現在張家人心裡怕是很疑惑吧？畢竟她跟原主有很大的不同，但她不可能為了不讓別人懷疑，而去裝成一個極品潑婦，她還是要一步步做回自己。

第二天，李何華依然起得很早，到鎮上不過半天，就將手裡的糕點全部賣掉了。

她匆匆忙忙回到家，開始收拾東西。曹四妹大哥家的村子離這裡比較遠，要是當天從家裡出發肯定來不及，所以曹四妹讓她收拾東西，提前過去，在那裡住一晚。

李何華答應了。反正在哪兒住都是住，她對這裡也沒有什麼歸屬感，只要有個棲身之地就好。

她沒帶什麼東西，只帶了件換洗衣服和毛巾，打成一個包袱，往身後一揹就行了。

她出門時，正好看見在院子裡曬衣服的張林氏。

張林氏看了眼李何華，又轉過身繼續忙，表明不想理她。李何華要打招呼的話又咽了回去，想了想，還是沒有多說什麼，低著頭出了門。

到了蓮花村，李何華向別人打聽到曹四妹家的住址，一路找了過去，在院門口就看見正在院子裡餵雞的曹四妹。

李何華趕緊出聲招呼。「大姊，我來了。」

曹四妹轉身，見是李何華，立刻放下手裡的雞食迎了上來。「大妹子妳來啦？快進來、快進來！」

李何華被拉進堂屋，坐下喝了一口水，等曹四妹收拾好，兩人又立刻朝著她哥哥家所在的村子——曹莊村而去。

曹莊村離蓮花村很遠，兩人從下午一直走到天黑才到，直走得李何華腳上起水泡，疼得不行，就連曹四妹這個做慣農活的農家人都走得受不了了。

曹四妹不好意思地對李何華致歉。「大妹子，不好意思，讓妳受累了，我娘家路途太遠了，我平時也很少回來，這次也是沒辦法，大姪子成親，我不能不回。」

李何華抹抹頭上的汗，笑著搖頭。「沒事的，我們快到了吧？」

曹四妹往前快走幾步。「到了、到了，就是這戶。」說著帶她走進大門。

「娘、哥，我回來了！」曹四妹扯著嗓子喊了一聲，裡面的人立刻走出來。

「喲，四妹，妳怎麼到得這麼晚，天都黑了。」一個大約六十歲的老婦人出聲問道。

曹四妹抹抹頭上的汗。「今天從家裡出發得晚，這不是要帶做席面的大廚過來嘛！來，我給你們介紹一下，這就是我跟你們說的大廚李荷花，她的手藝真的是一絕。」說著，曹四妹將身後的李何華拉到身前，介紹給她的娘家人。

李何華笑著點頭致意。

大家看到李何華的樣子，暗驚了一下，沒想到她是個這麼胖的女人。

曹四妹的娘拉起李何華的手，笑道：「可真是個有福氣的。」

李何華內心尷尬了一下，只好笑呵呵道：「大娘，我這身材就是做廚師吃出來的，吃得好就長這麼胖了。」

曹四妹的娘笑得更歡。「是這個理，做廚了的哪能少吃呢！」

曹四妹在一旁打斷她娘的寒暄。「娘，我們走到現在，又累又餓的，給我們弄點吃的吧！吃完了早點休息，明天有得忙呢！」

曹四妹的娘趕緊點頭。「是是是，瞧我都給忘了，趕緊進屋，我給妳們弄點吃的。」

曹四妹的娘和嫂子給她們做了點麵條，兩人簡單吃過之後，燒點熱水洗漱一番，便回到曹家人收拾出來的房間裡休息，李何華與曹四妹住一間。

今天一整天都在奔波忙碌，李何華累得不行，躺到床上就睡著了，一覺睡到第二天，還是被曹四妹叫醒的。

今天的席面不算多，家裡的親戚先吃，第二天才是正式的婚宴。這裡的習俗就是這樣，家裡孩子成親前要請家裡親戚吃一頓；成親當天，男方和女方的親戚再一起吃一頓，所以今天的席面是六桌，明天是十四桌。

李何華先到廚房去看了下食材，然後將所有菜配好，吩咐打下手的人去洗、去切，她則將等等要用到的調料一一準備好，放在趁手的位置。

等到時間差不多了，李何華便開始炒菜。

今日一共準備八道大菜、八道小菜，湊足十六道菜，這在農村來說是很好的宴席了。兩個鍋同時開伙，一個鍋燒大菜，一個鍋燒小菜，李何華忙得有條不紊、游刃有餘，看得在一邊幫忙的人佩服不已。

若是普通人，一個人做那麼多菜，根本忙不過來，更別說同時燒兩個鍋了，這上菜速度是她們見過最快的，而且那香的喲！她們一輩子也沒聞過。

大家幫忙的同時，還要痛苦地忍著口水，怎一個難受了得？

幸好李何華將每樣菜都留了一點下來，等到宴席結束後，再分給在廚房幫忙的人吃，畢竟不能指望前面桌子上還能剩下什麼。

前面還在熱火朝天地吃著，曹四妹的娘就風風火火地進來了，看見李何華就誇道：「哎喲，閨女，妳這菜真是燒得太好了，不光漂亮，味道簡直好吃得舌頭都能跟著嚥下去！妳不知道啊，前面的人都在誇讚今天的宴席呢，一個個吃得跟搶得一樣！」

曹四妹的娘臉上滿滿都是驕傲和得意，所以忙裡抽空地過來跟李何華道謝。

能得到主人家如此讚賞，李何華還是很高興的，不過還是稍稍謙虛了一下。「大娘，您客氣了，既然收了您家的錢，肯定要做到最好的，保證讓你們有面子。」

聽了這話，曹四妹的娘更高興了，一個勁地誇好，最後又急急忙忙地出去忙活了。

李何華忙了將近一個時辰，才將所有的菜燒好，等最後一道菜被端走，她才長吁了一口氣，一看幫忙的其他人，也都是累得不行。

李何華忙將剛才留下來的菜端出來。「來來來，大家都餓了吧！終於忙完了，大家都來吃飯吧！」

此話讓勞累半晌的人都來了精神。在廚房待了這麼久，早就饞得不行，心裡都在暗暗期待著吃飯，現在終於能如願了。

曹四妹和她的兩個嫂子都迅速地拿了筷子過來，迫不及待地伸手挾菜，結果第一口還沒嚥下去，曹四妹就豎起大拇指。「大妹子，我找妳真是太對了，妳這手藝，絕了！」

「這是我吃過的最好吃的菜！」曹四妹的大嫂一邊誇、一邊猛吃，生怕等等被吃光。

曹四妹的二嫂也抽空道：「以後我家小子要是成親，我也找妳。大妹子，妳可不能推託啊！」

李何華笑了，身體雖然累，但心裡還是很高興的。

第十章　寶貝吃飯了

第二天，宴席正式開始。

李何華和曹家人起得很早，因為今天一共要做十四桌宴席，所以需要早點準備。

一大早，陸陸續續來了不少賓客，比昨天熱鬧許多，前面一直鬧烘烘的。

古代人是怎麼成親的，李何華還真不知道，很想出去看一下，不過今日她的主戰場是廚房，所以只能遺憾地等下次有機會再親自看看。

眼看快到午時，曹四妹的娘匆匆忙忙地進來說道：「快快快，可以開始燒菜，新娘子已經接回來，親家那邊的親戚都來了，差不多就要開席了。」

李何華一聽，點頭應好。「大娘放心吧！我這就開始做菜，不會耽誤酒席，很快就能上菜。」

曹四妹的娘笑著點頭。「信妳、信妳，麻煩妳了啊！」

李何華不光態度好，而且從不會抱怨什麼，對幫忙的人也是客客氣氣的，說出來的話讓人熨貼舒服，這讓曹家人對她的印象十分好，心裡不由自主想起之前幫十里八村做席面的周老根來。

那周老根的態度和李何華可謂差了十萬八千里，因為十里八村沒有其他人可以做席面，大家都得求他來做，因此他的態度就跟大爺一樣，三催四請不說，還要說盡好話，除了該給的錢，最後好酒、好菜還得送不少給他。

重點是，這人脾氣很不好，對幫廚的人吆五喝六的，活像大家都是他的下人般。可有什麼辦法呢？他的手藝好，不請他就沒人做席面了，所以只能笑著忍耐。

這次他們家也準備請周老根來做席面，本來半個月前就去請了，也說好了，可前幾天再去時，他的態度卻變了，說什麼太多家邀請他去做席面，忙不過來，實在沒空。

誰看不出這只不過是他變相在要好處，想要多收點錢和東西罷了，氣得曹家人牙癢癢，在家裡罵了他半天，可誰教他手藝好，若不請他，這席面沒人做。

最後，曹家人在家裡商量半天，準備拿幾瓶好酒再去請。

這時候，曹四妹剛好回家，聽說這件事，也是氣得不行，便跟他們提議換人來做席面，並且推薦了李何華。

一開始曹家人是不信的，畢竟只是個年輕的婦人，經驗不如做了幾十年菜的周老根；而且李荷花的名字聽都沒聽過，肯定沒什麼名氣，說明做的菜不怎麼樣，所以曹家人都反對。

曹四妹看曹家人不相信她推薦的人，立刻就將李何華那天在王老頭家的事情說了，還把那天做酸菜魚的場景描繪得繪聲繪色，尤其是那香味，還有王家人吃東西的那饞樣，說得是淋漓盡致，這才讓曹家人相信。最後一咬牙，覺得能賭一把，決定請李何華來了。

因此才有了現在的事情。

昨天曹家人還在忐忑呢！生怕這年輕的婦人不行，誰知最後帶給他們的是驚喜。這婦人的手藝不是一般地好，遠遠把周老根甩在身後。吃過這婦人做的菜才知道，那周老根的廚藝根本不算啥，真不知道他怎麼可以這麼猖狂？

以後有了這婦人，看那周老根還怎麼得意，這下終於可以挫挫那周老根的銳氣了。

曹家人內心的想法，李何華不知道，只一心一意地做菜。今日的菜也是八道大菜、八道小菜，食材和昨天一樣。曹家人的想法就是做和昨天一樣的菜色就好，反正大家都是這麼做的；可李何華覺得這樣不太好，兩天都做一樣的菜，這在她看來是失敗的廚師才做的事，所以她跟曹家人提議換個菜色，當然，食材還是一樣。

曹家人聽聞李何華能用相同的食材，做出一桌完全不同於昨天的菜，哪有不同意的，一個勁地點頭。

現在他們完全相信李何華的手藝。

李何華得到主人家的同意後，將食材重新分配，組合成一道道不同的菜，做出比昨天更讓人滿意的宴席。

做完菜後，她便準備要告辭了。

曹四妹的娘抽空來到後廚，千恩萬謝後，給了李何華兩百文錢；為表感謝，還裝了一大堆瓜子、糖果，以及一籃菜讓她帶回家。

李何華推辭，但曹四妹的娘一定要給。

「妳收著，千萬別推辭，要是請別人來，我這些東西還不夠給呢！少不得要多花很多錢。妳幫了我家這麼大的忙，我給妳一點吃的是應該的，妳就別推辭了。」

李何華見實在推託不了，這才收下，出了曹家的門便急急往家裡趕，一直到天都黑了才回到張家。

張家人已經吃過飯、洗漱好回房了，只有張林氏從房裡出來倒水，看見幾天沒見的李何華，稍微驚訝了下。

李何華扯出一個笑，跟她打招呼。「娘，我做席面回來了。」

張林氏沒理她，哼了一聲。

李何華走到桌邊，將手裡的籃子放到桌上，掀開蓋著的布，對張林氏道：「娘，這是主人家送給我的，我也吃不完，壞了可惜，你們拿去吃吧！熱一熱就行了，省得您還要自己做菜。」

裡面雞鴨魚肉俱全，裝了滿滿一籃子，張林氏沒想到她這麼大方，直接將這些好菜都給他們吃，一時間目露驚訝。

李何華自己要減肥，不可能吃這些大魚大肉，就算吃也吃不了這麼多，放著也是壞掉，幹麼不給別人吃呢？同時也能刷一下好感度，讓張家人別那麼討厭她，何樂而不為？

李何華又將一大包瓜子和糖果拿出來。「這也是主人家給的，留給書林吃吧！我不吃。」

張林氏有點抗拒，她不想要這女人的東西。「我不……」

李何華知道張林氏在糾結什麼，立刻打斷道：「娘，這麼多我也吃不完，你們不吃就浪費了，還得麻煩你們幫我吃掉，不然就沒人吃了。」

聽李何華這麼說，張林氏有些鬆動。

李何華笑著道：「那娘，就這樣吧！我累了，先回房去了。」說著直接回了柴房。

張林氏張著的嘴閉上，看向桌子上的籃子，半晌後將布重新蓋上，拿到廚房的櫥櫃裡收起來。

李何華快累壞了，一躺到床上就不想起來。

這活真的太累了，做菜還好，就是路途太遙遠，她沒有驢車、馬車，全靠一雙腳，要是經常這樣，她的腳大概會廢了。

像蓮花村這麼近的村子還能接受，但像曹莊村這麼遠的，要花費一天的時間在路上，這就有點不划算了，看來這價錢得改一改。以後近的地方，還是十文錢一桌；遠的地方要加到十五文錢一桌才行，這樣才不會虧本。

她相信，她的名聲已經傳出去了，不愁沒人來找她做席面。

想好後，李何華看看天色。現在時間已經很晚了，再做糕點去賣也來不及，所以明天就休息一天，後天再去賣糕點。

第二天不用早早出去賣糕點，李何華好好睡了一覺，起來時太陽已經升得老高。她打開門，家裡沒什麼人，就連張林氏也不在家，應該是去洗衣服了。

李何華的眼睛一轉，立刻奔向廚房，她想見見那個小傢伙。

小傢伙果然在廚房裡，維持跟之前一樣的坐姿。

李何華先開口打了聲招呼。「小傢伙，你起得可真早啊！」

她一邊說，一邊往灶膛後面挪，慢慢接近，待挪到離他只有幾步距離才停下來。

李何華繼續道：「小傢伙，你是不是有好幾天沒見到我了，有沒有想我啊？我可是很想你呢！我跟你說，我這幾天去給人家做席面，你知道什麼是席面嗎？就是人家娶新娘子要邀請親戚們吃飯的菜，我做了好多菜……」

李何華絮絮叨叨地將她這幾天做過的事全都跟小傢伙分享，但看小傢伙毫無反應的樣子，她輕嘆口氣。「小傢伙啊，你怎麼就是不理我呢？是不是之前的那個我對你太壞了，所以你害怕？但是你別怕我哦，我偷偷告訴你，我跟之前那個人是不一樣的，我不是她，也不會打你，我很喜歡你，會對你很好很好，你相信我，好嗎？」

李何華不會對其他人說起這個秘密，可卻想對這小傢伙說，她希望小傢伙知道她和原主不是同個人，不要再排斥她。

可令人失望的是，小傢伙還是維持之前的姿勢，不知道有沒有聽到她說的話？

李何華告訴自己不要急，站了起來。「小傢伙，我怎麼覺得你又瘦了呢？你這樣不行，要多吃飯才會長肉。我現在做烤肉飯給你吃怎麼樣？你應該沒吃過吧！咱們今天就來試一試。」

雖然沒有烤肉，但昨晚帶回了不少肉，只要稍微加工一下就能用。

李何華先將飯煮上，再從櫥櫃裡拿出一些帶回來的肉，丟進鍋裡炒。烤肉飯很簡單，不到半個時辰就好了，李何華又煎了一個心形的荷包蛋放在飯上，這才算大功告成。

她將這碗漂亮的烤肉飯端到小凳子上，再一起搬到小傢伙面前。「寶貝，烤肉飯好了，你嚐嚐看吧，很好吃哦！」

小傢伙沒有反應，李何華也不失望，想著等等張林氏回來看見，自然會餵他，便把鍋裡剩下的飯盛起來，當作自己今天的午飯。

哪知她剛端起自己那碗準備回房時，就看見剛剛還一動不動的小傢伙，此刻正拿著勺子吃她剛剛做的飯。

李何華驚呆了，第一個反應是自己眼花了，閉了下眼又睜開，眼前真真切切的是那個小傢伙的慢動作——拿著勺子舀著飯，慢慢送進嘴巴裡，鼓著小嘴巴嚼啊嚼，再慢慢嚥下去，吃得無比認真。

小傢伙真的自己動了，主動吃她做的飯！

李何華內心突然湧出一陣欣喜。說不上來為什麼，就是覺得很激動，畢竟這小傢伙和別的孩子稍稍不同，她努力了那麼多次，都沒有一絲效果，現在終於有了回應，雖然很微小，卻足夠讓她驚喜萬分。

其實真正讓她開心的，不是小傢伙願意吃她做的飯，而是小傢伙願意主動吃了！雖然她不跟張家人一起吃飯，但她看過好多次他們吃飯的樣子，發現小傢伙好像不太愛吃，每次都不願意張嘴，要張鐵山半哄半強迫地餵才行。她好幾次都看到小傢伙好像很痛苦的樣子，甚至還吐了出來，讓其他人很擔心，也讓她的心揪了起來。

她不知道這個小傢伙到底怎麼了，但她可以肯定，小傢伙並不是像現代很多孩子那樣挑食才不願意吃飯，據她的猜測，小傢伙應該是生理上的問題，應該是厭食症，因為症狀很像。

每次想到這麼小的孩子得了厭食症，她的心就很難受。在現代，厭食症都很難治了，更何況是在落後的古代？尤其是貧窮的農家孩子得了這病，十有八九是會夭折的，因為沒有人意識到這個病的存在，也沒有錢去給孩子治療；就算有錢，也不一定有專業的大夫可以治，所以等待患者的命運，可想而知。

李何華不是醫生，不會治病，但她想盡自己最大的能力去做好吃的，希望可以得到小傢伙的青睞。好在前幾次她做的紅燒肉和糕點，小傢伙都吃了，而且都沒有吐出來，今天更是有進步，沒有要張鐵山餵，自己主動動手，真的太好了。

看來小傢伙的病不是那麼嚴重，還是能夠吃下東西的，只要對他的胃口就行。

李何華決定，她以後要多給小傢伙做吃的，把這個瘦得跟豆芽般的孩子餵得胖胖的，最好能慢慢治好小傢伙不想吃飯的病。

小傢伙吃得慢，李何華不願意打擾他，乾脆就在他旁邊坐下，手裡端著自己那碗飯，和小傢伙一起吃。

「寶貝，很好吃對不對？」李何華吃了一口，抽空看了小傢伙一眼。「我還會做其他很多好吃的，可以換著花樣做，等你吃得多了，你就知道自己最喜歡哪一樣了，到時候可以讓我做給你吃。」

小傢伙鼓著小嘴巴的樣子實在太可愛，李何華很想摸摸他的小臉，不過最後還是放棄了，只是愛憐地嘆了口氣。「不過我做不了太久，畢竟我很快就要離開，到時候就見不到你了。所以啊，你要趕快好起來，每天都要認真吃飯才行，只要多多吃飯，就不會再像現在一樣了，知道嗎？」

李何華邊吃邊說，等吃完自己那份，小傢伙還在埋頭吃著，她乾脆撐著腦袋靜靜地看著。

小傢伙吃飯不太熟練，過程中撒了不少，小凳子上掉了很多飯菜。李何華伸手去將凳子上的飯粒撿起來，結果正好和小傢伙挖飯的小手碰到一起，嚇得小傢伙手裡的勺子立刻掉了，人也反射性地往後一躲，害怕極了。

「妳在幹什麼！」就在此時，一聲大喝傳來，正是回來的張林氏。

第十一章 離開

李何華被這聲喝問嚇得手一抖，剛剛撿起來的飯粒也跟著掉了。

她轉頭看向張林氏，就見她正怒目而視，三步併成兩步地走進來，推了她一把，想要將她推到一邊。誰知她太胖了，張林氏這一下沒有把她推倒，反而自己後退了兩步，踉踉蹌蹌地撞到身後的灶臺上，氣得她伸手指著李何華。「妳……妳這個賤婦！」

李何華沒想到會這樣，她什麼都沒做，卻被誤會，還被人指著鼻子罵，心裡如何不委屈？立刻解釋道：「您誤會了，我什麼都沒做，就是想撿掉落的米飯而已。」

張林氏一點也不信，她只知道這女人無數次惡毒地想打死書林，現在又趁家裡沒人，想對書林動手，要不是她回來得及時，說不定書林又會慘遭毒手。

虧她還覺得最近這女人變好了呢！原來都是裝出來的，狐狸尾巴這麼快就露出來了。

「妳少在這裡狡辯！我剛剛都看見了，要不是我回來，妳就要動手了。妳這個蛇蠍心腸的毒婦，妳怎麼能下得了手？那可是妳的親生骨肉啊！妳把他折磨成這樣還不夠嗎?!」張林氏狠狠地抹了把臉。「我就說不能再留著妳這個毒婦，可鐵山非要好心答應妳住一段時間，真是好心餵了狗了，對妳這樣的女人，就不該有什麼好心！」

對於張林氏的誤會和唾罵，李何華心裡很不高興，可此時她更震驚的卻是那一句「那可是妳的親生骨肉」。

原來，這小傢伙真的是原主的孩子，也就是她現在身體的親生骨肉。

雖然之前心裡隱約有了猜測，但現在親耳聽到，心裡還是十分震撼。她忍不住朝小傢伙看去，見他正窩在柴火堆裡，頭低著，微微縮著身體，一動不動，好像又進入自己的世界，心裡頓時難受。

剛剛他是不是嚇壞了？原主是不是經常打他，所以才把小小的孩子嚇成這樣？

之前李何華替原主揹了那麼多黑鍋，她也只是吐槽一下，心裡想著，自己占用了人家的身體，付出點代價就不要那麼斤斤計較了，況且原主也不知道是不是已經死了，所以她並沒有什麼怨恨的情緒。

可是此刻，她第一次這麼怨恨原主。

這個女人真的是太壞了，怎麼可以對一個孩子下這樣的毒手，更何況是自己的親生骨肉！

對於張林氏的謾罵，她還是很生氣，可這氣又無法發出來，因為她雖然不是原主，但頂著原主的皮，在別人看來，她就是原主，那些前科都是她做的，所以張林氏才會誤會，還出現那麼大的反應。

這讓她如何計較？誰讓她是專業揹黑鍋俠呢！

李何華暗暗嘆了口氣，對張林氏再次解釋道：「我真的沒有想對書林怎麼樣，我只是看他掉了飯菜，想撿起來而已。」
可惜的是，對於李何華的話，張林氏一百個不相信。她看看角落裡書林可憐的樣子，更是認定她在狡辯，氣得一隻手扶著後腰，一隻手上來拽著她往外拖。「妳給我滾出去，不要再待在我家，鐵山已經休了妳，妳別想不要臉地賴在這裡，趕緊給我滾！」
其實張林氏是拽不動李何華的，但李何華怕再次傷到張林氏，不敢太用力掙脫，只好順著她的勁往外走，只是剛出廚房門，迎面就撞上剛回來的張鐵山和張青山。
看見張林氏和李何華的樣子，張鐵山沈著臉問：「這是怎麼回事？」
張林氏看兩個兒子回來了，像是找到了主心骨，立刻將剛剛的事說了出來。「鐵山，你不知道，這個蛇蠍毒婦剛剛趁我不在家，又要對書林下手，幸好我回來了，你看書林給她嚇得！」
張鐵山臉色一變，雙眼猶如一道利劍般射向李何華，看得李何華寒毛直豎，毫不懷疑下一秒這人就能撕了她。
李何華趕緊解釋。「我沒有對書林做什麼，我只是給他做了飯，然後他吃的飯菜掉在凳子上，我想撿起來，結果手碰到他，他嚇到了，娘就誤會我了。」
張林氏怒目一瞪。「我呸！妳倒是會狡辯，難道我看到的是假的？我還沒老眼昏花呢！」

張鐵山不語，視線立刻轉向廚房裡的書林，看小傢伙縮在角落裡可憐的樣子，眉頭皺起。接著，他的視線落到他跟前的飯碗上，神色莫名。

張林氏在一旁繼續道：「鐵山啊，你就不該好心留她住下來，她就是個禍害，這毒婦的心都毒透了，留下來也是害人，你趕緊把她趕走！」

張青山看見自家姪子的樣子也很生氣，覺得自家娘說得很對。「哥，娘說得沒錯，你把她趕走吧！這樣的女人我們家收留不起，以前她就經常打書林，現在怎麼可能變好呢？」

李何華徹底無力了。她都解釋很多遍了，為什麼他們就是不願意相信，而且還一個勁地趕她走？她長這麼大，除了剛來時拋開臉皮求張鐵山讓她留下來之外，還從沒被人這樣驅趕過，這樣讓她感覺自己是個人人厭惡的大壞蛋，明明她只是想對那個小傢伙好一點而已。

無論在心裡怎麼說服自己，李何華還是感到很委屈，只好緊緊地抿著唇。

該說的她都說了，也解釋了很多遍，小傢伙吃的飯也擺在那裡，如果他們還是不願意相信，那她也不想再解釋了。

張林氏看張鐵山不表態，頓時急了，上前拉住他的衣袖。「鐵山啊！你是怎麼了，你還要收留這個女人嗎？你忘了我和青山在家是被誰欺負得這麼慘？你忘了你親生骨肉是被誰折騰成現在這樣的？你要是還收留她，我就不活了！」

張青山見狀，趕緊上前拉住他娘。「娘，您這是幹什麼，哥是那樣的人嗎？」

張林氏捶了捶胸，嗚嗚哭了起來。

李何華心裡可悲又無奈，同時也看明白了，張林氏和張青山恨透了自己，今日是一定要把她趕出去的；至於張鐵山，不管他相不相信她的話，他肯定是站在他家人那一邊。

看來今日這事是沒辦法當作沒發生過了，要麼走，要麼留；但照目前看來，幾乎沒有留的可能，她不想再放棄尊嚴，去求這家人收留她了。

走就走吧！她不會把自己餓死、凍死的。

李何華看了眼還待在角落裡的小傢伙，在心裡默默跟他道別後，才對張家人道：「你們別說了，我走就是，這段時間多謝收留。」說完她踏出廚房，徑直進了柴房，將她的東西簡單收拾一下，打成一個包袱揹在肩上，走出張家大門。

眼裡還帶著淚水的張林氏，看著李何華真的就這麼走了，有些驚訝。

她還以為這個毒婦不會輕易離開，沒想到這麼容易就走了，不禁高興起來。「真走了？這下好了！」

張青山也很驚訝，不過還是高興比較多，附和地點頭。「應該是真走了，就算她不是真走，我們也不會讓她回來了，是不是，哥？」

張鐵山沈著臉，沒有回答，徑直走到灶膛後，看到兒子嘴邊沾著的飯粒，又看了看凳子上的碗，裡面是還沒吃完的肉和飯。

張鐵山抿著唇想了想，到櫥櫃邊重新拿了一個乾淨的勺子，遞到書林的手邊，輕輕道：「來，書林，勺子給你，吃飯吧！」

書林沒有動，張鐵山也跟著沒動，依然舉著勺子等著他接手。

僵持了好半晌，書林終於慢慢抬起小胳膊，伸出小手，接過他手裡的勺子，頭抬起來看了看，又低下，慢慢將勺子伸到碗裡，舀起飯送進自己嘴裡，像剛才那樣慢慢咀嚼起來。

看到這一幕，張鐵山的眼神變得幽深，一旁的張林氏與張青山也難以置信地張大嘴巴。他們從來沒看過書林自己主動吃飯，還吃得這麼香！

這飯自然不是張林氏做給書林吃的，家裡會做的只有剛剛離開的李何華。想起剛剛李何華的解釋，張林氏心裡莫名有些訕訕，可要她承認自己有錯卻是萬萬說不出來的，只在心裡暗想，她剛剛的確看到那女人碰到了書林，書林一臉害怕地往後縮，這不是要打書林是什麼？她並沒有說錯。

似乎是為了證明什麼，張林氏開口道：「鐵山啊，那女人現在會裝得很，以前半點吃的都不願意給書林，現在卻給得這麼大方，不知道在心裡打什麼主意呢！如今走了最好，咱們也不用擔心她使壞了。」

「娘！」張鐵山看向張林氏，聲音帶了些嚴厲，讓張林氏嘴裡剩下的話都咽了回去，不敢再說。

張鐵山轉回視線，繼續看著書林吃飯，不想再聽他娘碎碎唸。他知道，這幾年他娘和青山吃了不少苦，心裡到現在都是怨恨，所以格外討厭李荷花，討厭到不想再跟她住在一個屋簷下，討厭到不由自主就想抓住她的把柄，把她趕走。

雖然他也很討厭李荷花，但他心裡清楚，今天這事十有八九是他娘誤會了，李荷花沒有撒謊，她真的只是做了吃的給書林。

可他並沒有站出來為她說話，因為她以前的所作所為，的確傷害了他娘和青山，更將書林害成現在這樣。雖然這段日子，她表現得好像完全變了個人，但一個人真的會在短時間內性情大變嗎？

他不信，所以最後他什麼也沒說。

走了也好，以後彼此就算兩清了。

張鐵山不由自主地往大門外望了一眼，那裡什麼都沒有。

李何華出了張家大門，四處望了望，一時不知道自己要去哪裡？

身上只有幾百文的錢，買點東西還行，可住宿的話實在不夠。上次她在鎮上打聽過，鎮上客棧最差的房間，住一晚也要十文錢，她身上的錢根本不夠住幾晚，而且客棧裡沒有廚房，她沒辦法做糕點去賣，這可不行。

鎮上也有租房子的，但是起碼要租半年，少說也要大半兩銀子，現在的她壓根兒拿不出來。

李何華咬著唇，心裡愁得不行，想來想去也想不到自己能去哪裡？原主的人緣太差，不可能有好友收留她，現在唯一能指望的，就是原主的娘家。

原本她不想跟原主的娘家人接觸，可現在也沒有辦法，總不能露宿街頭，只能回原主的娘家看看情況。若是行就住下來，她可以給原主娘家人一些錢；若是不行，她就再想辦法。

打定主意，李何華便開始思考如何才能找到原主的娘家，畢竟她沒有原主的記憶，當然不知道原主的娘家在哪裡。

李何華一邊想，一邊抱著包袱在村裡慢慢走，路上遇到的村人都向她投來複雜的目光，其中大部分是幸災樂禍的，彷彿在說：喲，終於被趕走啦！

李何華自動忽略這些人不善的目光，慢慢挪動著腳步，誰知竟再次遇到上次發生糾紛的婦人，也就是吳大柱的娘，吳方氏。

「喲，我當是誰呢？原來是李荷花呀，怎麼這個時候揹著個包袱呢？」吳方氏明知故問。

李何華沒理她，繼續走自己的路。

可惜吳方氏不想這麼輕易放過她，見她不理，語氣更加諷刺。「哎呀，我忘了，妳不是早就被休了嗎？這被休回家的女人，當然要捲鋪蓋滾回娘家去啦，呵呵！」

李何華本不欲理會這婦人的話，可是聽到「娘家」兩字，心念一動，腳步就停住了。

她不知道原主的娘家在哪裡，但別人也許知道。一般來說，村裡婦人都清楚彼此的消息，眼前這婦人十有八九也知道。

也許她可以適當地套話，然後找到原主的娘家。

想到這裡，李何華立刻金馬獎女主角上身，臉上表現出生氣的樣子，氣呼呼道：「我回哪裡關妳什麼事啊！」

見李何華終於生氣，吳方氏高興了，戰鬥力瞬間提升，語調也跟著提高。「是不關我的事，但不妨礙我高興，看著賤婦被休，我能不高興嗎？」

這時，一直站在吳方氏身邊沒說話的年輕姑娘，稍稍抬起頭，勸說道：「娘，別說了，咱們回家去吧！」

吳方氏重重一哼。「我為什麼要回家？這毒婦將妳害成這樣，現在終於有了報應，我可不得好好看看！」

這話讓那姑娘又一次低下頭，還掩飾般地拉了下臉上的頭髮，不過卻不妨礙李何華看見她左臉靠近耳朵的一道傷疤。那傷疤從耳根長到顴骨，一看就是被什麼利器劃傷的，雖然有頭髮遮掩，但還是很容易看出來。

李何華內心暗道糟糕。這姑娘的臉莫不是又是原主的傑作吧？難道她又要揹黑鍋了？天啊！這要是原主的傑作，那真的是罪過了。在古代，女子的容顏很重要，要是臉上有疤，肯定很難說親，這就等於害了人家姑娘一生。

李何華內心都要給原主跪了，差點就想掩面逃跑，可為了打聽娘家人的住處，還是硬著頭皮留了下來。

李何華不敢看那年輕姑娘的臉，只看著吳方氏，說道：「我就是要回娘家去，怎麼樣？」

吳方氏看李何華都被休了還這麼囂張，頓時氣壞了。「妳一個棄婦還敢這麼猖狂，妳娘家人會收留妳？笑話，到時我看妳還怎麼囂張！」

李何華眼珠子轉了轉，不動聲色地道：「我娘家人怎麼不要我了？我這就回家給妳看！」

吳方氏嘲諷地勾起嘴角。「那妳去啊！妳往這個方向走幹什麼？妳娘家什麼時候搬家了？我看妳是沒臉回去吧！」

李何華這下知道自己走錯方向了，不過，這倒是個好機會。

李何華裝作被拆穿後的羞惱樣，吼道：「我為什麼不敢回去啊！妳怎麼知道這不是回我娘家啊？我會不知道我娘家在哪兒嗎？」

吳方氏自認拆穿了李何華，呵呵笑了。「我不知道？妳娘家李家莊明明在東邊，妳卻往西邊跑，這是回家？妳跟我說說，妳是回得哪門子娘家？不就是沒臉回去嗎？」

成了，原來原主娘家在東邊，叫做李家莊！

第十二章　娘家

李何華目的達到，心裡高興，懶得再跟這婦人囉嗦，甩了下身上的包袱，轉身往東邊走，再不理身後人的冷嘲熱諷，氣得吳方氏直跳腳。

李何華加快腳步往東邊去，不一會兒就出了村。

她順著東邊的路一直走，路上遇到人就詢問李家莊在哪裡，所幸離得不遠，很快就在路人的指引下找到李家莊。

李何華擦了擦額上的汗，在心裡做了下心理建設，毅然走進村子。

一進村子就遇到了熟人，是個四十多歲的婦人，看見李何華，臉上露出微微不喜的神色，但是礙於同村，還是打了招呼。「喲，荷花回娘家啦！」

李何華笑著點了點頭，卻沒有說話，因為她不知道怎麼稱呼？

好在這婦人對她的態度不奇怪，只是道：「那妳快回去吧！」說著擺擺手就要走。

李何華哪裡知道她家在哪兒，趕緊抓住這婦人的手，笑道：「嬸子跟我去我家坐坐吧！」

婦人露出驚異的神色，好似李何華說的話嚇到了她一般。

李何華也知道她的語氣跟原主性格不同，不過她管不了了，乾脆裝作很熱情地抓住這婦人的胳膊，拉著她走，邊走邊道：「走走走，嬸子，好久不見了，跟我回家聊聊吧！我這次被休回家了，以後都要在娘家住了呢！」

李何華是故意說出自己被休的事，憑著女人的八卦天性，這婦人肯定會願意跟著她回去聽八卦。

果不其然，這婦人聽到最後一句話，原本推拒的動作立刻停了，半推半就地跟著李何華走，見李何華走錯地方，還拉著她轉了方向。「妳這孩子，怎麼連家都能走錯？」

李何華裝作心不在焉地笑了笑，婦人以為她因為被休而難過，也就不計較了，乾脆反過來帶著她，其實心裡迫不及待地想看熱鬧。

不一會兒，李何華就被帶到一戶人家門前。

婦人一邊拉著李何華進屋，一邊對屋裡的人喊道：「荷花娘，妳家荷花回來了！」

屋裡聽到聲音的人全都走了出來，為首的是個四、五十歲的婦人，後面跟著一個抱著孩子的年輕婦人，還有一個差不多年紀的虎背熊腰的男子，最後出來的是個十五、六歲的男孩，那身板也是壯得很。

李何華發現原主的娘家人過得挺好的，身上穿得不錯，而且個個膀大腰圓，一看就是生活得很好。

幾人看向李何華，看到她揹在身後的包袱時，臉色變了變。

為首的中年婦人出聲問道：「荷花，妳怎麼這時候回來了？」

李何華猜測這人應該是原主的娘，立刻道：「娘，我被休了，只能回家了。」

聽了此話，除了剛剛帶她來的婦人，李家其他人的臉色立刻變得很難看，李荷花的娘更是眉頭都皺了起來。

「被休了？張家人竟然敢休妳？他們吃了豹子膽了！」

荷花娘身後的男子，也就是原主的大哥李長福，也在這時候出聲。「張家那個老不死的，和那毛都沒長齊的小子竟然敢休了妳，好大的膽子！我看他們是沒見識到咱們李家的厲害，都不把咱家當一回事！」

李何華暗自皺眉，對李家人的說話方式很反感，第一印象就很差。

看李何華皺眉，李家人以為她是無可奈何，李荷花的大嫂立刻出聲，語氣帶著呵斥。「我說妳怎麼能就這麼回來呢？那兩個人敢這樣對妳，怎麼也得給他們點顏色看看，妳就這麼回家算怎麼回事！」

最小的那個男孩，也就是李荷花的小弟李長壽也不高興地說：「就是，妳千萬別跟我們說妳這麼慫包！」

李何華這下肯定了，原主的娘家人都不是什麼好人，更不是那厚道、講理的人家，要是一般出嫁的女兒被休回家，正常反應不是該問是怎麼回事，然後再想辦法解決嗎？

這家人倒好，問都不問就直接要給人家厲害瞧，還一副不把張家人放在眼裡的姿態，這根本不是正常親家該有的態度。

李何華按下心裡的思慮，對李家人說實話。「不是青山和青山娘把我休了，是張鐵山休了我。」

「什麼？張鐵山從戰場上回來了？他沒死？」李長壽驚叫出聲，旁邊三人也一臉驚疑。

李何華點點頭。「他回來了，一回來就找我算帳，然後把我休了，我也沒辦法。」

聽李何華這麼說，李家人的臉色又一次變了。跟剛剛的囂張、傲慢不同，此刻臉上變成絲絲畏懼。

李長福也收起原來那一副看不起張家人的表情，有點無措地看向他娘。「娘，張鐵山竟然沒死，還回來了，怎麼辦？他會不會找我們麻煩啊？」

他們一家可是經常去欺負張家寡母和他的弟弟啊！就連那個小孩也沒少欺負，他們還以為張鐵山已經死在戰場上，這才敢明目張膽地去欺負張家人，順帶撈好處，誰知現在……

荷花娘顯然也想起了這事，嘴唇哆嗦了下，好半晌才勉強鎮定下來。「什麼怎麼辦？我們過我們家的日子，什麼都沒幹！」

「可……」在他娘的瞪視下，李長福的話嚥了回去。

李何華將李家人的表情全部收入眼底，心裡大致明白了幾分——

李家人認為張鐵山去打仗回不來了，這才敢跟著原主一起肆無忌憚地欺負張家人。如今聽說張鐵山回來了，一個個都變了臉色，顯然，李家人很怕張鐵山。

心思轉了幾轉，李何華再次開口提醒。「娘，我被休了，回不去了，現在怎麼辦？」

李家人這才想起李何華被休回娘家這事，互相對視了一眼。

李荷花的大嫂首先站出來，說道：「小妹啊！妳都已經是嫁出去的人了，怎麼說都是張家的人，妳還給他們家生了個兒子，就這麼把妳休了可不行。妳回去好好跟張鐵山說說，他不會這麼絕情的。」

李長福也立刻附和。「對對對，不能就這麼休了妳，妳回去認個錯，好好求求鐵山，求他讓妳回去。」

聽這夫妻倆的話，李何華在心裡冷笑，大概明白這家人是什麼意思了，不過她還是不動聲色地轉頭看向原主的娘，面露憂傷。

「娘，您怎麼說？張鐵山是鐵了心要休了我，求他是不可能了，您可不能不管我啊！」

荷花娘眼皮顫了顫，面露難色道：「荷花啊，娘怎麼會不管妳呢？可家裡已經沒有多餘的房間讓妳住；再說了，妳住下來也會遭受村人指點，所以妳還是回去吧！這夫妻還是原配得好，妳好好求一求，一天不行就兩天，一定能求鐵山原諒妳的。」

李何華這下明白這家人是什麼樣了，看來她沒有留下來的必要，便故意撕破臉皮。「以前你們幫著我欺負張家人，所以我才被休，現在你們就不管我了？」

李家幾人被說得面色尷尬，不過很快就掩飾過去。

李家大嫂道：「小妹，妳這話就錯了，我們什麼時候欺負張家人了？我們只是幫妳出氣而已，不就是怕妳被張家人欺負，怎麼現在妳反倒怪起我們了？」

李長福趕緊點頭。「對啊！我們就是想給妳撐腰，妳被休可怪不到我們身上。」

荷花娘對兒子和兒媳的話沒有任何反駁。

李何華簡直要被李家人的無恥氣笑了，在心裡呵呵兩聲，心裡明白今日這一趟是來錯了。

事已至此，她不打算跟李家人囉嗦，不過該處理的還是要處理，免得以後跟這家人再有糾纏。

這樣的人家，她完全不想再打交道。

李何華裝作對家人失望透頂的樣子，搖頭道：「好好好，我明白了，你們竟然是這樣的人，虧我以前還相信你們，這下我徹底知道自己的家人是什麼樣的了。算了，我不求你們，既然你們這麼無情，那我也沒什麼好說的，從此以後咱們沒關係了，彼此就當個陌生人吧！」說完她便轉身離開。

身後的李家人雖然面色尷尬，卻沒一個人出聲留人。

直到走出李家莊，李何華才吐出一口氣，露出苦笑。

幸好她跟李家人實際上沒什麼關係，心裡也不難過；但現在投奔原主娘家這一步是行不通了，還得再重新想辦法找地方住。

可她認識的人不多，除了張家人，就只有蓮花村的曹四妹。看來她只能去找她幫忙，說不定能有辦法。

李何華又一次往蓮花村而去，直到天快黑了才抵達曹四妹的家。

曹四妹看見李何華，很是驚訝。「大妹子，妳怎麼這時候來了？」

李何華不好意思地笑笑，直接說明來意。「大姊，妳有沒有認識的村裡人家要租房子？我想租個地方住。」

曹四妹訝異，視線往李何華背後的包袱看去。「大妹子，妳這是……」

李何華不想隱瞞，直接說實話。「大姊，我被夫家休了，娘家也不認我，我沒地方去，想先租個村裡的房子住，等有錢了再說。」

曹四妹被這番話驚得一時不知道該說什麼，顯然是有點消化不了。

李何華也不知道該怎麼解釋，乾脆拉住曹四妹的手道：「大姊，這事一言難盡，但現在最重要的是要找個地方住下來，請妳幫我問問村裡哪裡有空房子能租給我？拜託妳了，大姊。」

曹四妹被拉得回神，也覺得現在當務之急是幫她找地方住，可在腦子裡過了一圈也沒想到村裡哪裡有空房子。村裡人口多，房子只有不夠住的，哪會有空下來的？

曹四妹不禁為難。「大妹子，我們村沒有空房子呢！家家戶戶基本上都不寬裕，有的兄弟姊妹老大了還住在一個房間呢！」

聽聞這話，李何華有點失望，但也能理解，嘆了口氣道：「我知道了，謝謝妳，我再去別處想想辦法，不打擾妳了。」

曹四妹拉住李何華的手。「大妹子，這麼晚了妳要去哪裡，今晚妳先在我家住一晚吧！明天再想辦法。」

李何華搖手拒絕。「不用了，這樣太麻煩妳了，實在不行我就去鎮上客棧住一晚。」

曹四妹拉住李何華的手不讓她走。「不麻煩、不麻煩，這麼晚了妳怎麼去鎮上？就在我家住一晚吧！我可以跟我女兒睡。再說了，妳後日不就得去王老頭家做席面？在我家住正好，省得妳來回跑，等做完席面再來想辦法。」

聽聞此言，李何華有些猶豫，在心裡思量片刻，最後還是點頭答應，想著有機會一定報答曹四妹一家。

曹四妹拉著李何華進屋，跟家人簡單解釋了一下，不過沒說她被休的事，只說是為了來王老頭家做席面方便。

她家人一聽，都很熱情，對李何華也十分客氣，這讓李何華更加感激曹四妹了。

曹四妹安排她家大女兒大丫帶她去房裡安置，然後拉著她一起吃了晚飯。

這還是李何華來這個世界後，第一次和大家一起圍著桌子吃飯，竟然吃出了點感動來，心裡暗笑自己真是過得太慘了。

吃過飯後，曹四妹先燒了點水給李何華洗漱，讓她第一個進房間休息。雖然床鋪不大，還需要和曹四妹的大女兒一起擠著睡，但對於此刻的李何華來說，已經很好了，足夠讓她感激，因為是這家人讓她不至於露宿街頭，她以後一定要報答這家人的好意。

李何華在床上沒躺多久就睡著了，第二天醒來時已經天光大亮，曹四妹家的人早已起床，給她留了早飯在鍋裡。

李何華不知道自己該怎麼感謝這家人，便打算中午下廚做頓午飯，算是她小小的報答。

曹四妹聽聞這話，高興壞了，立刻掏錢讓她家小兒子去買點肉回來，再讓大兒子去河裡抓條魚，說是中午要好好吃一頓，不能浪費這麼好的大廚，說得李何華哭笑不得。

就在李何華在蓮花村準備午飯時，遠在李家莊的李家人卻迎來了不速之客。這一天，讓他們對欺負張家人的事情後悔不迭。

張鐵山在吃過早飯後，沒有像往常一樣去地裡或去山上打獵，而是帶著張青山還有同村一個一起長大的好兄弟羅二出了村，直奔李家莊而去。

張青山聽聞他哥要去李家莊找李家人算帳，高興極了，走路都帶起了風，渾身上下有一種揚眉吐氣的感覺。

「哥，我還以為這件事你會就這麼算了呢！原來你沒打算放過李家人，真是太好了，那家人這麼欺負我們，總該討回來！」

羅二在旁邊又是憤慨、又是愧疚道：「那李家人的確過分，你不在家的時候，那家人經常過來欺負你娘、弟弟和你兒子，家裡值錢的東西都被拿走了，人也被趕了出來。我和那家人打過幾次，沒奈何李家人多，他家那兩個兒子也厲害，我太沒用，打不過，也吵不過他們。兄弟，我對不起你啊！沒替你照顧好家裡人。」

張鐵山怎麼會怪他？他知道，村裡人一般都不會幫別人管這些家務事，多數人只是看熱鬧。他娘、弟弟和兒子被欺負，沒有村裡人站出來為他們出頭，只有羅二肯出手幫忙，在他娘和弟弟被趕出來無處可去時，也是羅二將他家原來的舊房子騰出來給他們住，這才讓他娘和弟弟有棲身之所，對於羅二的幫助，他感激不盡。

這次知道他要找李家人算帳，羅二也主動說要來幫忙，就是怕他們人手不夠。這個兄弟，他沒有交錯。

張鐵山拍拍羅二的肩膀。「小二，我從來沒怪你，對你只有感激。」

羅二鬆口氣般地笑了，接著好奇問道：「我還以為你一回來就會找李家算帳呢！怎麼今天才去啊？」

張鐵山抿了抿唇，腦子裡想起昨天離開的李荷花，淡淡道：「李家人估計昨天才知道我回來了，今日上門正好。」

他雖然不跟李荷花計較了，但對李家人他不會就這麼算了，欺負他家人至此，他要是不理，那就不算是男人；之所以沒有立刻找李家人，只是因為之前出了李荷花這個變故，要算帳，自然要等李荷花被休回家再說。

三人很快到了李家莊，張鐵山二話不說，一腳踹開李家大門，木門「砰」的一聲倒在地上，發出巨響。

山。

李家人嚇了一大跳，紛紛跑出院子察看情況，入眼的就是站在院子裡、一臉冷漠的張鐵山。

一家人臉色瞬間白了。

第十三章 張鐵山算帳

李家人未將李荷花嫁給張鐵山前就知道這個人，可以說附近村子沒人不知道張鐵山，原因無他，只因張鐵山力大無窮，勇猛無比，別人扛一袋稻子，他可以扛三袋，而且他還是附近有名的打獵好手，曾經一個人獵到一頭野豬，羨煞人也。

因為張鐵山，張家的日子十分富裕，十里八村不知道多少人家想將閨女嫁給他。

張鐵山這麼厲害，自然沒有人敢惹張家人，李家之前也是不敢惹的，可誰叫他們被錢財迷了眼，又聽外面都傳他已經死了，便以為他死在戰場上，於是起了心思，開始去張家搜括值錢的東西，還把張家的存款都搶過來。

現在見到張鐵山上門，心裡都快嚇死了。

荷花娘磕磕絆絆地道：「鐵山，你、你這是幹、幹什麼？」

張鐵山的眸子黑得嚇人，眼睛緩緩掃視一圈李家人，那眼神讓他們不由自主地打哆嗦，哪裡還有原本蠻橫的模樣？

張鐵山慢慢上前，嚇得李家人一步步往後退，一直退到堂屋裡，張鐵山才在桌子邊坐下，而李家人則站在不遠處緊張地注視著他。

張鐵山摸了摸身前的桌椅，揚起嘴角。「這桌椅很熟悉啊！似乎跟我離開前打的一模一樣。」

李家人臉色瞬間尷尬，不知道該說什麼？

張鐵山的眸子又轉向屋子裡其他擺設，每看見一樣熟悉的東西就說一遍，好像是單純地疑問般，卻說得李家人頭越來越低，臉色也越來越白。

等張鐵山環視完後，這才涼涼地看向李家人。「你們沒什麼要說的嗎？不如說說這些東西是從哪裡來的好了。」

李家人互相看了看，知道今天賴不掉了，如果不承認這些東西是從張家拿的，說不定會被張鐵山當場打死，畢竟他們曾經見過張鐵山是如何對付小偷的。李家人不算笨，並沒有打算死不承認這些東西的來源。

李家人用眼神互相催促對方站出去解釋，可誰也不想開這個口，最後沒辦法，還是李長福站出來道：「鐵山啊！這事情都是我家不對，都怪我家荷花不懂事，非要拿張家的東西回來孝敬我們，我們說不要，她卻非要拿回來，所以我們想先收著，等你回來再還回去。現在你回來了，我們之後就將東西運回去。」

李長福的媳婦立刻點頭。「對、對，我們也是拿我那小姑子沒辦法，她太不懂事了，這不昨天她回來，我們還讓她回去給你賠禮道歉呢！我們家不會放任出嫁的女兒亂來。」

聽完李家人的話，張鐵山靜默不語，半晌後笑了，笑得人毛骨悚然，讓李家人把還想說的話全部吞了回去。

「你們這是拿我當三歲小孩哄呢！」張鐵山說話的同時，一把將手邊的茶碗摔在地上，嚇得李家人紛紛尖叫。

荷花娘見勢不妙，趕緊擺手勸說。「鐵山啊，咱們好歹親家一場，雖然現在你休了荷花，但這麼多年的情誼在呢，你說是不？再說了，當年要不是荷花爹救了你爹——」

一旁的張青山終於忍不住了，大聲打斷。「你們好不要臉！明明是你們一起將東西拉走的，現在卻說是李荷花非要給你們的，真是無恥至極！還有，之前你們家就用這救命之恩要脅我大哥娶你家女兒，現在還拿出來說事，你們要不要臉！」

李家人被張青山說得臉熱，不過李家人一向厚臉皮，荷花娘說道：「青山，之前是我們態度有問題，我們家都是粗人，說話、做事都粗魯得很，所以才不小心傷了你們，真是對不住了，我們給你們賠禮道歉，你們大人有大量，原諒我們吧！」說完話語一轉，繼續道：「不過啊，我家荷花爹的確是救了你們的爹，這恩情不能忘啊！」

張青山被荷花娘的話氣得臉都紅了。「妳、妳……」

張鐵山抬手拍了拍張青山，示意他別激動，這才淡淡看向李家人。「別再拿那恩情說話，該報答的我們家早就報答過了，我不想在你們嘴裡再多聽到一個字，否則……」

話雖然沒說完，卻讓李家人紛紛閉上嘴，再不敢多說。

見李家人閉嘴，張鐵山繼續道：「現在來說這些東西的事。我記得在我走之前，這些東西還是全新的，現在卻被用舊了，我這人不喜歡用別人用過的東西，不可能再拉回去用。這樣吧，你們折合成銀子賠給我，這事就算了。」

此話一出，李家人面色一僵。

「怎麼，你們不願意？」

荷花娘僵著臉，硬是擠出一絲笑容。「鐵山啊，我們家條件不好，實在拿不出這麼多錢，你看，能不能將東西運回去算了？實在不行，我們補你們五十文錢行嗎？」

聞言，張鐵山勾起嘴角，站了起來，漫不經心地轉了轉手腕。「這就是不願意拿錢的意思了？行啊，既然不願意拿錢，那就拿胳膊抵債吧！一件家具一條胳膊，誰先來？」

李家人被這話嚇得臉都白了，沒想到張鐵山這麼狠，竟然要廢他們的胳膊。

李長福氣不過，怒道：「張鐵山，你不要太過分了！」

「這就過分了？如果不服氣，走近點，我們切磋一下，說不定是你卸了我的胳膊呢！我聽說你在我家的時候很是勇猛啊！」

李長福雖然長得壯，打架也算厲害，但在張鐵山面前根本不夠看，哪裡敢在張鐵山面前撒野？此時一步也不敢上前。

張鐵山見他不動，不耐煩了，面色一狠，手拍在桌子上。只聽「啪」一聲，剛才還好好的桌子瞬間四分五裂，硬生生被張鐵山拍散了。

見狀，李家人都快站不穩了。

「我最後問一遍，是賠錢還是賠胳膊？」

一句話讓李家人全都哆嗦起來，眼看不賠錢就要命了，李長福媳婦怕了，轉頭哀求荷花娘道：「娘，咱們賠錢吧！要不然殘廢了如何是好？」她不想變成殘廢，也不想她男人變成殘廢。

荷花娘嘴角抽了抽，內心掙扎半晌，終於點頭。「我們賠錢、賠錢！」

張鐵山無所謂地點點頭。「行，家具我數了數，一共七件，小的我就不跟你們算了，你們一共賠我十五兩銀子就行。」

「什麼?! 十五兩銀子？」李家人齊齊驚訝出聲。「鐵山啊！你怕是說得太過分了吧！這些家具頂多值個二兩銀子，怎麼會是十五兩銀了呢？」

張鐵山眼睛抬了抬。「既然你們覺得價錢不對，那我們再來算算我家丟失的那些錢。據我娘說，她足足被搶了十多兩銀子，這些錢，我想問問你們，到底去哪兒了？」

李家人想起那些錢，嗓子裡的不服氣全都噎住了。

張鐵山搖搖頭，當著李家人的面踱步到堂屋角落，抄起放在那兒的一把斧頭，在手裡舞了個花，又慢悠悠地走回來。「怎麼樣，想好了沒有？我可沒那麼多工夫和你們磨蹭，要是還沒想好，可別怪我下手了啊！」

李長福和李長壽怕了，不約而同地伸手拽了拽他們娘的衣袖，示意他娘拿錢。他們不想跟這個煞星動手，就算兩個聯手也打不過。

荷花娘盯著張鐵山手裡的斧頭，冷汗直流，眼看張鐵山要走到跟前了，終於出聲道：

「我給、我給，我這就去拿錢！」

荷花娘進了房間，不一會兒手裡緊緊攥著條帕子出來了，十分不捨地將帕子遞過來。那雙手顫抖著，可見其心痛程度。

張鐵山將帕子拿過來打開，裡面是幾塊銀子，數了數，差不多有十二、三兩，並沒有十五兩。

荷花娘主動解釋。「家裡真沒有那麼多銀子，這是所有的錢了。鐵山，看在兩家親家一場的分上，這件事就到此為止吧！」

張鐵山沒說話，將錢收進懷裡後才道：「行啊，不夠的錢我也不要了，就拿這些家具抵吧！青山、小二，給我砸！」

張青山和羅二得了命令，立刻抓起角落裡的鋤頭開始砸，看見什麼就砸什麼，噼哩啪啦的聲音在屋裡響起，引來不少村裡人圍觀。

「張鐵山你幹什麼！你們住手！不是說算了嗎？」荷花娘受不了地大叫。

李長福媳婦跟著驚叫。「啊——快住手，你們快住手——」

見兩人依然在砸，李長福氣得雙眼通紅。「你們簡直欺人太甚！」說著就要上前去打正在砸東西的張青山，後面跟著的李長壽也上去阻止羅二。

張鐵山見狀，眼睛一瞪，長腿一踢，伴隨著風聲，一下子就將要打人的李長福和李長壽踢倒在地，疼得爬不起來，嚇得荷花娘和李長福媳婦哇哇大叫。

眼看東西都被砸壞，兒子也被打，荷花娘嗚嗚哭了起來，一屁股坐在地上，一邊哭一邊捶地。「我好苦啊！張家人欺人太甚，休了我女兒，現在還上門搶錢，搶完錢還要砸了我家，你們給我評評理啊！這還有沒有天理了？嗚嗚……」

李長福媳婦也學著荷花娘的樣子，跟著捶地大哭，要求鄉親們給他們評理；可大家都知道李家人的德行，沒人出來給李家人出頭。

在李家兩個女人號哭的工夫裡，家裡的東西已經被砸得差不多了，張鐵山抬手示意停止，說道：「這就是你們趁我不在家，欺負我家人的代價，不服氣的儘管來找我。」說完就帶著張青山和羅二走出李家大門。

門口看熱鬧的村人自動讓路，就這麼看著一行三人出了村。

回家的路上，張青山高興壞了。「哥，今天真是太解氣了！你看李家人那慫樣，之前他們可是囂張得很。」

張鐵山沒說話，臉上也沒有什麼表情。

張青山依然自顧自地說得高興。「這下好了，錢要回來了，咱們家就有富裕的錢了，沒有的東西都可以買了。哥，我想吃肉，想吃紅燒肉，上次那女人做的真是太好吃了——」

說到這裡，張青山才突然反應過來自己說了什麼，訕訕地摸摸腦袋，下意識看向張鐵山，見他哥臉色沒有因為他提到那女人而生氣，這才鬆了口氣，說道：「哥，剛剛李家人說的，你聽到了嗎？那女人回娘家卻被趕了出來，真是惡人有惡報，這下子連她娘家人也不願意收留她，看她怎麼辦！」

張鐵山眸子動了動，微微抿緊唇。

李家發生的事，李何華毫不知情，此時的她正跟曹四妹一家人坐在一起吃午飯。今天這桌菜是李何華做的，曹四妹一家人都十分高興，望著一桌子香味撲鼻的菜，每個人眼睛都發著光。雖說農家人很少吃肉，但也不至於看到肉就這麼饞，之所以眼睛發光，是因為中午這桌菜和平時吃的太不一樣了，那香味一聞就讓人受不了。

曹四妹拉著李何華的手，感謝道：「大妹子啊，姊姊謝謝妳了啊！今天這頓飯還沒吃就知道好吃。」

李何華趕緊擺手。「大姊道什麼謝，該說謝的是我，要不是你們一家讓我在這兒住下，我還沒地方住呢！」

曹四妹笑著拍拍她的手。「好了、好了，都不說謝了，咱們快吃飯吧！大家都餓了。」

聽到能吃飯了，大家都很激動，幾個孩子立刻拿起筷子，迫不及待地挾菜，就連曹四妹的丈夫何大也跟孩子一樣急著伸筷子。

曹四妹的大兒子第一個嚥下嘴裡的肉，朝李何華豎起大拇指。「荷花姨，您做的菜好好吃哦，您這手藝真是太棒了，我從來沒吃過這麼好吃的菜！」

曹四妹的大女兒大丫眼睛亮亮地看著李何華。「荷花姨，怪不得您能做席面，您做的菜真好吃，以前我哥也常去河裡捉魚回來，可娘做出來的魚有一股腥味，大家都不愛吃。」

孩子紛紛附和般點頭，就連何大也面露贊同，氣得曹四妹瞪著眼睛，佯裝生氣。「好啊！你們這群沒良心的，我天天給你們做飯吃，竟然敢嫌棄我做的菜不好吃！」

桌子上的人都呵呵笑了。

曹四妹最小的兒子才八歲，正是活潑的時候，也不怕他娘，反駁道：「娘，您做的菜真的跟荷花姨差好多哦！荷花姨做這個魚好好吃，您跟荷花姨學學吧！下次我和大哥去抓魚，就能天天吃到這麼好吃的魚了！」

曹四妹點了點小兒子的腦袋，沒好氣地道：「你以為看看就能學會了啊！這廚藝也要有天賦的，不然誰都能當大廚了。」

小兒子失望地嘟起嘴。

李何華好笑地道：「大姊，我做魚的時候妳也看見了，妳學著我那樣做，多做幾遍就好吃了，這個不難的，要是有不懂的再問我就好。」

聽李何華這麼說，曹四妹很高興。「大妹子，姊姊就先謝謝妳了，不會的妳再指導我。」她也很想把菜做得美味。

最後，一頓飯吃得底朝天，每個盤子都空空如也，就連菜湯都被孩子們拿去拌飯吃了。

吃完飯後，大家捧著肚子滿足地嘆息，曹四妹的小兒子更是希冀地問李何華明天可不可以再做？結果得來曹四妹的一記爆栗。

李何華被逗得笑了。

第二天是王老頭家辦喜宴的日子，李何華直接從曹四妹家去了王老頭家。

王家人對李何華很客氣，畢竟上次李何華做的那道酸菜魚，好吃得舌頭都快吞下了，自那之後就一直惦記著，心心念念地想再吃一次。

這次李何華來，王老頭第一件事就是對李何華道：「今天的席面能不能也做道酸菜魚啊？就是妳上次來我家做的那個。我們今天特意買了十條魚，酸菜也準備好了。」

既然主人家都這麼說了，李何華哪有不同意的道理？當下便答應了，打算將今天的魚全部做成酸菜魚。

接著，李何華又去看了其他食材，有雞、鴨、五花肉、排骨，還有牛肉。李何華想了想，打算今日做一道大盤雞、一道醬爆鴨、一道咕咾肉、一道醬排骨、一道燉牛肉，再燉隻老母雞。

至於素菜，做個豆腐羹、素三丁、香菇青菜、乾鍋花菜，再做一道魚香肉絲，再加上麻婆豆腐，加起來共十二道菜。

李何華將菜單一一報給王家人聽，打算問問他們的意見，結果王家人眼睛都聽直了，好多菜之前聽都沒聽過，這還是第一次聽說，就像那天的酸菜魚一樣讓人驚奇。

農家人做的席面不外乎就是紅燒雞、燉雞、紅燒魚和紅燒肉，做法都一樣，哪裡聽過李何華嘴裡說的這些五花八門的菜式？雖然沒見過也沒聽過，卻不妨礙他們從名字裡聽出這些菜一定十分好吃。

王老頭直接大手一揮。「妳就按照妳的打算做吧！我們相信妳，不用過問我們的意思。」

李何華得到授權，將外面的一切全都拋到腦後，立刻投身進廚房開始做菜。

第十四章　新主意

這次依然是兩個大鍋同時開炒，李何華手拿兩把勺子，左邊燒大盤雞，右邊做醬排骨，左手放鹽，右手放醬油，兩道菜同時兼顧，看得王家人下巴都要掉了，幫忙的人更是看得忘了自己的任務，還是李何華出聲提醒才回過神來。

村裡人做席面都有個弊端，那就是速度慢。因為大廚只有一個，通常是前面上的菜快要吃完了，後面的菜才上。

但這在李何華手下完全不是問題，她炒菜的速度比客人們吃的速度快得多，上一道菜還沒吃多少，下一道菜就上來了，轉眼間桌上布滿了菜，等到全部上完時，桌上沒有一個空盤子，每道菜都熱著呢！

今日來王家的賓客們長了見識，不僅吃到很多前所未見的菜式，且從來沒見過上菜這麼快的宴席，紛紛表示驚訝，問王老頭。「你家這是請了幾個廚子啊？上菜也太快了吧！而且這菜太好吃了，你家請的怕不是周老根吧？」

「是啊！周老根做菜不是這個味道，而且這些菜我們都沒見過，新奇得緊。」

「我敢肯定不是周老根。我說王老頭，你家到底請誰啊？跟我們說說，下次我們也請這人做席面。」

今日王老頭因為這席面得來無數誇讚，人都快要飄起來了，聞言笑呵呵地道：「我家就只請了一個廚子，不過這廚子很厲害，不光速度快，味道可是比鎮上最好的酒樓都好。」

這話雖然得瑟，但說得無可否認，因為事實的確如此，大家對做席面的人更是好奇了。王老頭關子賣夠了，這才對大家說出李何華來，讓在場不少賓客暗暗在心裡記住了她。

這頓席面忙完，王家嬸子除了給席面錢，還給了李何華很多菜、瓜子和糖果。李何華沒有推辭，全部帶回曹四妹的家，將大部分的東西分給他們，不過瓜子和糖果留了一半下來，因為她想留給那個小傢伙吃。

雖然她跟張家人徹底沒了關係，但心裡卻莫名割捨不下那個可憐的小傢伙。不知道為什麼，自從知道那個小傢伙是這副身體的親生兒子，李何華的感覺就變得不同了，心裡除了憐惜，還有一種說不清、道不明的感覺，讓她很是惦記那個小傢伙，有什麼好吃的總會第一個想到他，希望他健康快樂。

唉，就當是為原主補償可憐的小傢伙吧！

李何華打算明天賣完糕點就偷偷回去看看那個小傢伙。她知道張鐵山和張青山每天都會去田裡或山裡打獵，而張林氏也不是一直都待在家，會時不時出門洗衣服或是跟鄰居聊天，這時家裡就只有小傢伙一個人，她可以偷偷進去給他點吃的。

當天下午，李何華借用曹四妹家的廚房，又一次做了糕點。這次多做了不少給曹四妹一家品嚐，還用油紙包單獨包了一份放在籃子裡，這是給小傢伙的。

第二天，李何華繼續賣她的糕點。因為好幾天沒來，很多老客戶都跑來問她為何這幾天沒來？李何華笑著解釋家裡有事，然後便進入了忙碌的賣糕行動。

不到一個時辰，兩籃糕點就全部賣光了，只剩下籃子裡的那一包沒有賣。

李何華買好原料後，提著籃子往回走，沒有直接回曹家，而是回了張家。在不遠處躲了好一會兒，等到看見張林氏出了家門，確認張家一個人都沒有，這才閃身進門。

她直奔廚房，在灶膛後看到小傢伙。

不知道是不是錯覺，她覺得小傢伙好像比她離開前更瘦了，臉上沒有一絲肉，好似只剩薄薄一層皮覆在骨頭上，那胳膊更是一用力就折了，看得她心裡無比難受。

在現代，哪個小孩不是胖嘟嘟的，她何曾見過這般瘦弱的孩子？這要是她的孩子，她肯定——

李何華的思緒突然頓住，因為嚴格上來說，這小傢伙就是她的孩子。

李何華心情複雜地走到小傢伙跟前蹲下，將籃子打開，拿出裡面的糕點和糖果，遞到小傢伙面前，聲音輕柔。「寶貝，你看我給你帶什麼好吃的來了？記不記得，這是雞蛋糕和紅豆糕，你之前吃過的。」

李何華又打開包著糖果的紙包給小傢伙看。「寶貝你看，這裡面是糖果，甜甜的，很好吃，你可以留下來慢慢吃，不過記得一天不要吃太多，睡覺前也不能吃，不然蟲蟲會把牙齒咬壞了，知道嗎？」

李何華說完，見小傢伙不動，乾脆用手捧著紙包遞到小傢伙眼前讓他看。

讓人驚訝的是，小傢伙的眼神動了，竟然真的將視線投到紙包上，半晌後，竟然慢慢伸出小手，拿起一塊雞蛋糕送進嘴裡。

李何華差點高興地笑出聲來，忍不住誇道：「寶貝，你真棒！」

看著小傢伙吃了些糕點，眼看時間不早了，李何華怕遇到張林氏，只好不捨地將吃食放下，對小傢伙解釋。「寶貝，我得走了，我不想跟你奶奶還有爹他們撞見，不然又扯不清，還以為我要害你呢！」

李何華愛憐地看了幾眼小傢伙。「我下次再來看你，你要乖乖吃飯，不能再瘦下去了，知道嗎？」

交代完後，李何華在廚房門口觀察了下，確認沒什麼人，這才迅速閃身出去，一溜煙離開張家。

李何華哪裡知道，她的一連串舉動全被人收入眼裡。

今日一大早張鐵山就去了鎮上，將昨日獵到的野物賣到酒樓。從酒樓出來後正準備回家，不知為何竟鬼使神差地想起了李荷花，腳步頓住，繼而轉了個方向，往集市而去。

到集市時，他看見她依舊在常待的位置賣糕點。今天似乎特別忙，很多人圍著她說著什麼，她不停給客人包裝糕點、收錢，肥胖的身子時而蹲下，時而站起，動作顯得十分不靈活，甚至有幾分艱難，汗珠一會兒就布滿額頭，需要時不時擦一下汗水，可那女人卻毫不在意，始終微笑著跟客人說話，客氣又禮貌。

張鐵山不知不覺站在那裡看了很久，心裡的疑惑越來越深。他總覺得這個女人很陌生，根本不像是他娶的那個李荷花，雖然長相、身材的確是他認識的那個女人……

張鐵山的眉頭漸漸皺了起來。

他就這麼看著，不知不覺等到她將糕點全部賣完，又見她去買了很多雞蛋和紅豆，然後提著籃子，似乎準備回去。

她被休回家，李家人不願意接納她，張鐵山想不到她一個女人能去哪裡？也不知出於什麼心理，他就這麼跟在李何華身後，想看看她到底要去哪兒，結果發現她去的方向竟然是他們村。

他心裡疑惑。難道她住在他們村裡？

張鐵山繼續不動聲色地跟在她身後，看到她在他家不遠處的大槐樹下停下，閃身躲到樹後，眼睛盯著他家的方向看，似乎是在窺視什麼。

張鐵山不明白她這是什麼意思，或者說有何居心，但他能感覺到她並沒有什麼惡意，便沒有現身，繼續在她後面看著，想弄清楚她到底要幹什麼？

不一會兒，他娘端著一盆要洗的衣服出了門，李何華看見了，似乎鬆了口氣，然後快速進了家裡。

張鐵山毫無聲息地跟在她身後也進了屋，不過她並沒有發現，依然以為家裡沒人。

進了屋，就見她直奔廚房而去。張鐵山這才明白，她是去廚房找書林了，因為書林喜歡待在那裡，一找一個準。

果不其然，李何華進了廚房就直奔書林而去，將籃子裡的吃食拿給他，然後絮絮叨叨地跟書林說了很多話，那語氣竟然那麼溫柔，似乎像她對書林的稱謂那般，真的把書林當作心肝寶貝。

張鐵山在廚房外將李何華的話聽得一清二楚，只不過越聽，他的眉頭皺得越緊，心頭的疑惑越發深了。

他很確信，李何華不知道他在外面，也不知道家裡有人，所以不存在故意裝模作樣地對書林好，因此她說的話，十有八九是真心的。

可她怎麼會對書林這般疼愛呢？她之前可是最討厭書林的，甚至對書林不是打就是罵，連一口飽飯也不給他吃，好幾次書林差點就被她折磨死了，這也是他一回來就要休了她的原因。

一個人怎麼可能突然變了性子呢？

就在張鐵山思考時，廚房裡的李何華出來了，張鐵山趕忙隱藏起自己，成功地讓李何華以為家裡沒人，繼而偷偷摸摸地出了張家。

張鐵山在原地猶豫了片刻，最後還是跟了上去，見李何華一路去了蓮花村，進了一戶屋裡。他認出這家的女主人，就是上次來找李何華做席面的那個婦人。

原來她住到這裡來了。

李何華完全不知道她的身後全程跟著一個人。回到曹四妹家後，她一邊準備明天要賣的糕點，一邊在心裡思索著接下來要去哪裡棲身？

其實最好的辦法就是去鎮上租個房子住，這樣不論是賣糕點，還是之後開個小吃攤都很方便，可問題就在於她身上的錢不夠。

她現在能求助的人只有曹四妹，可曹四妹家就是普通的農家，並不富裕，這麼一筆錢對他們來說算是很多的，她怎麼好意思開口，他們已經幫她很多了。

借錢行不通，剩下的唯一辦法就是加快速度掙錢！

剛開始她因為沒錢，加上條件限制，只做了簡單又好吃的紅豆糕和雞蛋糕。這兩種糕點雖然很得客人歡心，但長期只賣這兩種很容易吃膩，也會失去新鮮感。所以她賣的糕點種類需要適時增加，給客人更多的選擇，這樣賣出去的量就會增加，賺的錢自然就多了。

李何華在心裡思量一番，決定暫時先增加兩種糕點——山楂糕和蓮蓉酥。

這兩種糕點簡單易做又好吃，而且原料很容易取得，很適合現在的她來賣。

除了增加糕點種類，李何華還想了一個辦法，那就是請別人幫自己賣。

她一個人的力量有限，每天也只能在一個地方賣，但鎮上那麼大，並不是所有人都會到她賣糕點的地方，有很多人沒看見她的糕點。要是再增加一個人幫忙，就可以分兩處賣，市場普及率將會大大提升，賺得自然會比之前多。

至於找誰幫忙，李何華目前認識的只有曹四妹一家，所以她第一個想到的便是請曹四妹幫她賣，也算是報答她的收留之恩。

農家婦人除了在農忙時下田種地，平日就只是在家裡做做家務，並沒有機會讓她們掙錢。曹四妹也一樣，除了下地幹活、在家做家事，就是偶爾去鎮上賣點雞蛋賺點錢，沒有任何收入。若將這個機會給她，她能夠賺點錢，不光增加曹家的收入，也給她自己帶來方便，等她需要去做席面時，不至於暫停賣糕點的生意。

打定主意後，李何華在做糕點時多做了兩籃，在晚上吃飯時跟曹四妹提起這件事。

曹四妹完全被這個意外的驚喜弄懵了，好一會兒才相信自己得了這好事，高興得不知道怎麼感謝李何華才好？

她知道李何華做的糕點有多好吃，也見過她的糕點生意有多好，這是個穩賺不賠的買賣，她甚至還在心裡暗暗羨慕過呢！想著要是自己也會做糕點去賣該有多好，這樣家裡就不用這麼拮据了。

沒想到願望成真，李何華竟然直接讓她幫忙賣糕點。雖然幫著賣賺的錢不如李何華多，但她已經很知足了，每天都能有收入，那是農家婦人想都不敢想的事。

曹四妹不由在心裡慶幸她幫了李何華一把，這不，好報來了。

李何華看這家人這麼激動，心裡也跟著高興起來，對曹四妹道：「大姊，妳幫我賣，我每四塊糕點給妳一文錢，如果妳能賣掉兩籃，每天大約能得十文錢；要是妳賣得更多，就能得得更多，妳看行嗎？」

曹四妹曾看李何華賣過，自然知道兩籃糕點很容易賣掉，也就是說，她每天起碼能賺十文錢，她怎麼會不滿意呢？要知道，農家漢子農閒時去鎮上幹苦工，一天也只能得個二、三十文錢，她只要賣糕點就能輕鬆賺到錢，她一百個滿意啊！

曹四妹拉著李何華的手道：「大妹子，姊姊不知道怎麼感謝妳才好，妳的好，姊姊記住了。」

李何華擺擺手。「大姊快別這麼說，要說感謝，也該是我感謝你們。你們讓我住、給我飯吃，我這點感謝算什麼？」

曹四妹一家收留李何華時，雖然沒有指望她的報答，可現在得到人家如此好意，心裡還是很高興的，曹四妹更是一個勁地保證，一定會好好幫她賣糕點。

李何華繼續說起她的打算。「大姊，以後我在街東邊賣，妳去西邊賣，咱倆分開，這樣才不會搶生意，正好我今天多做了兩籃，妳明天就去試試吧！」

曹四妹激動地點頭。「行行行，明天我就跟妳一起去鎮上賣！」

當晚，曹四妹激動得睡不著，在床上翻來覆去，何大也被她弄得睡不著。

「妳幹什麼呢！還睡不睡了？」

曹四妹轉過身面對何大，語氣激動又興奮。「當家的，明天我就能賺錢了，我高興啊！」

其實何大心裡也很開心，說道：「荷花妹子是個好的，有賺錢的門路還想著拉拔我們，妳以後用點心，好好幫她賣。」

曹四妹輕輕打了何大一下。「這還用你說，我肯定好好賣！」

何大知道李何華是被休的，不由有些納悶。「我看荷花妹子除了長得胖了點，其他地方很不錯，手藝好，又能賺錢，人也不錯，怎麼就被休了呢？」

曹四妹其實也不清楚，猜測道：「估計就是因為她太胖了吧！男人都不喜歡自己媳婦醜，肯定想找個好看的。」

何大不知道說什麼好，嘆了口氣。

靜了半晌，就在何大以為曹四妹睡著的時候，她又突然出聲了。

「不行，這麼好的女人被休了多可惜，我要給荷花妹子好好留意，有好的人家就給她說說，可不能讓她耽誤了。你也幫忙留意，有好的對象就跟我說。」

何大點點頭，「嗯」了一聲。

第十五章　生意再上門

第二天，曹四妹和李何華一起去了鎮上。

李何華先將曹四妹送去大街西邊人多的地方，和她一起挑了個位置，將籃子擺好，率先開口吆喝起來。

「賣糕點了！好吃又便宜的紅豆糕和雞蛋糕，歡迎免費品嚐！」

李何華是為了給曹四妹示範，只吆喝兩遍，曹四妹就會了，學著李何華的樣子，跟著吆喝起來。

不一會兒就有人出於好奇圍過來，李何華拿出紅豆糕和雞蛋糕，分給想買的人品嚐。

「來來來，大家嚐嚐，這是我家祖傳的糕點，保證好吃，不好吃就不必買！」

李何華做的自然好吃，沒人嚐過後說不好吃的，大多數人都會買個一、兩塊，李何華趕忙應好，彎腰拿起油紙包包起糕點，遞給客人，然後收錢。

有第一個人買，後面就有人跟著買，李何華漸漸站到一旁，把地方讓給曹四妹。曹四妹是做慣活的人，平時索利得很，現在學李何華的樣子學得八九不離十，包糕點和收錢都很俐落，動作也越來越熟練，李何華見她沒問題，便交給她，她則回原來的地方賣。

等到晌午，李何華這邊的糕點全部賣完，曹四妹那邊的也賣完了。

曹四妹顯然很高興。「我那裡賣得可快呢！」

李何華點頭。「那我們一起去買做糕點的材料，再一起回去。」

今日不只要買紅豆糕和雞蛋糕的材料，還要買做山楂糕和蓮蓉酥的原料，準備從明日起就增加這兩樣糕點。

由於買了山楂，李何華又想起糖葫蘆，決定乾脆做點糖葫蘆來賣。這東西小孩們很喜歡吃，而且比做糕點還簡單，不如順手做一點賣賣看。雖然現在大街上也有不少賣糖葫蘆的，但她做的糖葫蘆不同於一般的，她敢打包票，她的糖葫蘆比一般的好吃一百倍，肯定不會賣不出去。

事實也如她所想，晚上她剛把新的三樣糕點做出來，就受到何家三個孩子的一致好評。孩子們吃著新做的山楂糕、蓮蓉酥還有糖葫蘆，都快樂瘋了，嘴根本停不下來。

第二天，這三樣新吃食也受到其他人的愛戴，總共準備八籃糕點，上午就賣完了，糖葫蘆更是被孩子們買光了。

幸好李何華提前留了一份，不然書林就沒得吃了。

結束時，李何華沒跟著回蓮花村，而是又一次到了張家所在的上水村。

但很不巧的，時間正好過了午時，家家戶戶都吃過午飯，正在午睡，張林氏也是如此，這樣李何華就沒辦法進去了。

她在門口焦急地等了半個時辰，都沒見張家有人出門，而她的肚子已經餓得不行，一時也不知要接著等，還是下次再來？

糾結又糾結，李何華又等了小半個時辰，見還是沒動靜，只好放棄。就在她準備離開時，張鐵山竟然出來了，懷裡還抱著那個小傢伙。

李何華一驚，趕忙躲回大樹後。幸好這幾棵超粗的大樹連在一起，要不然可就擋不住她魁梧的身形了。

只見張鐵山將小傢伙抱到不遠處的一棵大樹下，那裡不知什麼時候裝了個鞦韆。張鐵山將小傢伙放到鞦韆上坐著，讓小傢伙抓牢兩邊的繩子，然後繞到他身後，輕輕幫他推著鞦韆。

李何華所在的位置離那邊很近，從樹與樹的縫隙間，可以清楚地看到小傢伙。雖然小傢伙臉上還是沒什麼表情，也沒有發出格格的笑聲，但神色卻不再是空洞的，而是真實地處於現實中。顯然，小傢伙在體驗盪鞦韆這件事。

沒想到張鐵山一個大男人這麼細心，還知道要給小傢伙做玩具，逗他開心。

李何華突然不想走了，躲在樹後靜靜地看著，就見張鐵山陪了小傢伙一刻鐘後，蹲到小傢伙跟前對他說了什麼，然後就回家了，獨留小傢伙一個人在那兒。

李何華以為張鐵山是回去拿什麼東西，結果等了好長時間都不見他回來。難道他是有什麼事嗎？還是忘了外面的小傢伙了？那她要不要趁這個機會去找小傢伙，把吃的送給他呢？可萬一張鐵山突然出來看見她怎麼辦？會不會又以為她居心不良？

李何華陷入無限糾結中，又觀察了小半刻，還是不見張鐵山回來，眼看再等下去時間就不早了，李何華咬咬牙，決定豁出去。

她出去怎麼了？看見就看見吧！她看看孩子犯法了啊？

做好心理建設，李何華慢慢從樹後走出來，徑直來到小傢伙跟前蹲下，露出大大的笑容，向小傢伙打招呼。

「寶貝，有沒有想我啊？我好想你！」

小傢伙原本低著頭，好似在沈思什麼，被李何華一喊，微微動了下，下一刻便抬起頭看向李何華。

李何華都要驚呆了，這是小傢伙第二次對她說話有反應！

上次她拿烤肉飯到他面前，他才有反應，這次她只是跟他打個招呼，他就抬頭看她，這讓她的心情比在現代與偶像握手還激動。

這是不是說明小傢伙沒那麼排斥她，漸漸接受了她，小傢伙感受到她對他的好了？是不是？

李何華激動得不行，趕忙掀起籃子上的布，將裡面的吃食全部拿出來。

「寶貝，我給你帶好吃的來了，有糖葫蘆、山楂糕，還有蓮蓉酥，都很好吃。」李何華拿起一塊蓮蓉酥，遞到小傢伙嘴邊。「來，張嘴，吃一口。」

小傢伙的視線慢慢移動到自己嘴邊的蓮蓉酥上，靜默片刻後，慢慢張開嘴，咬了一口。

李何華的嘴角翹得壓不下來。小傢伙竟然願意吃她餵的東西了，一點都沒有像第一次那樣瘋狂地排斥。

「小傢伙，你知道我並不是對你不好的那個人對不對？現在不怕我了對不對？」

儘管小傢伙沒有回應，李何華依然很高興。

等到將手裡的蓮蓉酥餵完，李何華知道自己不能再多留，只好將所有吃食放到小傢伙的腿上。「寶貝，時間不早了，我要走了，下次再來看你，你要好好吃飯，知道嗎？」

小傢伙睜著烏溜溜的大眼睛，靜靜地看著她，小嘴唇緊緊抿著，看得李何華的心一揪，滿心捨不得，但卻不得不走。

最後，她狠心轉身離開，等回到何家時，心裡的不捨才漸漸消散。

「大妹子，妳怎麼這麼晚才回來，餓了吧？我給妳留了午飯，妳快吃。」

李何華之前的確餓，不過現在已經沒什麼感覺了，餓過頭了反而不想吃。

見李何華不想吃，曹四妹不贊同了。「怎麼能不吃呢？人不能不吃飯啊！」

李何華自嘲地笑道：「大姊，妳看我這身材，就得少吃點，這樣才能變瘦。」

曹四妹看著李何華的身材，突然發現不對勁。「大妹子，妳好像瘦了耶！」

李何華驚訝。「是嗎？」可看看自己還是一身肉啊！

曹四妹又仔細看了看，確定地點頭。「的確瘦了，我記得妳第一次到我們村時，就是穿現在這身衣服，那時候可是撐得滿滿的，衣服都快兜不住了。不瞞妳說，那時我第一眼看見妳就在想，這女子這麼胖，衣服不會撐壞吧？可妳看妳現在，衣服鬆了不少呢！」

沒有曹四妹的提醒，李何華還真沒有發現。她沒有體重機，沒辦法每天量體重，所以不知道自己到底有沒有瘦；再加上每天都在為賺錢忙碌，也就沒有過多注意，現在經曹四妹一說，李何華才發現好像的確是這樣。

她現在穿的外衫不是緊身的，反而鬆了很多；褲子也是，並不像剛來時緊繃。

這是真瘦了？

李何華驚喜。看來她的瘦身起作用了，她沒有白減肥啊！雖然現在還是很胖，但好歹有在慢慢變瘦，只要一直堅持下去，相信總有一天會恢復她前世的魔鬼身材。

李何華突然覺得現在渾身都是力量。

看李何華這麼高興，曹四妹也為她開心。「大妹子啊！妳看妳這麼好，唯一的缺點就是胖，要是能繼續瘦下去，肯定有一大籮筐的男人追在妳身後，搶著娶妳呢！」

李何華噗哧笑了。「大姊，妳說得太誇張了，哪有人要娶我啊！」而且她也不想結婚。作為這個時代的棄婦，想也知道會被別人瞧不起，她幹麼要嫁人呢？還不如自己掙錢自己花，逍遙快活。

當然，這些話她不會說給曹四妹聽，因為她大概無法理解她的想法。

曹四妹的確猜不到李何華的單身想法，自顧自道：「怎麼會沒人娶呢？妳放心，大姊給妳留意著，保證給妳好好挑。」

李何華嗯嗯啊啊地敷衍著，曹四妹看她不想說這個，也就不提了，轉而把今天賺到的錢拿出來。

「大妹子，今天賺的比昨天多多了，我這腰包差點裝不下。」說著嘩啦啦地掏出一堆銅板放到桌上，發出一陣響聲。

曹四妹一邊掏錢，一邊道：「大妹子，妳絕對想不到，我今天竟然賣了兩百文！」整整兩百文啊！

李何華笑，伸手拿出二十五文遞給曹四妹。「大姊，這是妳今天的酬勞。」

曹四妹拿著二十五文錢，眼睛都在發光。僅僅半天就賺了二十五文啊！比得上一個壯漢幹一天苦活了！

李何華將桌上的錢收起來，把自己今天賺的錢也拿出來數了數，扣掉買材料的錢，一共賺了一百五十文。也就是說，今日的淨利潤是三百二十五文錢，還不錯。

就在這時，大丫突然跑了進來。「荷花姨，外面有人找妳。」

李何華驚訝。誰會找她？又是怎麼知道她在這裡？

見李何華疑惑，大丫說道：「是一對夫妻，好像是找妳做席面的。」

李何華一聽，趕緊脫下腰上的圍裙走出去。只見堂屋裡坐著一對中年夫妻，看見李何華進來，立刻站起身道：「李大廚啊！原來妳換地方住了，我們剛剛還跑了一趟上水村，到那裡才知道妳現在在這裡，可讓我們好找啊！」

李何華疑惑。原來他們去上水村找她了，那是誰告訴他們她在這裡的？她記得沒人知道她現在住在曹大姊家吧？

不過，還沒等李何華仔細思考，這對夫妻就說起自己的來意，李何華的心神立刻被引到這上面。

男子首先自我介紹。「我姓顧，家住長河村，大家都叫我顧大，你們這麼叫我就行了。」簡單介紹完自己，顧大便說明來意。「我們這次來是想請妳做席面，我家小兒子下個月初娶親，想請李大廚幫幫忙。」

長河村？李何華壓根兒不知道，也不明白這對夫妻是怎麼知道她的，她開口問出疑惑。「顧大叔，你們是如何知道我的？我從來沒在你們村做過席面呢！」

顧大媳婦先顧大一步開口回答。「我們聽鄰居提起過，我家本打算去找周老根做席面，結果鬧得不太開心，我家鄰居就跟我提起了妳。她說她家有親戚在蓮花村，上次吃過妳做的席面，覺得非常好吃，說是甩了周老根好幾條街，就讓我們來找妳。」

李何華恍然大悟，原來是這樣。

不過在答應之前，李何華問道：「顧大叔、顧大嬸，不知你們家到這裡大概多長時間？」

「走路的話差不多一個半時辰。」

一個半時辰對於李何華來說有點遠，一來一回就得花上半天時間，而且她早上還得天不亮就過去，才不會耽誤做席面，那席面就得收十五文錢一桌才行。

李何華決定先跟這對夫妻說好價錢。「顧大叔、顧大嬸，幫你們做席面沒什麼問題，但價錢我要提前跟你們說好，你們看看行不行再說。

「你家離這裡挺遠的，一來一回我要多花費大半天在路上，所以席面我得收十五文錢一桌，你們看能不能接受？如果可以就去給你們做。」

「什麼？十五文錢……」兩人聞言，皆是一驚。

顧大猶豫地開口。「這……我聽說妳之前好像是收十文錢一桌，怎麼要我們十五文錢？」難道這李大廚也跟那周老根一樣，是個坐地起價的？

李何華知道，他們來之前肯定打聽過她之前收的席面價錢，現在有此疑問也是正常的，所以認真跟他們解釋。「我之前的確是收十文錢一桌，但那都是離我家近的地方。我除了做席面那天，其他事情也不會耽誤，所以照常收十文錢一桌；但是遠的地方，光趕路我就得花上大半天，也就是有一天不能幹其他的活，要是再收十文錢，我就虧了，還不如不做這席面，你們說是不是這個理？」

「這……」

看兩人猶豫，李何華也不勉強，笑著道：「大叔、大嬸，你們回去考慮考慮再說，要是行的話，我再去給你們做。」

夫妻兩人一時拿不定主意，也想回去好好想想，所以就順著李何華的話站了起來。「那我們先走了，回去商量再說。」

李何華客氣地將兩人送出去，心裡對於這樁生意成不成倒是沒什麼期待。要是成了，她就去做；若是不成，她就繼續賣她的糕點，不耽誤賺錢。

第十六章　買糕點的男子

第二天，李何華和曹四妹賣完糕點回來，再次見到了顧人夫妻。

看見李何華回來，夫妻倆笑著打過招呼後便道：「李大廚啊，昨天回去我們考慮好了，還是想請妳做席面，價錢就按妳說的。」

顧大夫妻本來覺得十五文錢一桌太貴了，比周老根的收費貴了五文錢，一整個席面做下來，就多了一百文錢，這筆錢可不算少，所以他們想著還是去找周老根吧！就算他脾氣不太好，人難伺候了一點，但忍一忍也就過去了。

但他們回去跟家裡幾個兒子一商量，兒子們都不太認同他們的想法。

大兒子道：「雖然周老根收的錢少，但他那態度讓人窩火得很，而且誰不知道他做席面前還得三請四請，哪一次去不要帶各種好東西？光那些東西就不止一百文錢了吧？」

二兒子頗為贊同這話，也跟著道：「是啊，爹，那周老根太猖狂了，要我看啊，咱們就不請他，挫挫他的傲氣，反正這多的一百文錢，咱們家也不是給不起。」

幾個孩子都這麼說，顧大的想法也就漸漸改變了。他覺得孩子們說得有道理，且要他再拉下老臉去求周老根，他真的為難，既然這樣，就去請這個李大廚吧！

所以今日夫妻兩人又來請李何華做席面了。

李何華沒多說什麼，既然人家又來請了，她自然答應。「那行，到時候我去給你們做，你們具體辦宴的日子在哪一天？總共多少桌？是做兩天的席面還是一天？」

顧大一一回答。「日子定在下月初一，這次席面做二十桌，一天做完，前一天的席面我們自己家裡簡單吃一下就行。第二天是正席，就要煩勞妳了。」

這次做席面的方式是李何華喜歡的，這說明她只要去做一天的席面就能回來。

李何華點點頭。「我知道了，我會在那天一早就趕過去的。你們先買好食材，我看著食材定菜單，到時候再跟你們商量。」

顧大夫妻點頭應好，這才離開何家。

曹四妹全程待在一旁，見人走了，這才道：「初一宴客，沒剩幾天了。」

的確沒剩幾天了。李何華想了想，對曹四妹提出自己心裡的想法。「大姊，本來我是打算在我每次去做席面時，讓妳一個人去賣糕點，但現在我又有了新想法，我想跟妳說說，妳看妳和大哥能不能同意？

「我是想，我去做席面這天，能不能請孩子們去幫我賣糕點？錢我會付給孩子們，跟妳一樣，也是四塊一文錢，妳看行不行？」

其實李何華有點不太好意思說出這話，因為在她心裡，大丫他們還是孩子，要小孩子出去幹活掙錢，好像挺不好的。

不過這個時代不同於現代，很多十來歲的孩子已經幫著家裡掙錢了。她在鎮上經常看見

十二、三歲的孩子在街邊賣東西，所以李何華就試探著說了出來。要是曹四妹夫妻心疼孩子，那就當她沒說；要是他們覺得可以，那兩邊都能掙錢。

曹四妹和何大還沒表態，大丫和小三兒就率先點頭。

大丫道：「荷花姨，我去、我去！我之前經常跟娘去鎮上賣雞蛋，這個我會，保准給妳好好賣！」

小三兒也很積極。「荷花姨，我也去，我會吆喝，也會算帳，肯定不比娘賣得差！」

李何華沒想到孩子們這麼積極，心裡十分感慨。真是懂事的孩子啊！要是擱在現代，爸媽叫孩子出門買瓶醬油，估計都要三催四請，可他們卻主動要去幫忙，就是為了給家裡多掙點錢。

李何華看向曹四妹和何大兩人，徵求他們的意見。

曹四妹當然沒有李何華想的什麼心疼孩子的心思，對於孩子們可以接到這個活，她高興都來不及呢！

大丫已經十四歲，大兒子大河十三歲，小三兒也伙九歲，這在農村來看已經是大孩子，早就可以幫家裡幹很多活了。之前她也帶著孩子們去賣過雞蛋，所以對孩子們放心得很。

現在李何華主動提出給孩子們幫忙，代表家裡可以多一份收入，這樣的好事去哪裡求？因此，曹四妹趕忙說道：「大妹子，我們當然同意。妳放心，我家的孩子們會算帳收錢，不會出錯，妳放心將生意交給他們，他們一定給妳做得好好的。」

見曹四妹和何大壓根兒沒有心疼不捨的心思，於是就這麼說定了。以後她沒時間去賣糕點，就交給三個孩子去賣。

很快就到了初一，李何華在天不亮時就起床，洗漱後吃了早飯，往長河村趕去。走了一個多時辰，才走到顧大家。此時天已經大亮，太陽升得老高，目測大概早上九點多，這時準備午飯正好。

顧家人客氣地將李何華迎進去，將她帶到廚房，給她簡單介紹廚房和各樣東西的位置，又給她介紹今日買的食材。

李何華按照食材想了一桌菜式，將菜名一一報給顧家人聽，徵求他們的意見。

顧家人沒想到這李大廚還會跟他們商量菜式，意外的同時也很高興。之前大兒子和二兒子辦喜事都是請周老根，周老根做席面都是直接做，他想做什麼菜就做什麼菜，從來不會跟主人家商量，大家也都習慣了，沒想到這李大廚倒是和周老根頗為不同。

顧大高興地道：「妳說的這些菜式都很不錯，一聽就很有面子，很多菜我們都沒聽過呢！妳就這麼做吧！」鄰居說這李大廚做的菜很新奇，而且好吃得不得了。

李何華見顧家人對菜色沒意見，當下就圍上圍裙，開始準備。

她做席面還是一如既往地快狠準，當然，那香味也是拚命往人鼻子裡竄，香得人直吞口水。

雖說顧家人心裡十分信任李何華的手藝，可畢竟沒有親眼見過，也沒有親自吃過，到底怎樣沒有個底。此刻親眼見到李何華展示廚藝，大家這才徹底服了，暗嘆這次找對了人。

等到李何華做好離開時，顧家人都不知道怎麼感謝她才好？顧大嬸把該給的錢給了之後，還另外裝了一大包喜糖、喜餅和花生，一併送給她，以表今天的謝意。

李何華沒有推辭，趁著天早，帶著這些東西匆匆離開。她回去後，便把這些吃食分給何家三個孩子，把三個孩子樂壞了，覺得有她在太幸福，心裡暗暗祈禱她能在他們家住一輩子才好。

看著何家三個孩子高興的樣子，李何華便想起許多天沒見到的小傢伙，心裡真是想得慌，乾脆就著燭火在廚房裡做起點心，打算明天帶去給小傢伙吃。

她準備做銅鑼燒，需要用到的原料並不複雜，而且吃起來香香甜甜的，很得小孩子喜歡，小傢伙肯定也會愛。

她先打了幾顆雞蛋，再加入細砂糖和鹽，攪拌均勻後加入蜂蜜、牛奶等，再次攪拌。接著，倒入麵粉和泡打粉，再加入剛才做好的混合液攪拌，靜置一刻鐘，然後舀一勺麵糊放入鍋中，攤成圓形。當麵糊上的小氣泡開始變大、逐漸破裂時，翻面再煎片刻，這樣銅鑼燒的鬆餅部分就做好了。

最後，將紅豆沙夾在兩片鬆餅之間，新鮮的銅鑼燒就完成啦！

看著一個個可愛的銅鑼燒，想到小傢伙品嚐的幸福模樣，李何華嘴角揚起，一邊笑，一邊將這些銅鑼燒用油紙包裝起來，放進籃子裡，這才去睡覺。

第二天的生意和平常一樣，街市上快散集時，籃子裡的糕點也賣得差不多了，就在她打算收拾回去時，一道聲音在她面前響起。

「請問糕點還有嗎？」

是個男子的聲音。

李何華抬頭看去，入眼的是一位身穿天青色儒衫、身材頎長、面如冠玉的年輕男子。不同於之前來買糕點的普通老百姓，這男子身上帶著一種說不出來的高貴氣質，一看就和熱鬧的市井格格不入。

李何華還是第一次在鎮上看見如此優雅貴氣的人，出於顏控的本能，不由好奇地多打量兩眼，不過又想起這是封建的古代，人是不能亂瞅的，趕忙收起顏控本性，將這男子當作一個普通客人來對待。

「還有一塊蓮蓉酥和一塊紅豆糕，其他的都賣完了。」

男子明顯有點失望，兩塊太少了。「沒有了嗎？」

「不好意思啊！其他的都賣完了，就剩這最後兩塊，不過明天我還會再來，您要是想吃可以早點過來。」

男子想起家裡那個小祖宗，嘆了口氣。「那這兩塊給我包起來吧！」

李何華點點頭，用一塊油紙包將最後兩塊糕點包起來遞給男子。男子接過糕點，將錢遞給李何華後，卻沒有立刻離開，依然站著。

李何華奇怪地看向男子，就見他盯著她的籃子看，不由開口詢問。「這位客人，您還有什麼事嗎？」

男子抿了抿唇，看著籃子，面帶猶豫地問：「老闆，妳籃子裡是不是還有？那個油紙包……」

李何華一愣，下一秒反應過來。他剛剛應該是看到她給書林做的那包銅鑼燒了，以為還有糕點，自己卻不賣給他。

李何華趕緊解釋。「這個是不賣的，是專門留給家裡孩子吃，不好意思啊！」

聞言，男子面色有些微紅，顯然比李何華還不好意思，聲音也低了很多。「不好意思，是我誤會了，實在是因為家裡孩子挑食得很，什麼都不愛吃，唯有妳做的糕點他很喜歡，所以我才特意來買。誰知來遲了，只買到兩塊，這兩塊恐怕不夠孩子吃，要是有多的就好了，所以才有此一問，讓妳見笑了。」

家裡那個小祖宗被寵慣了，乍然換成現在的生活，至今無法習慣，普通的粗茶淡飯根本不吃，天天鬧脾氣，鬧得他心力交瘁。

昨天一個學生從家裡帶了糕點，分給那小祖宗一塊，結果他竟意外地吃得很香，吃完還鬧著要吃。沒辦法，他只好問學生，這才知道是在這裡買的。

於是他今日趁著下學就過來了，沒想到只剩下兩塊。

李何華聽完男子的話，很能理解這種家長的心態，忙搖頭說沒關係，其實心裡覺得這男子挺不錯的，起碼是個溫柔對待孩子的人，這樣的男子在這個時代其實不多。

看在家裡同樣有個不喜歡吃東西孩子的分上，李何華彎腰將籃子裡的油紙包打開，從裡面拿出兩塊銅鑼燒出來，遞給男子。「這個是做給我孩子吃的，不能多給您，就送您兩塊吧！回去給您家孩子吃。」

男子愣了片刻，反應過來後有點不好意思，猶豫了一下還是伸手接過，十分感謝。「謝謝老闆，我給妳錢吧！」說著就要掏錢。

李何華趕忙擺手。「不用了，這是送給您家孩子的，要是喜歡的話，明天可以早點來，還可以買到雞蛋糕和山楂糕。對了，還有糖葫蘆，都是小孩子喜歡的。」

男子見李何華如此說，掏錢的手放了下來，沒有執意要給錢，只淡笑著再次道謝。「那就謝謝老闆了，明日我一定早點來。」

李何華微笑著目送男子轉身離開，這才收起籃子去了西街，跟曹四妹打了聲招呼後，匆忙趕去上水村找小傢伙。

誰知很不巧的，又一次碰上村人午睡的時間，和上次一樣，又無法進去。

李何華站在大樹後，從縫隙間看向上次小傢伙邊鞦韆的地方。鞦韆依然靜靜地掛在那裡。不知道小傢伙今天會不會也出來盪鞦韆呢？

李何華決定等等看，如果小傢伙真的出來了，就找機會像上次一樣看看他，然後將吃的給他；如果小傢伙今天不出來，那就明天上午請大丫他們幫她賣糕點，然後趁著上午張家人不在家偷溜進去。

不過今天她運氣很好，等了還不到一刻鐘，便見張鐵山抱著小傢伙出來，徑直將小傢伙抱到鞦韆上坐著，然後蹲到他的面前，摸了摸他的頭，神情溫柔地對他說著什麼。

距離不夠近，李何華聽不到，只能看到小傢伙的樣子。小傢伙今天好似格外沒精神，頭一直低著，對張鐵山的話沒有任何回應；雖然小傢伙一直沒什麼表情的樣子，但不知道為什麼，李何華就是覺得小傢伙今天好像不太開心。

小傢伙是怎麼了？

李何華很想上去問一問，可是張鐵山在，她只能忍著。心裡不由期待張鐵山能像上次那樣，回家後不要出來，這樣她就有機會和小傢伙說話了。

不知道是不是今天運氣太好，老天爺格外幫忙，讓她心想事成，張鐵山竟然真的站了起來，揉了揉小傢伙的頭後，轉身回家去了。

李何華心裡別提多高興了，按捺住心情，又觀察了片刻，見張鐵山真的沒有出來的意思，這才從樹後走出去，直奔小傢伙跟前。

第十七章　小傢伙的不捨

「嘿！寶貝，我來看你啦！」李何華蹲在小傢伙面前。

本以為小傢伙會沒有反應，結果出人意料的，小傢伙在聽到聲音後的第一時間就抬起頭，烏溜溜的大眼睛看著她一眨不眨，眼睛裡好似盛著驚喜。

李何華高興得不得了。「寶貝，你還記得我嗎？」

小傢伙靜靜地盯著她，那眼神快把李何華的心看化了，趕緊從籃子裡將今日帶給小傢伙的銅鑼燒和糖葫蘆拿出來。

「寶貝，今天我不光給你帶了糖葫蘆，還特意給你做了銅鑼燒，你肯定喜歡吃，要不要嚐嚐？」

李何華將油紙包打開，從裡面拿出一個銅鑼燒，遞到小傢伙嘴邊，無比期待著小傢伙的反應，希望小傢伙可以像上次一樣吃下去。

可這次小傢伙的大眼睛卻一直盯著她，手上的銅鑼燒並沒有吸引他的注意力。

李何華不得不再次揚了揚手裡的銅鑼燒，輕哄道：「寶貝，快看，這是銅鑼燒，快嚐嚐。」

哄了半晌，小傢伙才把視線從她臉上移開，慢慢看向嘴邊的銅鑼燒，張開小嘴，輕輕咬了上去。

小傢伙又一次吃她餵的東西了！上次她還不確定小傢伙是不是真的沒那麼排斥她了，心裡害怕是小傢伙一時心血來潮，結果今天小傢伙也吃了，這說明小傢伙真的不排斥她了。

她想起自己剛來這裡時，在不知情的情況下去碰觸小傢伙，結果小傢伙瘋狂抗拒她的畫面，心裡五味雜陳。不知道現在小傢伙是否還是那麼抗拒她的碰觸呢？

猶豫片刻，李何華伸出手，慢慢伸到小傢伙的小手邊，在碰觸到前停了下來，忐忑地看向小傢伙。「寶貝，我想拉拉你的小手可以嗎？我就輕輕地拉拉你，不會傷害你，你別怕，好不好？」

李何華似乎看見小傢伙咀嚼的動作停了一瞬，又好似是看錯了，這讓她有點沒把握。也許她不該碰他，萬一引起他的抗拒，好不容易建立起的一點親暱可能就沒了。

可她真的好想摸摸小傢伙，抱抱他，甚至親親他，給他最好的一切。她自己也想不明白為何會如此，但是她選擇順從本心。

李何華決定試一試，手又往前伸了伸。「寶貝，我要拉拉你的小手嘍，你要是害怕的話就搖搖頭。」

等了片刻，小傢伙並沒有任何反應，依然認真地吃著糕點。

也許小傢伙默認她的行動。

李何華不再猶豫，左手輕輕放到小傢伙的手背上，直到皮膚碰到皮膚。

她真實感受到小傢伙的溫度了，她碰到小傢伙了！

小傢伙並沒有像第一次那樣瘋狂地抗拒。

李何華心裡瞬間生出無限喜意，手上由原來的輕觸，變成實打實地握住，將小傢伙的小手握在自己的掌心裡。

小傢伙真的沒有反抗，任由她握著他的小手。

這一刻，李何華難以形容心中的感覺，但不管怎樣，小傢伙不排斥她是好事，她可以與小傢伙更加親近。

李何華握著手心裡的小手，拉到自己嘴邊親了一口。「你是最好的寶貝，你知道嗎？」

小傢伙顫了一下，卻始終沒有掙脫。等到一個銅鑼燒吃完，他的視線又回到李何華的臉上。

李何華不由自主勾起嘴角，又拿了一個銅鑼燒餵給他。「咱們再吃一個好了。來，張嘴～～」

小傢伙乖乖張嘴，眼裡似乎閃過一絲滿足。

李何華一手餵小傢伙，一手拉著他的小手，跟他說起自己這段時間發生的事，直到小傢伙的第二個銅鑼燒也吃完了，眼看已經待了很長時間，不能再耽誤了，李何華頗為不捨地再次親了小傢伙的小手一下。

「寶貝，時間不早了，我不能再多待，我得走了，下次再來看你好嗎？這些吃的你拿著慢慢吃，等你吃完了，我再給你送。」
說著，李何華慢慢放下手裡的小手，結果下一秒卻被小手反拉住，死死地拉著。
李何華一驚。「寶貝，你怎麼了？」
小傢伙烏溜溜的眼睛注視著李何華，嘴唇抿得很緊，手裡的勁一點沒鬆。
「寶貝，你是不是不捨得我走？」李何華忍不住激動，一把將小傢伙的小身子摟進懷裡。
那一瞬，懷裡的小身子僵了下，卻意外地安靜，乖乖地沒有動。
李何華低頭在小傢伙的頭頂輕輕吻了一記，心裡很不捨，很想將小傢伙帶回去，可是不行，這可是張家的孩子，就算她能帶走，她現在自己都是寄人籬下，連自己的房子都沒有，如何有資格帶走孩子？
李何華嘆了口氣，儘管不捨，還是得走。時間真的不早了，張家隨時都會有人出來。
「寶貝，我真的要走了，不能再待了，你乖乖地好不好？我保證，我會很快來看你的。」
懷裡的小傢伙突然伸手拽住她腰間的衣服，緊緊拉著不放。
李何華的心瞬間就像被水浸過一樣，又軟又綿，淪陷得一塌糊塗。
小傢伙到底怎麼了？怎麼突然捨不得她了？
她又靜靜抱了他半晌，直到理智讓她不得不再次出聲。「乖，寶貝，我真的要走啦，放手好不好？我明天就來看你，我給你做拔絲蘋果吃，好嗎？」

小傢伙的小手抓得更緊，李何華只好慢慢握住小傢伙的手，一點點拉開。「寶貝，我真的要回去了，我明天就來見你，好嗎？」

小傢伙卻掙扎起來，顯然不想放手。

李何華只能咬咬牙，狠下心，一把拉開小傢伙的丁，站起來後退著離開他。

小傢伙的眼睛睜大，死死地盯著她，一眨不眨。

李何華的眼睛泛起酸意，聲音也無法順暢。「寶貝，我明天就來，咱們約好了……」說完再不敢看他，轉身匆匆離開，生怕聽見後面的動靜。

直到一口氣走出上水村，她才敢放慢腳步，可心頭卻像梗住一般，很不舒服。

離開的李何華不知道，小傢伙一直睜著眼睛盯著她離去的方向，好像要望到天荒地老。

張鐵山緩緩從屋裡走出來，將小傢伙從鞦韆上抱下來，摟進懷裡，將他的小臉扳過來，放到自己肩頭上，大手輕輕拍著小背脊，一下又一下。

「別看了，她走了，心裡捨不得是不是？」

小傢伙在張鐵山的肩頭上輕輕蹭了蹭。

跟在張鐵山身後出來的張青山皺起眉頭，看著書林懷裡的吃食，心情複雜。「哥，你剛剛為什麼不讓我出來？就為了不讓我出來見那個女人？你真的相信那女人會對書林這麼好？」

張鐵山依然輕輕地拍著書林的背脊。

張青山握了握拳。「哥，那個女人幾次三番過來給書林送吃的，你就不懷疑？她之前可不是這樣的，一個人不可能改變得這麼快，反正我是不相信。」

張鐵山抬了下手，阻止張青山的話。「好了，我心裡有數，這事不用你操心。」

張青山張了張嘴，嘴裡的話不得不嚥下去。算了，他哥不讓他管，那他就不管，但要是那女人敢再次傷害書林，他一定不會放過她！

張鐵山抿抿唇，看向李何華離開的方向，眼神暗了暗。

書林不愛吃飯，他娘做的飯菜，他怎麼哄都不吃，有時候硬餵，剛嚥下去就會吐出來；可那女人做的東西，他卻吃下去了，而且吃得很香。

不知道從什麼時候起，書林很珍惜那女人做給他的吃食，珍惜到不願意別人碰這些吃的，也很喜歡那個女人來看他。

他不明白為什麼書林突然不排斥那個女人了，可是但凡能讓書林好起來的事，他都願意做。

他知道那女人躲在樹後，想偷偷過來看書林，沒奈何他娘在家，沒辦法進來，於是他就在午後將書林帶到鞦韆這裡，然後躲在門後，看著那個女人的一舉一動。

他看見那女人小心翼翼地與書林說話，看見那女人溫柔地餵書林。

每次那個女人走後，書林都把吃食捧得緊緊的，吃飯時自己拿著吃食吃得香，直到吃得小肚子溜圓。第二天一醒來，就要往鞦韆這裡跑，再不往廚房裡去了。

這幾天那個女人沒來，書林很失望，他陪著小傢伙等了好多天，所幸今天她又來了，書林沒有再一次失望。

張鐵山看向懷裡的小傢伙，輕輕在小傢伙的頭頂蹭了蹭。「書林，你不討厭她了嗎？」不然為何在那女人握住他的小手並親吻時，他沒有之前的排斥？為何在那女人抱住他時，他緊緊地攥住那女人的衣角？為何那女人要走的時候，他卻那麼不捨？

這一切到底是在何時改變的？

張鐵山第一次在心裡產生動搖。當初他趕她走，到底是對還是錯？

晚上，李何華躺在床上睡不著，想到今天和小傢伙見面的點點滴滴，心裡暖暖的。真好，小傢伙不再排斥她了呢！

可是想起她走時小傢伙那不捨的樣子，心又忍不住酸澀起來。當時她真的好想不管不顧地將小傢伙抱走，讓小傢伙一直待在她的身邊，這樣她就可以每時每刻對他好了，也不用每次都狠心地轉頭離開。

可惜，就算她能抱走小傢伙，現在的她也沒有條件那麼做。

所以當務之急就是要有個自己的屋子，她已經在曹四妹家住了好一段時間，要是再住下去，可就太厚臉皮了。

想到這裡，李何華悄悄從床上坐起來。為了不打擾睡夢中的大丫，她沒有點燈，拿出隨身攜帶的包袱走到窗邊，藉著外面的月色將包袱打開，把錢拿出來。

這麼多天下來，她所有的積蓄都在這裡，一共是四兩六百文錢，這些錢完全夠去鎮上租一間小院子了。

李何華現在迫不及待有間自己的屋子，於是第二天，她便對曹四妹說出自己要離開的打算。

曹四妹「啊」了一聲。「大妹子，妳要去鎮上租房子？妳在我家住得好好的，幹什麼要租房子？」

其實當初曹四妹完全是出於好心才會收留李何華，心裡想著，先讓她住一段時間度過難關再說，並沒有一直收留的意思；可隨著這段時間的相處，他們一家都越來越喜歡她。她不光性格好，人也大方，對家裡的孩子更是好，有什麼好吃的都不忘分給孩子們，出去做席面帶回來的吃食全都給了他們家，更是帶著他們家做生意，讓他們家每天都有一大筆收入，簡直就是他們家的貴人。

曹四妹現在看李何華，就像看自己的親妹子一樣，十分習慣她的存在，壓根兒沒想過讓她走；她家何大也從來沒提過讓她走，他們願意一直收留她，所以此刻聽李何華說要在鎮上租房子，一下子就覺得不捨了。

李何華知道何家人的好意，不過還是道：「大姊，我很感謝你們一家收留我這麼長時間，但我不能一直待在你們家不走。現在我手上的錢足夠在鎮上租間房子，所以我打算先去看看。」

曹四妹有些著急。「大妹子，我們一家可喜歡妳了，妳現在就跟我和妳何大哥的親妹子一樣，所以妳只管放心住下來，絕不會有人開口讓妳離開的。」

李何華很感動曹四妹一家對她的好，但一直住在別人家是不現實的，遂勸曹四妹道：「大姊，我知道你們都沒把我當外人，我心裡很感謝你們，但我畢竟是個被休的下堂妻，一直住在你們家根本不是個事，就算你們不說，也會有各種流言蜚語。」

曹四妹不說話了。她如何不知道，因為荷花妹子住在他們家這麼長時間，早已經有不少好事的村人嘀咕了。這段時間上門打聽的不在少數，雖然他們一家都說是遠房親戚暫住，但上水村離蓮花村畢竟不算遠，還是有人知道荷花妹子的來歷。

想到這裡，曹四妹嘆了口氣，認為的確不能勉強，頗為不捨地對李何華道：「大妹子，妳這一下子要走，我還真捨不得，大丫他們肯定也很捨不得，妳經常給他們做好吃的，他們現在跟妳比跟我還親熱。」

李何華被曹四妹的話逗笑了，安慰道：「大姊，我只是換個地方住，咱們又不是見不到了，我還要繼續請你們給我賣糕點呢！只不過要辛苦妳了，以後妳要先去我那裡拿糕點，然後再去賣。」

曹四妹聽聞這話，心裡悄悄鬆了口氣。本來她還擔心荷花妹子走了之後，這生意就做不成了，可這話她又不好意思問。現下聽她這麼說，這才放了心，忙道：「這算啥，不就多走一趟路嗎？妳放心好了，我一定準時到，不會耽誤妳賣糕點的。」

於是，搬到鎮上這事就這麼說好了。

第十八章 租房子

到了鎮上，還是跟往常一樣，曹四妹徑直去西街，她在東街的老位置放下糕點開始賣。

今天的生意還是很好，只不過賣到快一半時，昨天那個為了家裡孩子來買糕點的男子又來了。

李何華主動跟他打招呼。「來買糕點啊？今天來得早，糕點還剩很多呢！」

顧之瑾點點頭。「昨天多謝妳送我兩塊糕點，家裡的孩子很喜歡吃，今天一早就鬧著還要吃呢！」

對於自己的糕點這麼得小孩子喜歡，李何華心裡很高興，笑容不禁放大。「那您今天要多少呢？今天還有很多糕點，種類也齊全，您看看。」說著打開蓋著的布，將裡面的糕點露出來。

顧之瑾的目光投向兩個籃子，每樣糕點都看了一遍，越看心裡越滿意，同時也很驚訝。沒想到在這麼個小地方，竟然有這麼好吃的糕點，不論是外觀還是味道，完全不輸京城最好吃的糕點鋪子百味閣做的糕點，甚至可以說比百味閣還好吃。

家裡那個小祖宗有多挑剔，他是知道的，所以他很好奇什麼樣的糕點能得到小祖宗的青睞？出於好奇，昨天他也吃了一塊叫銅鑼燒的糕點，然後他的嘴便被征服了，到現在他還記得那入口後的美好滋味，難怪家裡的小祖宗愛吃。

顧之瑾道：「每樣都給我包四塊吧！再加兩串糖葫蘆。」

李何華沒想到他一下子要這麼多，稍稍一愣，不過很快反應過來，應了一聲後就彎腰去打包糕點。

她將每樣四塊放在一個油紙包裡，兩串糖葫蘆放一起，一共打包了五個紙包遞給他。

「好了，這是您要的糕點。」

顧之瑾伸手接過，掏出三十六文錢遞給李何華。

李何華接過錢，正準備說「歡迎下次再來」，就見面前的男子並沒有離開的打算，好像還有什麼事。

李何華疑惑。「您還要點什麼？」

顧之瑾手抵著唇，輕咳了下，眼睛再次看了遍她的籃子，略微不好意思地問：「老闆，昨天妳送我的那樣糕點不賣了嗎？」

李何華「啊」了一聲，這才明白他是在問昨天做的銅鑼燒。

「不好意思啊！昨天那個糕點是我特意做給家裡孩子吃的。不瞞您說，我家孩子嘴巴也很挑剔，一般的東西不吃，所以我會時不時做點新鮮的吃食給他。」

「原來是這樣，倒是跟我家裡的孩子很像，不過昨天那糕點很好吃，要是有的話我肯定買。」說著，顧之瑾心裡微微赧然。他昨天吃一個就上癮了，很想再嚐嚐，今天沒看到，心裡挺失望的。不過一個大男人喜歡吃這種女人、小孩才愛吃的糕點，難免有點不好意思。

顧之瑾想起家裡那個小祖宗。自從他帶那小傢伙來到這裡後，小傢伙就一直變瘦，他很擔心，現在難得碰到小傢伙愛吃的東西，儘管不好意思，他還是說出自己的不情之請。

「老闆，我家孩子吃東西挑剔得很，不過很喜歡妳做的東西，所以……妳能不能以後每次給妳的孩子做了什麼吃的，都賣給我一點？我不要很多，只是給孩子嚐嚐，價錢妳開，妳看行不行？」

李何華聽了他的請求，微微一愣，本來想拒絕，畢竟那是她特意做給小傢伙吃的，她並不想以此來賺錢，可看見男子希冀的眼神，又猶豫了。

他家裡那個孩子也許跟書林一樣不愛吃東西吧！家裡的人肯定也很擔心，這份心情她能理解。要是那孩子也跟書林一樣喜歡吃她做的東西，那麼賣給他一點，也許是多拯救一個孩子呢！

於是李何華答應道：「那好吧！以後我做什麼都多做一點，分您一點。」說著提醒他道：「對了，我明天會給孩子做拔絲蘋果，您要嗎？」

聞言，顧之瑾很高興，雖然不知道什麼叫拔絲蘋果，但還是迅速點頭。「要的、要的，多謝妳了，老闆。」

李何華擺擺手示意不用謝，反正她會收錢。

賣完糕點後，李何華買了點材料，接著便快步走向一片住宅區，徑直到了一個小院子門口。

這個小院子是她之前就看中的，不過當時她身上沒有錢，沒辦法租下來，所以問了價錢後就沒再去過，不知道現在有沒有被別人租走？

不過幸運的是，小院的大門上還掛著鎖，裡面也沒有住人的痕跡，這說明並沒有被租走，讓她心裡鬆了一口氣，看來她還有機會。

李何華立刻趕到這戶小院的主人家居住的地方，敲了敲門，來開門的是這家的女主人，姓方，李何華稱呼她為方嫂子。

方嫂子看見李何華，顯然還記得她上次來過。「是妳啊！妳是想來租那間小院的嗎？」

李何華點頭。「對，我想租下來。」

方嫂子客氣地請李何華進門，給她倒了杯茶，然後再次確認道：「房租一個月三百文錢，最少簽半年約，妳確定同意嗎？」

其實在鎮上，像方嫂子家的那套小院一般在兩百五十文錢左右，她家要三百文是貴了點；不過因為那小院裡的家具都沒有搬走，只要人住進去就行，很適合李何華這種情況，所以她格外中意這座小院。

「行，就這麼租吧！方嫂子，妳看要是方便的話，盡快給我辦吧！」

看李何華這次這麼乾脆，方嫂子也很高興，立刻道：「那妳稍等一下，我讓我家孩子去叫一下他爹，等他回來我們寫份契約書，然後就把鑰匙交給妳。」

方嫂子的丈夫很快被叫了回來，知道情況後，便道：「妳稍等一下，我去找一下顧夫子，請他來給我們當面寫契約書。」

方嫂子怕李何華不明白，特意解釋。「顧夫子是咱們這邊剛搬來不久的夫子，很有學問，專門教孩子們讀書，我家孩子也送去讀書了。我們大字不識一個，平時有什麼事，都去找他幫忙寫字、認字，他都會給咱們幫忙。」

李何華聽得出來，方嫂子口中的顧夫子是個很不錯的人，大家都挺喜歡他的。

不一會兒，出去找人的方大哥回來了，後面還跟著一個人，正是他們口中的顧夫子。

李何華抬頭看去，一看就愣住了，對面也正好看過來的男人也跟著愣住。

李何華沒想過這顧夫子竟然就是剛才來買糕點的那個人；而顧之瑾也沒想到方大哥嘴裡要租房子的人，竟然就是賣糕點的老闆。

驚訝過後，他回過神來，趕忙打了聲招呼。「沒想到是老闆妳啊！真是巧。」

李何華也笑著點頭致意。「是啊！好巧。」

一旁的方大哥和方嫂子看兩人如此，愣住了。「你們認識啊？」

顧之瑾笑著解釋。「的確認識，我家姪兒很喜歡吃這位夫人賣的糕點。」

方大哥夫妻倆頓時恍然大悟。「原來是這麼回事啊！那的確是巧了。」

打過招呼，顧之瑾便不再多說，將帶來的筆墨紙硯放在桌上，拿起毛筆蘸了點墨水後，在紙上書寫起來，一邊寫還一邊將所寫內容唸出來，好讓雙方都明白紙上寫的是什麼。

顧之瑾寫得很快，字跡行雲流水，十分好看，按李何華的眼光，這要是放在現代，絕對是一代書法大家。

一張紙寫好，顧之瑾又換了一張紙重新書寫一遍。一式兩份，交給李何華與方家夫妻。

「好了，你們看看，如果沒問題的話，就在上面按一下手印即可。」

李何華剛剛就看過了，上面的內容都是之前說好的，並沒有任何問題，便點頭道：「沒問題。」

方家夫妻倆不識字，但他們很信任顧之瑾，也連忙點頭。

雙方都沒有異議，在契約上各自按了手印，這契約便算是正式生效。

李何華從兜裡掏出一千八百文錢，交給方家夫妻倆。「方大哥、方嫂子，這是半年的租金，一共是一千八百文錢，你們數一下。」

方大哥笑呵呵地道：「沒問題，從今天開始，那小院就租給妳了。」說著掏出一串鑰匙遞給李何華。「來，這是小院的鑰匙。」

李何華接過鑰匙，心裡鬆了口氣。房子的問題，總算徹底解決了。

方家夫妻倆又對顧之瑾道謝。「謝謝你啊！顧夫子，今天又麻煩你了。」

顧之瑾正在收拾帶來的筆墨紙硯，聞言抬起頭，淡淡搖頭。「不必客氣，鄰里之間互相幫助是應該的。」

李何華也對顧之瑾福了一福。「謝謝你，顧夫子。」

「客氣了，若說謝，也該我謝妳才是。」

李何華明白他說的謝是什麼意思，回以一笑。

房子有著落了，李何華興奮得走路都輕鬆不少，做完糕點一點也不累，又開始幹勁十足地做拔絲蘋果。

先將所有蘋果洗淨後去皮，切成丁後，拍上麵粉備用。與此同時，將雞蛋的蛋清分離出來，裡面放入澱粉調成糊，再將準備好的蘋果丁放入雞蛋糊裡均勻攪拌。待油六分熱後，將蘋果放入鍋中煎炸，待蘋果炸至金黃色，撈出鍋待用。

接著，在鍋裡放入白糖和水熬成糖漿，熬至大泡變成小泡黏稠時，將蘋果放入鍋中，加入適量芝麻翻勻，拔絲蘋果就完成了。

李何華將鍋裡的拔絲蘋果盛上來，分別裝在兩個瓷碗裡，一個是給小傢伙的，另一個是明天賣給顧夫子的，剩下的就給何家三個孩子吃。

第二天賣糕點時，顧夫子依約來了，後面還跟著一位五十多歲的婦人。

「老闆，今天還是每樣打包四塊、糖葫蘆兩串，至於……」後面的話停住了。

李何華明白，彎腰將籃子裡的一碗拔絲蘋果拿出來。「這是我做的拔絲蘋果。」

顧之瑾從沒聽說過拔絲蘋果，所以格外好奇，盯著碗裡的東西看了好幾眼才收回視線，接過碗後問道：「老闆，就用這碗裝嗎？」

「這個只能用碗裝，你先把碗拿回去，下次來買東西時再還我就行了。」她相信人家一個夫子不會貪圖她一個碗的。

顧之瑾也不推辭。「那好，明日我就還回來。」說著掏出錢袋。「老闆，這碗拔絲蘋果怎麼賣？」

李何華之前就想好了價錢。「這碗拔絲蘋果算十五文錢。」一碗差不多要用一個蘋果，現在的蘋果特別貴，加上其他調料，一碗拔絲蘋果的成本在六、七文錢左右，她的手工費其實連十文錢都不到，收十五文錢完全是友情價。

顧之瑾沒什麼異議，直接將錢遞給李何華，接著向她介紹身邊的老婦人。「這位是我家幫忙照顧孩子的阿婆，以後我沒時間，都是她來跟妳買糕點，妳直接將東西給她就行。」

李何華朝婦人點了下頭。夫子要教孩子唸書，的確沒辦法天天出來買東西，一個大男人也沒整天時間去照顧孩子，找個人照顧再正常不過。

顧之瑾帶著婦人離開後，所剩的糕點也不多，李何華乾脆不賣了，全部打包起來，趕去上水村看小傢伙。

今天到上水村的時候還早，很多人還在地裡勞作，李何華有些高興，因為她來的時候，正好看見張林氏拿著籃子出去，應該是去地裡摘菜了。

時機非常不錯！

上午張鐵山與張青山都不會在家，所以這個時候，只有小傢伙在。

李何華迅速偷溜進張家，本想直奔廚房去找小傢伙，誰知道一進門，就看見小傢伙坐在正對著門的堂屋門檻上，眼睛望著大門的方向，所以她一進門就被小傢伙看見了。

李何華和小傢伙的眼睛同時一亮。

李何華直接向小傢伙撲過去，一把將他摟進懷裡。「寶貝，我來看你了！」

小傢伙雖然沒說話，卻伸出小手緊緊抓住李何華的衣角，小腦袋還在她的懷裡蹭了蹭，蹭得李何華的心都要化了，控制不住地在他的頭頂上親了幾口。

「寶貝，你怎麼坐在門檻上呢？地上多涼啊！」

小傢伙又蹭了蹭李何華。

李何華輕輕拍拍他的小背脊，將他從地上抱起來，放到屋裡的凳子上，接著將帶來的籃子放到桌上，拿出裡面的點心。

「這是給你帶的糕點，還有兩串糖葫蘆，你留著慢慢吃，不過不要一直吃這些，飯也要記得吃，知不知道？」

說完，李何華將那碗拔絲蘋果拿出來。「來，這是答應給你做的拔絲蘋果，我餵你吃。」說著，拿起帶來的筷子，挾起一塊蘋果送到小傢伙嘴邊。

她在做的時候，就考慮到小傢伙的嘴巴小，所以特地將蘋果切得很小，這樣可以讓小傢伙一口一塊。

小傢伙一隻手拉住李何華的衣角，張開嘴，將蘋果吃了下去，嚼啊嚼，眼睛微微瞇起。

雖然在外人看來，小傢伙沒有什麼表情變化，但李何華就是能感覺到，此刻的小傢伙滿足極了。

李何華看得欣喜，忍不住在小傢伙鼓起的臉頰上啵了一口，發出一聲輕響。

小傢伙咀嚼的動作停了停，睜著烏黑的眼睛盯著她看，好似驚嚇的小兔子一般。

李何華忍不住笑出聲，又親了他一口，親完呵呵笑了起來。

小傢伙呆愣愣地看著她，只有嘴巴一嚼一鼓，可愛極了。

真萌啊～～李何華很想將這軟萌的小傢伙抱在懷裡搓一搓、揉一揉。

「寶貝，我在鎮上租了一間小院子，很寬敞，以後我就在那裡住了，這樣我做生意比較方便；不過我還是會時常來看你，給你帶好吃的，要是有機會，我就帶你去我那裡住，然後帶你去鎮上玩。」

小傢伙不知道聽明白了沒，一邊吃一邊盯著她看，好像看不夠一般。

李何華也不要求他聽明白，只是很喜歡跟他多說說話而已。

小傢伙吃得很香，很快就將一碗拔絲蘋果吃完了。李何華將碗收進籃子裡，看看外面的大門，知道不能再待了，只好將小傢伙摟進懷裡親了親。

「寶貝，我要走了，今天不要捨不得好不好？我很快會再來看你的，要是你不開心了，我也會跟著不開心的。」

小傢伙知道李何華又要走了，嘴唇緊緊抿了起來，小腦袋在她的懷裡蹭啊蹭的，小手也緊緊抓著她的衣服，弄得李何華都不知道該怎麼辦好了。

就在李何華想要狠心放下小傢伙離開時，身後突然傳來一陣腳步聲。

李何華一僵，轉過身，就看見張鐵山站在她身後，面無表情地看著她。

第十九章 小吃攤的準備

今天的運氣不太好啊～～

李何華偷偷來了這麼多次，從來沒有被張家人看到過，沒想到今天這麼巧就被看到了。

其實張鐵山也沒想到會在這時候看見李何華，畢竟她之前幾次都是在午後來的，沒想到今天她會在這個時候來。

不過看李何華的表情很是慌張，他心裡的那點局促反而不見了，頓了片刻後開口。「來看書林啊！」

這是陳述句，而不是問句。

李何華心裡本來還想著會被張鐵山冷臉以對，甚至扔出去，畢竟他很討厭原主，沒想到他這麼平靜，還主動跟她說話，只能點點頭道：「嗯，來看看書林。」說完後就不知道該說些什麼，場面有點尷尬。

張鐵山也不再說話，將手裡的農具放到牆角，便自顧自地去打水洗手。

李何華心想自己還是趕快溜吧！說不定待會兒張青山和張林氏回來，到時候又會懷疑自己居心不良。

李何華拍拍懷裡的小傢伙，輕聲哄道：「寶貝，我要走嘍，放開手好不好？」

誰知道懷裡的小寶貝抓得更緊了，無聲地拒絕。

李何華心裡酸酸的，輕輕在小傢伙的額頭上親吻著。「寶貝啊，我不能待在這裡陪你了，但我答應你，很快就會再來看你。」

小傢伙在她懷裡蹭著，像是依戀，又像是撒嬌。

張鐵山洗完手再次進來，看到兩人的樣子，走過去輕輕拍了拍小傢伙的頭。「男子漢大丈夫，怎麼能像小姑娘一樣呢？放手。」

小傢伙蹭著的動作立刻停下，窩在李何華懷裡不動了。

李何華趕忙摸摸小傢伙的腦袋，安慰道：「我們寶貝還小呢，當然可以這樣了，長大了才是男子漢呢！不過你現在要放開我啊！因為我要回去給你做好吃的，不然下次就沒辦法帶東西給你了。」

張鐵山在一旁聽得走神，目光不由從小傢伙移到面前的女人身上。

這個女人好像瘦了很多，但是面容並沒有太大的差別，要不是知道李家只有這麼一個女兒，他都要懷疑李荷花是不是還有個性格迥異的孿生姊妹，要不然這個女人怎麼完全變了呢？原來的李荷花怎麼可能這麼溫柔地說話？

他看得出來，此刻她對書林的疼愛都是發自內心的，如果她能夠騙過他的眼睛，那只能說明這個女人演戲的本事太厲害了。

但疼愛可以演，廚藝怎麼演？

他還記得這女人嫁到他家，唯一一次下廚，那味道絕對算不上好，甚至可以說難吃。可現在這個女人做的東西非常好吃，而且很多菜色常人都沒聽過，她的一身廚藝絕不普通，一個人可以通過自學，改變這麼大嗎？

這個女人，很不對勁。

李何華並不知道她已經被面前的男人三番五次地懷疑了，只自顧自地哄著小傢伙，終於將小傢伙哄到願意放手。

「真乖！」李何華讚賞地親了他一下，拿起桌上的籃子，對張鐵山意思地點了下頭，轉身離去。

就在李何華快跨出門口時，身後傳來一陣低沈的話語。

「以後妳來看他，直接進來就是了。」

李何華的腳步一頓，驚訝地轉過頭，就見張鐵山抱著小傢伙看著她，顯然，剛剛的話不是她的錯覺。

要是在現代，離婚後另一方完全有權利來看孩子；可在古代，孩子不會交給母親，想要看孩子，得看男方那邊的意思，男方不讓妳見，說什麼也是白搭，所以李何華很訝異。他們一家應該極度不想自己見到孩子才是，怎麼會同意她來看孩子？

但不管怎麼說，她還是很高興的。

將要搬去鎮上住了，李何華決定不光是賣糕點，還要擺個小吃攤。

之前她就想擺個小吃攤賣小吃，不過礙於沒有成本，所以才去做席面攢錢，現在她手裡有錢，且住在鎮上也方便，她完全可以付諸行動了。

擺小吃攤會用到的除了鍋碗瓢盆外，就是桌椅板凳。鍋碗瓢盆可以去鎮上買，差不多兩百文就能搞定，剩下的就是打造桌椅的費用。

她手裡除去租房子的錢，現在還剩下二兩多銀子，不知道這些錢夠不夠用？

李何華找到曹四妹詢問。「大姊，村裡有比較好的木匠嗎？我想打造點桌椅。」

「咱們村的錢木匠幹了一輩子，手藝很好，許多其他村的人都來找他打東西，有時鎮上的人為了省錢也來找他。」

「那請大姊帶我去錢木匠家裡行不？我想當面問問，看看錢夠不夠？夠的話我就請他給我打。」

曹四妹立刻放下手頭的事，帶李何華直接去了錢木匠家。

錢木匠正在院子裡鋸木頭，看見曹四妹過來，趕忙起身招呼。「曹嬸怎麼來了？是要打什麼東西嗎？」

曹四妹拉著李何華的手上前，給錢木匠介紹。「老錢啊，這是我妹子，她想找你給她打點桌椅，所以我帶她來問問。」

錢木匠「哦」了一聲，忙將脖子上的毛巾拿下來，拍打著身上的木屑，邊拍邊問道：

「不知道妳要打什麼樣的？」

李何華回答。「我要打的是普通的吃飯桌椅，就像鎮上麵攤用來給客人吃飯的那種，打四張桌子、十六把椅子，不知道您這裡是什麼價錢？」

李何華一說麵攤上的桌椅，錢木匠就明白了，心裡算了一下，說出價格。「一張桌子四十文錢，一把椅子二十文錢。」

李何華點頭。「可以，那就麻煩您給我打了，不過我急著要，不知道您什麼時候可以做好？」

錢木匠做了一輩子木工活，心裡對時間的估算還是很準的，當下就道：「妳如果急著要，我可以先做妳要的東西，四張桌子和十六把椅子，差不多三天能做好。」

李何華可以接受，遂道：「行，那就麻煩您了。」說完，李何華又想起一個東西，趕忙道：「對了，錢叔，我還需要一個推東西的板車，不知道您能不能幫忙做？」

李何華差點把這事給忘了，擺小吃攤怎麼能少得了推車呢？要是錢木匠能一塊兒做的話就更好了，要是不能的話，她還得去鎮上找會做的人做。

錢木匠點頭。「可以，板車我打過不少。」

「那真是太好了，麻煩您再給我打一個板車吧！」

「不過這板車需要的木材多，還有輪子和軸承，做起來比較麻煩，價錢也不便宜，一個要收三百文錢，妳確定要做？」

李何華在心裡迅速算了下剩餘的錢，夠用來打個板車了，於是點頭。「確定，麻煩您給我一塊兒做好。」

「行，不過板車需要的時間長，妳可以三日後先來拿桌椅板凳，等過兩日再來拿板車。」

李何華沒意見，心想三日後請個拉貨的來把桌椅拉去鎮上，板車可以拜託曹大姊去鎮上賣糕點時順便推去，省得她回來拿。

回去的路上，曹四妹才問出心裡的疑惑。

「大妹子，妳要這麼多桌椅還有板車幹什麼？」

李何華也不隱瞞。「大姊，我打算擺個小吃攤賣點吃食。」

曹四妹「啊」了一聲。「大妹子妳要擺攤？要賣什麼？」

「我打算賣速食，意思就是能夠快速吃上口、還能填飽肚子的東西，跟賣麵差不多，不過不只有麵，還賣炒飯、炒麵、蓋飯、水餃之類的，客人想吃什麼就做什麼。」

曹四妹從沒聽過「速食」一詞，但她聽懂李何華的意思了。她賣的東西有麵、有飯、有水餃，客人有很多選擇。

曹四妹頓時十分佩服。「大妹子，我還從沒見過鎮上有這樣的攤子呢！妳手藝這麼好，而且賣的種類這麼多，大家想吃什麼都有，到時候肯定有很多人去妳那兒吃飯，生意不用愁的。」

李何華笑了。「那就承大姊妳的吉言了，希望生意很好。」

曹四妹肯定地點頭。「放心吧！憑妳的手藝，生意一定不會差的。不過，妹子，妳擺攤子，那咱們的糕點還賣嗎？」

「當然賣了，不過我沒時間，到時候就得請妳和孩子們去賣了，正好可以在我的攤子旁邊賣，互相招攬客人。吃飯的人去買咱們的糕點，買糕點的人也可以吃飯，你們賣累了還可以到攤子上來歇一歇。」

曹四妹眼睛亮了，一拍雙手。「妹子，這個主意好，一邊賣飯，一邊賣糕點，好得很！」

李何華打算將攤子擺在租住小院所在的巷子口，那裡正好是大街，人來人往，十分熱鬧，而且離家很近，這樣每天擺攤、收攤很方便，不用大老遠地拉著桌椅和板凳回家。

這個巷口不光面大街，還有一個很好的地理優勢——不遠處就是通往鎮上唯一碼頭的大路，從碼頭上下來的人全部都會經過這條路，走到頭就能看到她的攤子。

碼頭上天天都有貨船進出，很多外地的商人會在鎮上停留片刻吃個飯，且碼頭上有很多幹活的漢子，有些漢子中午沒地方吃飯，也可以去她的攤子，這樣她的客人就不愁了。

她現在選的這個小院的地理優勢實在是太好了，就算比一般院子貴她也願意租，為的就是方便做生意。

她有十足的自信，她的生意一定不會差，不僅不會差，估計會很火爆，到時候她一個人說不定忙不過來。

不過在開業前，她還需要一個小二，最好是個男的，畢竟這可是個累活，沒力氣做不來，加上客人們複雜得很，什麼人都有，要是女子多有不便。

想到這裡，李何華將目光投向曹四妹。不知道她同不同意大河來幫忙？

「大姊，我若是擺攤，我一個人只能做吃食，還缺個幫忙的小二，我想來想去，也就大河比較適合，但這活計不輕鬆，不知妳願不願讓大河來給我幫忙呢？」

李何華話音剛落，話題的主角大河就扛著鋤頭從外面回來了，聽見她們說到他的名字，不由問道：「娘、荷花姨，妳們在說我什麼呢？」

曹四妹對大河道：「剛剛你荷花姨跟我說，她想在鎮上擺個小吃攤賣吃食，她一個人忙不過來，想請你去幫忙當小二，正在問我願不願意讓你去呢！」

大河趕緊放下鋤頭湊過來。「還要考慮什麼，我肯定去給荷花姨幫忙啊！」

李何華估計他不知道當小二的辛苦，趕忙對他明說。「大河，當小二可不輕鬆，要給客人端碗，客人吃完了要去收拾碗筷和桌子，還得同時收錢，從早做到晚。」

大河坐下來，看著李何華，認真道：「荷花姨，我看過鎮上酒樓裡的小二幹活，我知道要做什麼，也知道不輕鬆，但我願意做，這比在家裡幹農活好。家裡的農活有我爹，我平時也只是在後面幫幫忙，還不如去給您幫忙，這樣還多一份收入，家裡的日子也會好過點。您放心，我不怕累，我一定好好做。」

曹四妹也為大河的懂事感到欣慰，出聲道：「妹子，我和他爹同意他去，他過兩年也要娶親了，的確不能一直在家裡跟著他爹幹農活，不然到時候連孩子都養不活。就讓他去幫忙吧！妳只管使喚他就是，要是連這點活都做不了，將來還怎麼養活一家人？」

見曹四妹這麼說，李何華也不再猶豫，拍板道：「那咱們就這麼說定了，等我攤子開業了，就讓大河去給我幫忙，然後妳、大丫和小三兒繼續幫我賣糕點。」

第二天賣完糕點後，李何華直接搬去了租住的小院，再去街上將鍋碗瓢盆等一應用具都買齊，最後又跑去買了個爐子。

這個時代沒有電磁爐這些東西，要在外面做生意，可以自己砌個灶燒火，很多做生意的都是這樣做的，不過這不適合她，因為巷口那邊地方不大，砌個灶容易擋路，估計其他巷子裡的住戶會有意見，所以她打算買個爐子專門用來燒火，還方便移動。

現在有一種比較大的爐子，裡面可以燒炭，也可以放柴火燒，火力雖然比不上土灶，但在上面架個鍋子燒飯、燒菜完全沒問題。唯一缺點就是這種爐子很貴，所以很少有做生意的人願意用，但李何華還是花了三百文錢買下來，雖然有點心疼，不過為了方便還是值得的。

買好東西，李何華便開始收拾屋子。她花了整整一天才把屋子打掃好，人也累得夠嗆，坐在椅子上差點起不來，感覺整個人都要虛脫了。不過她驚喜地發現，身上的衣服不知道什麼時候變得比前些日子更鬆了，十分不合身。

她好像又瘦了。

李何華將身上的衣服脫掉，低下頭仔細觀察現在的身體。這一看不得了，腰比剛來的時候瘦了一大圈，肚子上的游泳圈沒有那麼厚實，真真是縮水了，腿也比之前瘦了很多。

李何華的嘴角不由自主地咧了起來，覺得整個世界都美好起來。若按照這個速度一直瘦下去，那她很快就能達到理想體重了。

重新變成纖纖女子，指日可待啊！

第二十章 看望寶貝

因為瘦了，現在的衣服都不適合，穿在身上不好看，這樣可不行。

要是不出門就算了，可她現在天天要出門做生意，外在形象還是很重要的，於是李何華直接去布莊，給自己挑了疋粗布，讓布莊老闆給她做兩身粗布衣裳。

雖然粗布穿起來沒有細棉布舒服，但是勝在便宜，而且以後不穿了也不會心疼。她打算等到瘦到理想體重後再做好一點的衣服，現在先將就一下吧！

付帳時，李何華掃到櫃檯上一疋天青色的細棉布，突然就想起小傢伙。這疋布做成衣服，穿在孩子身上一定很好看。

小傢伙身上的衣服也是鬆垮垮的，應該是張林氏做的。長輩做衣服都想著讓孩子穿好幾年，所以衣服都做得很大，穿起來沒有任何美感可言；而且張林氏也不捨得給小傢伙買細棉布做衣裳，所以小傢伙身上的衣服都是粗布材質的。小孩子皮膚嫩，穿著這樣的衣服肯定不舒服。

李何華伸手將這疋布拿到眼前。「老闆，這布怎麼賣？」

老闆笑著道：「這可是上好的細棉布，穿起來很舒服，不過價錢也比較貴，十文錢一尺。」

十文錢一尺，足足比粗布貴了一倍，的確不便宜，不過買給小傢伙穿，她還是捨得的，便道：「老闆，我想給我家孩子用這布做身衣裳，孩子大概只到我大腿這裡。」說著比了下自己的大腿位置。「孩子很瘦，麻煩你算一下需要的布料。」

老闆常年賣衣服，對布料的多少估算得很準，聞言只是想了片刻就回答道：「妳家孩子偏瘦，布料用得不多，兩尺就行了。」

「我家孩子是男孩，有什麼樣的衣服樣式比較好看？」

老闆說了句「稍等」後，徑直走去後面做衣服的隔間裡，不一會兒出來後，手裡拿著一件小孩子的成衣。

「這是我家最近給一位客人做的小孩衣服，這套衣服比較好看，現在很多孩子都穿這樣的款式，妳看照著做行不行？」

李何華將衣服拿過來看了看，發現是上下兩套，上面是件小布衫，帶著兩個兜兜，然後配個腰帶；下面是件小褲子，沒有現在的褲子那麼寬鬆，穿起來應該挺有精神的，而且不失小孩子的可愛。

李何華對這套衣服款式頗為滿意，點頭道：「那就按照這件的樣式做吧！不過能不能先幫我把這套小孩子的衣服做出來，我明天就想拿到。」

明天還不太忙，她想去看看小傢伙，順便將衣服給他，否則等她開起小吃攤，估計短時間內沒辦法去看小傢伙。

老闆點頭答應。「可以，我讓針線娘子先做這套小孩子的衣服，妳明天中午就能過來拿。」

說定後，李何華掏出錢付了一半訂金，老闆開了張條子給她，憑著條子來拿衣服。

第二天一早，李何華在家等來了曹四妹，將糕點交給她們後，便直接前往集市，直奔肉攤而去。

之前經濟拮据，給小傢伙做的都是些點心，這些東西雖然好吃，但是沒什麼營養，真正有營養的菜她都沒為小傢伙做過。現在她有些錢了，也有住的地方，可以給小傢伙做點補身子的東西。

李何華決定給小傢伙煲山藥枸杞排骨湯。山藥枸杞排骨湯具有清虛熱、固腸胃、健脾胃的功效，尤其適合老人和小孩，小傢伙的腸胃差，喝這個很適宜。

李何華買了一斤排骨，又去集市上買了點山藥和枸杞，然後拎著東西轉去昨天做衣服的鋪子裡，把小傢伙的衣服拿回來。

上次拜託錢木匠做的桌椅和板凳應該也做好了，李何華又去集市上找了個拉車的，約定好下午去蓮花村找錢木匠拿東西後才回家。

她將買來的食材拿到廚房裡，先將山藥去皮，放在清水裡浸泡著備用，接著將灶火點燃，往鍋裡倒水。趁著燒水的時間，她將買來的排骨剁成一塊塊，等水燒開後倒入沸水裡燙過，用清水將排骨的血水洗乾淨。

處理完畢後，她把山藥和排骨一起放進鍋裡，用大火煮開，再用小火悶煮半個時辰，最後加入洗淨的枸杞，煮小半刻就行了。

山藥排骨湯煮好後，李何華盛了一碗湯當作午飯，剩下的全部用買來的陶瓷罐子裝起來，再用一個碗蓋住封口，接著找來一件厚衣服，緊緊將罐子包起來放到籃子裡。

這樣湯才不容易涼掉，到上水村時溫度正好。

因為上次張鐵山親口說過，她下次去看小傢伙可以直接進去，不用再偷偷摸摸的，所以這次李何華光明正大地進了張家。

張林氏正在院子裡晾衣服，看見李何華進來，先是一驚，繼而眉頭皺起。

「妳……」她開口卻沒說完，只是臉色不太好看。

李何華估算著是張鐵山交代過，所以張林氏才會有意見卻沒說出口。

李何華不想跟張林氏起衝突，只禮貌性地朝她點了點頭，徑直進了堂屋。環視一圈，沒發現小傢伙的人影，她不由喊道：「寶貝你在哪兒呢？我來看你啦！」

剛喊完，西邊廂房的門被「啪」一聲推開，一個小人影「噔噔噔」跑了出來，一下子撞在她身上，小手抱住她的腿。

李何華趕緊將手裡的東西放下，彎下腰，將小傢伙抱進懷裡，在他臉頰上狠狠親了兩口。「乖寶貝，原來你在房間裡啊！」

小傢伙滿眼亮晶晶，明顯很高興。

李何華將小傢伙抱到腿上坐著，伸手將籃子拿過來，拿出裡面的湯罐子。「寶貝，我今天給你煲了湯，很好喝，快來嚐嚐。」說著從罐子裡倒出一碗，用自己帶來的勺子舀了一勺遞到小傢伙嘴邊，小傢伙立刻張口喝下去。

這時，曬好衣服的張林氏走了進來，看了兩人幾眼，從鼻腔裡哼了一聲。

李何華聽見了也當沒聽見，繼續餵小傢伙喝湯。「來，寶貝，吃塊肉，裡面的肉都要吃掉，吃完了就能長得高。」

小傢伙聞言，嘴巴張得更大，一口咬掉半塊肉，小嘴巴努啊努地吃得很努力。

張林氏在一旁看得更嘔了，一口氣堵著難受。這小傢伙平時對她做的飯不屑一顧，怎麼哄都不吃，現在這女人做的東西卻吃得這麼香，簡直氣死她了。

要是李何華知道張林氏現在心裡在想什麼，估計得樂死。

李何華一連給小傢伙餵了兩碗湯，摸摸小傢伙的小肚子，發現已經鼓鼓的，便不再餵了。「好了，寶貝，肚子吃飽了，咱們不能再吃了。」

小傢伙抿抿唇，看了裝湯的罐子一眼，眨了眨眼，似乎頗為不捨。

李何華簡直要被他的小眼神萌死，第一次體會到有個孩子的快樂，忍不住在他的小腦門上又親了下。

「好了，咱們還有其他好吃的呢！」李何華拿出籃子裡的糕點給他看。「你看，糕點也帶來了，不過晚上不能吃，牙齒要長蟲的。」

小傢伙眨了眨眼，算是答應了。

對了，還有衣服沒給小傢伙。

李何華將腿上的小傢伙放下，把衣服拿出來在他身上比著。「寶貝，這是我給你做的新衣服，咱們來試試好不好看。」

小傢伙瞅向身前的衣服，又抬頭看看李何華，烏溜溜的大眼睛在發光。

李何華覺得小傢伙肯定也很高興能有新衣服穿，於是問：「寶貝，我可以把你身上的衣服脫了，然後換上這件新的嗎？」

小傢伙立刻張開胳膊，乖乖地等著穿衣服。

李何華輕柔地將他身上的衣服脫下，臉上的笑立刻沒了，心瞬間顫抖起來。

小傢伙身上瘦得肋骨根根分明，但讓李何華呼吸不過來的卻不是這個，而是那消瘦的身上並不似普通孩子一樣的細白肌膚，而是遍布著傷痕。

密密麻麻的傷疤有深有淺，有塊狀的，也有條狀的，一看就是被長期打出來的。

這家裡誰會打小傢伙？除了原主，不做他想。

李何華一口氣梗在嗓子眼，憋得難受，心裡好似有把火在燒。她真的不懂，一個母親如何能做出這樣的事，自己的親骨肉不該是疼都來不及嗎？這簡直就不是人，怪不得小傢伙這麼怕她，怪不得張家人這麼厭惡她，這樣的女子，真是怎麼對待都不為過。

李何華眼睛發酸，一把將瘦骨嶙峋的小傢伙抱在懷裡。她發誓，以後小傢伙就是她的親生孩子，她就是他的母親，她要像一個真正的母親那樣好好對他，讓他快樂地長大，這是身為一個母親該做的事，更是她占了原主身體後不可逃避的責任。

小傢伙被抱在懷裡，不明白這是怎麼了？他伸出小胳膊環住李何華的脖子，小臉在她的脖頸間蹭了蹭，無聲詢問。

妳怎麼了呀？

李何華吸了吸鼻子，在小傢伙的額頭上親了親。「我沒事，就是想抱抱我的小寶貝。好了，現在我們來換新衣服吧！」說著，將新衣服給小傢伙穿上，換好，小傢伙立刻變得不一樣了，顯得格外精神、可愛。

「寶貝，你可真好看啊！」

小傢伙眼睛微微睜大，閃亮亮的，一個勁地低頭瞅身上的衣服，顯然很高興，小手想摸又不敢摸的樣子。

這時，大門口傳來動靜，是上山打獵的張鐵山與張青山回來了。

張鐵山一眼就看見堂屋裡的李何華，視線在青林的新衣服上停留了好一會兒才移開，這才拿著手裡的弓箭進了堂屋。

張青山跟在張鐵山後頭，低著頭，難得地什麼話都沒說。

李何華鬆了口氣，暗道這張鐵山果然說話算話，為她解決了張家的另外兩人，讓她能夠舒心地來看小傢伙。其實他這人很不錯，配原主真是一朵鮮花插在牛糞上了。

看看天色，快到張家人吃午飯的時間，她再待在這裡就尷尬了，於是起身收拾東西準備離開。不過陶罐裡還有大半罐湯，她總不能再大老遠帶回去，還是留在張家吧！

想了想，李何華開口叫住正打算去處理野物的張鐵山。

「張鐵山。」

張鐵山動作一頓，回過頭看向她。

李何華指了指湯罐。「這是我給小傢伙煲的湯，他剛剛已經吃了兩碗，裡面還剩大半罐，你拿個東西裝一下，罐子我要帶回去。」她就買了這一個湯罐，下次還要給小傢伙帶吃的，不能連罐子也留在這裡。

張鐵山瞅了眼湯罐，點了點頭，從廚房裡拿出大湯碗放在桌子上，將裡面的湯慢慢倒出來。

李何華將東西收拾好，蹲下來看著小傢伙，摸摸他的小腦袋。「寶貝，我要走嘍，下次再來看你好不好？」

從剛才她收拾東西的時候，小傢伙的眼睛就緊緊盯著她，此時見她說要走，大眼睛立刻不亮了，小手緊緊抓住她的袖子，不捨極了。

每當這個時候，李何華都真切地體會到一個母親與孩子分別的難受感，如果可以，她真的不想和這個小傢伙分開。

「寶貝啊……」李何華吻了吻他的額頭。「你還記得嗎？我要回去給你做好吃的，不然下次帶什麼給你吃呢！對不對？」

小傢伙抿抿唇，很不開心，小手沒有一絲鬆動。

李何華心裡難受，將小傢伙摟進懷裡拍了拍。也不知道能不能跟張鐵山提一下，把小傢伙帶去她那裡住幾天？雖然她知道張家人十分討厭她，十有八九不會答應，但她還是想試一試。要是可以爭取到每個月都將小傢伙接去她那兒住幾天的機會就好了，那樣就可以常常和小傢伙相處了。

李何華偷偷瞥了眼正蹲在院子裡處理野物的張鐵山，在心裡給自己鼓勵後，抱起小傢伙挪到院子裡，在距離張鐵山兩步遠的地方蹲下，看著他動作熟練地處理野物。

被盯了半晌，張鐵山不得不將視線移到她身上，聲音清冷。「怎麼，有什麼事？」

「呵呵，就是……」李何華扯出個笑來。「我想跟你商量一件事。」

「妳說。」張鐵山眼都沒抬，繼續手裡的動作。

「那個……我就是想，我能不能接小傢伙去我那裡住幾天？我現在在鎮上租了間房子，小傢伙可以去鎮上玩幾天，過幾天我再把他送回來，行嗎？」

張鐵山的動作頓住，抬頭看向李何華，眼睛沈沈的。

李何華被看得有點發毛，不過為了小傢伙，還是硬著頭皮開口。「你放心，我一定好好對小傢伙，你要是不放心，可以隨時來察看，要是發現我對小傢伙不好，你就收拾我好了。」

「不行，妳這女人休想將書林帶走！」張林氏激動的聲音在身後響起，嚇了李何華和小傢伙一跳。

張林氏估計是聽到李何華的話，激動得連菜也不揀就跑了過來，指著李何華，怒道：「我告訴妳，妳已經被我們張家休了，如今讓妳看孩子已經是大發慈悲，妳不要得寸進尺，要不然以後妳連門都別想進！」

李何華暗自嘆了口氣，知道自己這想法是沒法實現了，今日只能放棄，就是可憐了懷裡的小傢伙，剛剛他聽聞她要帶他回去可是很高興的，現在要失望了。

李何華不想跟張林氏吵架，只能憐惜地親親小傢伙的額頭。「寶貝，這次不能帶你走了，但是沒關係，我下次再來看你。」

果然，小傢伙剛剛還充滿希望的眸子瞬間失去光芒，小眉頭也輕輕皺了起來，顯然是不開心了。

李何華也沒辦法，準備將小傢伙放下來。

這時，始終沒說話的張鐵山開口了。

「三天，三天後我去接他回來。」

第二十一章 帶寶貝回家

「什麼？」李何華怔住了。

張林氏難以置信地瞪大眼睛。「鐵山你瘋啦！你說什麼呢！」

張鐵山看向張林氏。「娘，您別說了，這件事聽我的。」

張鐵山的語氣不容拒絕。張林氏瞭解這個兒子，知道自己現在說什麼，也難以改變他的決定，氣得眼淚一下子就流出來了。

「好好好，我不管，我管不了你了，我這個老太婆說什麼都不管用，我不管了，行了吧！」說著就回了房，將房門關得很響。

李何華有點懵，眼睛看向張鐵山，無聲確認著。

張鐵山臉上還是沒什麼表情，只是道：「妳在這兒等著，我去把書林的東西給妳收拾一下帶走。」說著就大步進了房間，很快拿了個包袱出來遞給李何華。

李何華趕緊接過包袱，心裡萬分感謝。「謝謝你能同意，我一定好好照顧書林。」

張鐵山沒說什麼，低下頭繼續收拾野物。

李何華心裡喜悅的泡泡不停往外冒，怕事情再生變化，趕忙抱起書林、拿起籃子就往門外走，生怕張家人又後悔。

直到走出上水村，她才真的相信這個事實。

「寶貝，你要跟我回去住啦！高不高興？」

小傢伙眼睛又發光了，難得地點了點小腦袋。

高興！

李何華充滿了幹勁，抱著孩子一點也不覺得累。「我們現在就去蓮花村，娘要去拿桌子和椅子，因為娘要開小吃攤了，然後我們就去鎮上，娘在鎮上租了一間屋子呢！」這是李何華第一次自稱娘，沒想到說出來的感覺意外不錯。

從此，她就是懷裡這個小傢伙的娘了。

小傢伙摟住李何華的脖子，小臉埋在她脖子裡，無聲地親暱。

李何華開心地抱著小傢伙走去蓮花村。她雇的那個拉車的人已經到了，幫著她把打好的桌椅、板凳搬上車子，一起運回鎮上的院子。

李何華將小傢伙抱到堂屋的椅子上坐著，親了他一口。「寶貝，這就是娘現在住的地方，不過這是娘租來的，因為娘現在還沒錢買一間自己的屋子，不過娘正在努力掙錢，很快就能買一座比這還好的院子，到時娘就接你來跟娘一起住，你還可以邀請小夥伴到家裡來玩。」

小傢伙坐得乖巧，烏黑的眼睛瞅著李何華，彷彿很期待。

李何華摸摸他的頭。「好了，娘現在要去準備明天賣的糕點了，你自己玩一會兒，除了不可以出去，你可以在院子裡隨便玩。」

結果李何華剛邁開腳步，褲腿就被拉住了，低頭一看，就見小傢伙眼巴巴地看著她。

李何華捏捏他的小鼻子。「是不是想跟娘一起去廚房啊？」

小傢伙點了點小腦袋。

「好吧，那跟娘走吧！」

李何華將小傢伙抱到廚房的椅子上。「你就坐在這兒陪著娘，娘來做糕點，做好了再給你做份雙皮奶吃，正好娘昨天買了點羊奶冰在井裡。」

小傢伙雙手放在腿上，十分乖巧。

李何華輕笑著搖搖頭，在小傢伙的注視下開始忙碌起來。

小傢伙跟正常的小孩不一樣，他可以坐在一個地方一天都不動，也可以盯著一個東西一整天都不膩。就如此刻，他那雙烏溜溜的大眼睛一直盯著李何華，一點都沒有不耐煩，一直盯到李何華將明天要賣的糕點做完了還在認真地看著。

李何華無奈又好笑，走過去刮刮他的小鼻子。「你個小傢伙啊！怎麼就那麼安靜呢？坐在這裡一直看娘不嫌無聊嗎？」

小傢伙眨巴眨巴眼，好似在說「一點也不無聊」。

「你啊……」李何華輕笑，轉身去將冰在井裡的羊奶取出來。「娘現在給你做雙皮奶吃吧！」

李何華先將羊奶倒進鍋中，接著把之前買來的杏仁放進羊奶裡，用小火慢慢煮，這樣可以去除羊奶裡的羶味。去除羶味後，在裡面放入適量的白糖進行攪拌，目的是增加雙皮奶的甜度，不甜的話小孩子不愛吃。

這時候就要用到雞蛋了。李何華拿出四顆雞蛋，將裡面的蛋清分離出來，用筷子不停地打，打到蛋清發起來後，將剛剛處理好的羊奶慢慢倒進蛋清裡，一邊倒一邊攪拌，讓羊奶和蛋清混合均勻，再拿來兩個碗，分別將羊奶倒進碗裡，然後上鍋用水蒸片刻，等到出鍋後就是凝固狀的雙皮奶了。

家裡正好有紅豆，李何華用現有的紅豆做了點蜜豆，鋪在雙皮奶上，這樣就是紅豆雙皮奶了，口感更好。

一般來說，雙皮奶可以熱著吃，也可以涼著吃，不過小傢伙脾胃不好，最好吃熱的；至於另一碗則冰在井裡，準備明天帶去賣給顧夫子。

「來，寶貝，雙皮奶做好嘍，嚐嚐看！」李何華端著碗坐到小傢伙身邊，用勺子舀了一勺吹了吹，餵到他嘴邊。

小傢伙立刻張嘴，一口吃下去，大眼睛微微瞇起，好似在品味一般。

「怎麼樣，好吃吧？」李何華現在不用看小傢伙的任何表情，就能看得出來他的小情緒，他此刻必然是覺得美味的。

小傢伙用實際行動回答了她，一口一口吃得無比香甜，看得她心情也好得不得了，暗想要是小傢伙能一直待在她身邊就好了，相信不出兩個月，她就能把他養得白白胖胖的，到時候肯定更可愛。

可惜啊，這想法不太現實，唉！

時間還早，李何華乾脆帶著小傢伙在院子裡坐著，她則將從錢木匠那裡要來的方形木板拿出來，準備寫小吃攤的菜單。

她之前就想好了，一般的炒飯、炒麵和湯麵都是四文錢一碗，裡面可以加牛肉、豬肉等，每加一樣多收兩文錢；至於水餃，素水餃一文錢五個，葷水餃則一文錢三個；蓋飯也分素的和葷的，素的四文錢一碗，葷的六文錢一碗。

所以她的攤子基本上就兩種價格：四文錢和六文錢，這樣很好記。

她還準備在攤子上賣些饅頭和包子，為的就是那些幹苦工的人。那些人估計不捨得花錢吃這麼貴的飯菜，可以買點便宜的饅頭吃。她還可以做點蔬菜湯當作免費的湯，只要花錢吃飯的客人，每人可以喝一碗蔬菜湯，這也算是招攬客人的方法。

菜單寫好，李何華便想著找個人來幫自己料理食物，不然一個人實在忙不過來。至於人選，她想找家就住在附近的，每天可以忙到很晚才回家，而且做飯手藝要不錯的婦人。

不過這樣的人估計有點難找，而且她也是剛搬來，什麼人都不認識，就更難尋找適合的人了。

李何華覺得這事得找一個對附近很熟的人詢問才行，想來想去，她便想到房東方嫂子。

方嫂子的家也在附近，而且她在這裡住了好多年，對這附近的人肯定熟得不能再熟，找她問人應該沒錯。

於是，李何華用油紙包包了幾塊糕點，抱起小傢伙，鎖上門，往方嫂子家去。

方嫂子正坐在院子裡揀菜，看見李何華過來，趕忙站起來。

「荷花妹子，妳怎麼來了？快進來坐！」看見李何華懷裡的小傢伙，問道：「這孩子是？」

李何華介紹道：「這是我兒子，他不愛說話，嫂子妳別介意。」

方嫂子連忙說不會。

李何華將手裡的糕點遞給方嫂子。「方嫂子，這是我做的糕點，帶一點給妳和孩子們嚐嚐。」

方嫂子連忙推拒。「使不得！妳來就來，幹麼還帶東西？自個兒帶回去給孩子吃吧！」

李何華又往前推了推。「嫂子，妳別客氣了，我就是賣糕點的，這點東西妳別和我客氣，以後我還要承你們照顧呢！妳要是客氣，我以後有事也不好意思打擾你們了。」

方嫂子見李何華這麼說，只好收下糕點，不好意思道：「那我就厚臉皮收下了，以後再來可別帶東西了。」

見方嫂子收下，李何華在她搬來的凳子上坐下，也沒有寒暄其他，直接說出來意。

「嫂子，我今天來是有事情想請妳幫忙的。」

方嫂子連忙道：「妳說，能幫上的我一定幫。」

「是這樣的，我打算在街口擺個小吃攤賣點吃食，不過就我一個人忙不過來，我想找個人來幫我；不過妳也知道，我剛搬來，什麼人都不認識，所以我想請嫂子幫幫忙，妳對這兒熟得很。」

方嫂子恍然大悟。「原來是這件事啊！這個妳問我還真問對了，我在這裡住了十幾年，附近什麼人都清清楚楚，妳把妳的要求跟我說，我來找找看。」

「我想找一個家就住在附近，晚上可以晚點回家的，因為我準備食材估計會有點晚；另外這人的手藝要好，人要乾淨、勤快，那種斤斤計較、愛貪小便宜的可不行。」

「可不是，妳放心，那些愛貪小便宜的我絕對不會給妳介紹的，那樣的人不可靠。」說著思索起來。「我來看看誰比較適合啊……」

方嫂子在腦子裡沈思了一會兒，突然拍了下手。「我想到了，真有符合妳要求的，就住在咱們後面那條巷子裡。她夫家姓謝，比我小兩歲，大家都叫她謝嫂子。她做飯手藝不錯，而且人也乾淨能幹，料理起家事來，那可是一把好手。」

說著，方嫂子突然嘆了口氣。「不過她這人命有點苦，她家男人本來是瓦匠，家裡的日子很不錯，不過有次她男人在砌牆時不小心從屋頂掉了下來，人好不容易救下來，可卻癱瘓了，從此以後只能躺在床上度日。家裡的頂梁柱就這麼倒了，剩下孤兒寡母四個生活就難了，所以賺錢的擔子就壓在她身上，但女人家能幹什麼呢？不外乎給別人洗洗衣服，賺不到什麼錢。」

方嫂子說完，怕李何華誤會，忙拍拍她的手解釋。「妹子，我跟妳說這些，不是因為同情她就向妳推薦她，而是她真的符合妳的要求。她的手藝很不錯，而且人也好，妳可以自己去看看，要是行的話，也算是幫她一把，不行我再給妳想想其他人。」

李何華並不介意幫助有困難的人，只要這謝嫂子真的符合她的要求，那她有什麼不願意的呢？

「嫂子，妳帶我去見見謝嫂子吧！要是真的適合，我就請她來幫我。」

方嫂子很高興，立刻將手裡的菜放下，站起身。「行行行，那咱們現在就去吧！就在後面，近得很。」

方嫂子帶李何華去了謝嫂子的家。

謝嫂子正在院子裡洗一大盆髒衣服，看見方嫂子來了，趕緊用水將手沖乾淨。「方嫂子妳來啦？快進來坐！」說著看見跟在後面的李何華，疑惑地問：「這位是？」

方嫂子笑著介紹。「這是租我家那小院的新房客。」說著拉著李何華上前。「今天不是我要來找妳，是她要找妳。她準備開個小吃攤，缺人幫忙，我覺得妳很適合，就帶她過來找妳了。」

謝嫂子一愣，又是驚訝、又是高興，局促地在圍裙上擦擦手。「哦哦哦……快進來、快進來！」說著朝屋子裡喊。「三兒，快倒兩杯水來！」

「別客氣，謝嫂子，我就是來和妳說說話，妳千萬別忙活。」說著，李何華直接說出來意。「嫂子，我聽方嫂子說妳做飯手藝很不錯，妳會蒸包子、饅頭嗎？」

謝嫂子連忙點頭。「會的、會的，以前我們家經常做，孩子們都很喜歡吃我做的包子和饅頭。」

方嫂子在一旁證明。「這個不假，之前我也吃過她做的包子，一點不比外面包子鋪賣得差。」

「嫂子，我這邊需要人幫忙準備食材，每天下午未時末開始，晚上可能要忙得晚一點，會來不及回家吃晚飯，不知道妳家裡能顧得過來嗎？」

謝嫂子點頭。「妹子，我家三個孩子都大了，能夠照料家裡，不需要我回來做晚飯，也不用我看著，所以晚上晚點回來沒問題的。其實啊，不瞞妳說，我就是現在洗衣服，都要天天晚上洗到深更半夜的。」

李何華聞言，心裡最後的顧慮也沒了，覺得這謝嫂子可以先用用看。

「那行，嫂子，我先給妳介紹一下幹的活吧！時間差不多是未時末到戌時，要做的事就是和我一起揉麵、包餃子、蒸饅頭和包子等等。至於工錢，暫時先按每天十文錢來算，要是長期做且做得好的話，會再給妳漲工錢。」說完，李何華問謝嫂子的意見。「嫂子，妳看行嗎？行的話咱們就先試試。」

謝嫂子想都沒想就點頭。「可以、可以！」

怎麼會不行呢？這對她來說簡直就是驚喜！要知道，她現在每天給人家洗衣服，從早洗到晚，每天也賺不到十文錢，就算是一個壯年在碼頭扛包，每天也才十文錢。現在一天只做大半天，而且只要做些廚房裡幫忙的活計就能得十文錢，這樣的好事去哪裡找？

謝嫂子像是生怕這個機會飛走一般，連忙問：「妹子，我什麼時候去上工？我現在就能去！」

見她比自己還急，李何華笑了。「不急，攤子後天才正式開業，今天妳先把家裡的事安排一下，明天下午開始去我家幫忙。」

如此安排再好不過，謝嫂子連忙點頭。「行，我明天下午就去，我一定好好幹！」

看謝嫂子這麼激動，李何華知道她這是太珍惜這份工作了，心想要是她做得好，她一定不虧待她。

第二十二章　小吃攤開業

第二天，李何華和曹四妹去賣糕點，同時帶上了小傢伙。

小傢伙不吵不鬧，安靜地蹲在籃子旁看李何華賣糕點，不少熟人都誇道：「妳家孩子真乖！」

李何華心裡無奈，要是可以，她倒希望小傢伙不乖，甚至淘氣點才好。

由於明天就要開小吃攤了，到時糕點也要轉過去賣，李何華便對客人一一說明糕點攤換地方的事，順帶提了下她的小吃攤明天開業。很多老顧客聽聞，都表示到時一定會去捧場。

這時，多日不見的顧夫子竟然來了。

「顧夫子今日親自來買糕點啊？」

顧之瑾笑著點頭。「正是，今日學堂休假，正好有空。」

李何華想起籃子裡帶來的雙皮奶，對顧之瑾道：「正好，我昨日做了雙皮奶給孩子吃，也給您家孩子做了一碗，您可以一併帶回去。」說著拿出籃子裡的雙皮奶。

顧之瑾從來沒聽說過什麼「雙皮奶」，心想這大概又是老闆的獨家美食。之前老闆做的獨家吃食都非常好吃，連他這個大人都上癮，也難怪自家姪兒那麼喜歡吃她做的東西，想必這雙皮奶也很好吃。

顧之瑾接過雙皮奶，感謝至極。「多謝老闆，再煩勞妳給我打包一些糕點，跟之前一樣，我一起帶回去。」

李何華點點頭，拿出油紙包，熟練地蹲下來給他打包糕點。

這時，顧之瑾注意到蹲在籃子邊的孩童，不由問道：「老闆，這孩子是妳家的孩子？」

李何華一邊打包糕點一邊說：「對，這是我兒子書林，他不愛說話，夫子莫怪。」

顧之瑾不在意地搖搖頭。「無妨，小孩子的性格總是各異，性子安靜的孩子反而難得。」

李何華笑笑，看了眼安靜的小傢伙，輕輕碰了碰他的小臉。

小傢伙抬起眼看她，那眼神好似在問：娘，您幹什麼？

李何華點點他的小鼻子。

顧之瑾看著母子倆的互動，也跟著笑了，心想這老闆肯定是位很好的母親。

「顧夫子，您的糕點好了，您拿好。」李何華打包好，將糕點遞給顧之瑾，同時也跟他說起糕點攤搬家的事。「我準備開個小吃攤專門賣吃食，就在那邊的巷子口，所以也順便將糕點轉到那邊賣。」

顧之瑾瞬間來了興趣。老闆做的糕點如此好吃，相信她做其他吃食的手藝肯定也是不凡，要不然他家姪兒也不會天天都要吃她家的糕點。

現在自家姪兒簡直要把糕點當飯吃了，可糕點怎麼能比得上飯呢？為此他心裡很是發愁，甚至還在心裡想過，要是那老闆不是賣糕點，而是賣飯食就好了，這樣就不用愁姪兒不吃飯了。

沒想到老闆真的要賣飯食了。

顧之瑾不由笑了，很感興趣地開口詢問小吃攤的事。「老闆，不知妳這小吃攤都賣些什麼吃食？」

李何華見他有興趣，便道：「我這小吃攤賣的種類比較多，但都是能夠填飽肚子的，有炒飯、炒麵、湯麵，也有炒菜和餃子，還會賣包子和饅頭。」

顧之瑾的眼睛越聽越亮。這下好了，自家那小祖宗有得吃了，就連他也很想嚐嚐老闆說的這些吃食，便道：「老闆的手藝肯定好，明天顧某一定要去嚐嚐。」

「行，那就歡迎顧夫子明日光臨了。」

第二天，小吃攤正式開業。

李何華一大早就起來忙活，要出發時才將小傢伙叫起來。「寶貝醒醒，娘要出去擺攤了。」

小傢伙睡眼矇矓地睜開眼，迷迷糊糊就伸出小手要討抱。

李何華把他從床上抱進懷裡顛了顛。「好了，小寶貝，你準備一下，跟娘去開張嘍！」

小傢伙立刻點點小腦袋。

李何華將小傢伙的衣服穿上，又給他洗漱了一下，帶著他吃早飯的時候，曹四妹來了，後面跟著大河和大丫，大河手裡推著她的小推車。

「妹子，我們將妳的推車推來了。」

李何華看著自己的推車，很是高興。「正好等等運東西去街口。」

李何華等人先後將桌椅板凳、鍋碗瓢盆，以及柴米油鹽一併運去街口，等將小吃攤歸置好時，集市上已經完全熱鬧起來。

在這鎮上，攤子新開張算是一件引人注目的事，很多路人站在一邊看熱鬧。李何華將寫著菜單的木板掛到攤子前最醒目的地方讓圍觀的人看，等大家看得差不多後，李何華才站到人群前介紹。

「各位好，今日小吃攤開張，主要賣的有炒飯、炒麵、蓋飯、水餃，還有包子和饅頭，您想吃什麼就點什麼。凡在本店吃飯的客人，都免費贈送一碗美味的蔬菜湯，歡迎大家前來品嚐！」

圍觀的人本還以為又開了什麼羊肉湯、牛肉湯之類的攤子，沒想到這小吃攤竟和鎮上的其他攤子不同，賣的東西這麼多，而且吃食也新奇，頓時好奇起來，紛紛交頭接耳。

不過大家都不敢做第一個嘗試的人，幸好來了很多買糕點的老客戶，為了給李何華捧場，很多人都點了一份，攤子立刻熱鬧起來。

李何華拍拍大河的肩膀。「大河，趕快去招呼客人，跟客人們好好介紹一下，然後問問客人們要吃什麼，問好後過來告訴我。」

大河是第一次當小二，有點緊張，不過還算機靈，聞言立刻去招呼客人。

趁大河招呼客人時，李何華用買來的湯碗盛了幾碗蔬菜湯，送給吃飯的客人。

不久後，大河小跑著回來，對李何華道：「荷花姨，要一碗素炒飯、一碗素炒麵，還有兩碗水餃，每碗十五個，一碗素的，一碗葷的。」

「行，我知道了。」李何華說完，便將鍋裡倒上油，開始做吃食。

炒飯用的飯是昨晚就煮好的，現在已經晾涼了，只要倒進鍋裡炒一下就行，再加上李何華出神入化的速度，不過片刻就做好了。

李何華麻利地將炒好的飯盛進盤裡，放上一個勺子後放到旁邊的桌子上，頓時，一股誘人的香味傳出來，方圓幾百公尺的人都不由自主地動著鼻子，圍觀的人更是眼都看直了，饞蟲都被勾了出來。

點炒飯的這位客人也看得迫不及待，等蛋炒飯端上，二話不說就舀了一勺送進嘴裡，頓時睜大眼睛。片刻後，一骨碌地將嘴裡的飯嚥了下去，然後迅速舀起第二勺塞進嘴裡。

旁邊還在等待的客人們此刻都盯著他看，期待他的反應，見他這樣的舉動，哪還有不明白的？肯定是太好吃了，沒見這小片刻，一大盤飯就快見底了！

於是大家更期待自己那份餐點了。

李何華的動作很快，不過片刻就將客人們點的菜全部做好，看著客人們埋頭苦吃的樣子，心裡滿滿都是喜悅。

小吃攤的第一步總算是邁出去了。

就在這時，一個熟悉的身影慢慢走近小吃攤，正是顧夫子。

李何華笑著招呼。「顧夫子是來吃飯的？」

顧之瑾笑著點頭。「對，剛剛從大老遠就聞到妳攤子上的香味了，被香味誘惑得不由自主就來了。」

李何華被顧之瑾略帶誇讚的話逗笑，道：「那顧夫子您可要好好嚐嚐，趕緊入座，看看您想吃點什麼？」

顧之瑾其實真的是從大老遠就被香味吸引了，肚子裡的饞蟲也被勾了出來，聞言仔細地看了下菜單，道：「老闆，妳給我做一份牛肉炒麵吧！再給我下一碗葷的水餃，我想走的時候帶走，給家裡的孩子吃。」

李何華笑著點頭。「沒問題，您先坐下吧！我這邊馬上就好。」

李何華一邊往鍋裡倒油，一邊跟腿邊的「小掛件」說話。

「寶貝，你餓不餓啊？都到飯點了，你看別的叔叔、伯伯都吃飯了，你也應該吃飯了，娘給你做點飯，你去坐著吃好不好？」

小傢伙從早上擺攤時就一直黏在她腿邊，讓他去桌子上坐著休息也不要，就抓著她的褲腿看著她做飯，也不知道他哪來那麼大的耐心，看了這麼久也不嫌無聊，只有每次她低頭看他的時候，他才會移動一下眼睛抬頭瞅她一眼，真是讓她愛得心都化了。

可小傢伙還小，一直這麼站著可不行，而且到了飯點，大人們晚點吃飯沒事，小孩子可不能餓著。她想哄小傢伙去坐著吃飯，可惜每次一哄，他就緊緊地抱著她的腿，拒絕的意思不言而喻，弄得李何華無奈地很，只好一次又一次地問。

不過這次小傢伙在她問完後，並沒有像之前一樣緊緊抱著她的腿，而是盯著斜對面方向，不知道在看什麼？

李何華覺得奇怪，順著小傢伙的視線看去，一眼就看見一個高大的身影靜靜佇立在不遠處的角落裡，和周圍的人區分開來。

是張鐵山。

李何華一驚，沒想到張鐵山會來這裡。他來幹什麼？

不過轉念一想，也沒什麼好奇怪的，書林現在待在她身邊，張鐵山肯定不放心書林，所以才來看看吧？

李何華本來不欲理會他，可又想起不吃飯的小傢伙，要是張鐵山帶他吃飯的話，小傢伙會願意吧？畢竟小傢伙還是很喜歡他這個親爹的，不如叫張鐵山過來，讓他哄小傢伙吃飯。

李何華迅速將顧之瑾的牛肉炒麵做完，在圍裙上擦擦手，然後抱起小傢伙往張鐵山那邊去，主動和他打招呼。

「那個……你來啦？」

張鐵山沒什麼情緒地「嗯」了一聲。

李何華眨眨眼，「哦」了一聲，也不知道還能說什麼，乾脆直接對他道：「你是來看書林的吧？那你去攤子上坐下吧！正好帶書林吃點午飯。他到現在還沒吃呢！我忙著做飯，沒時間帶他吃飯，他又不願意自己吃，你和他一起，他會願意的。」

張鐵山沒有拒絕，從她懷裡將小傢伙抱了過去。

小傢伙難得地給面子，乖乖待在張鐵山懷裡沒動。

李何華鬆了口氣，趕緊引著張鐵山回到攤子上，讓他坐到一張空桌上。「你等等，我給你和書林下點餃子吃。」

張鐵山沒說什麼，點了點頭。

李何華本意是想讓書林吃飯，但也不能讓張鐵山這個當爹的在一旁看著兒子吃吧？他肯定也沒吃午飯，所以就讓他們父子倆一起吃吧！她只是多下點餃子的事情。

張鐵山那麼大的塊頭，李何華估算著他的胃口應該不小，所以給他下了三十多顆水餃，小傢伙吃六、七顆就差不多了。

李何華將一大碗餃子端到桌子上，又調了一碗蘸醬給父子倆。「你們先吃，鍋裡還有，吃完我再給你們盛。」交代完，李何華來不及說其他，轉身接著去忙了。

張鐵山看了眼面前滿滿的餃子，眼神不由自主看向李何華忙碌的身影，莫名的情緒從眼裡一閃而過，直到感覺一雙小手在拉扯自己的衣服，這才低下頭，拍拍自家兒子的小腦袋，用筷子挾起一顆餃子吹涼，然後送到小傢伙嘴邊。

小傢伙張開嘴咬了一口，可惜嘴巴太小，一口才咬了三分之一。

張鐵山也不急，穩穩地挾著餃子等著小傢伙再吃，直到小傢伙三口將一顆餃子吃完，這才自己抽空吃了一顆。

忙碌間，李何華看到張鐵山餵小傢伙的樣子，嘴角不由自主地揚起。這男人看著高壯健碩，其實內心挺細膩的，對待兒子的溫柔總能讓看見的人動容，是個很好的父親。

攤子上又陸續來了一撥人，李何華見小傢伙有人照顧，便低頭忙碌著。等到再次歇下來時，這才想起張鐵山和小傢伙。

她趕忙往他們那邊看去，就見張鐵山正將小傢伙抱坐在懷裡，給其他客人騰地方坐。

李何華見他們碗裡的餃子早就吃完了，心想小傢伙肯定吃飽了，張鐵山卻不一定，便又盛了一大碗餃子放到張鐵山面前。「吃吧！剛剛給你們下的餃子沒盛完。」

張鐵山沒說什麼，乾脆俐落地拿起筷子接著吃起來。

李何華覺得張鐵山這乾脆的性子挺好的，起碼不用她費口舌。

「哎喲，對不起、對不起，您沒事吧？」

這時，大河的聲音從旁邊的桌子傳來，李何華趕忙看去，就見大河正手忙腳亂地拿抹布擦桌子，旁邊的顧夫子站了起來，長衫上沾染了不少湯漬。

李何華趕忙走過去。「這是怎麼了？」

大河滿臉自責。「對不起，荷花姨，是我太毛躁了，我收桌子的時候不小心將湯灑了，弄到這位客人的衣服上，我實在是……」

李何華沒說大河什麼，掏出身上的乾淨手帕遞給顧夫子。「顧夫子，真是對不起，是我這夥計不小心，您快擦擦吧！」

顧之瑾搖搖頭。「無礙，我擦擦就行了，老闆和小二不必自責，衣服回去洗一洗就乾淨了。」

見李何華遞來手帕，顧之瑾想了想，還是接了過來，不過卻沒有擦衣服，而是拿起放在桌上的一卷畫軸，輕輕用帕子擦著畫軸上的污漬。

李何華這才發現，顧夫子隨身帶來的畫軸上也沾染了湯漬。

李何華一驚。「顧夫子，您的畫好像也濕了，您快看看有沒有弄壞？」這畫不知道名不名貴，要是弄壞的話，不知道要賠多少銀子才行。

顧之瑾先將外面的湯漬擦去，這才小心翼翼地打開畫軸看看裡面怎麼樣。李何華也伸頭看去，就見一幅山野圖呈現在眼前，畫面逼真不失意境，山川、河流無一不美，上面還用飄逸的字體書寫著「山野閒居圖」幾個大字。

以前李何華在爺爺的書房裡見過一幅珍藏的水墨畫，那時她覺得那畫很好看，字也是頂頂好看，不過此刻，她卻覺得那畫與那字都比不上眼前這幅。

不過這麼好的畫卻沾染了湯漬，整幅畫就這麼有了瑕疵。

李何華眉頭不由皺了起來，心裡十分自責。「顧夫子，真的對不起，您的這幅圖被毀了，不過我會賠償的，您說個價錢，我賠給您。」

顧之瑾不在意地搖了搖頭。「沒事的，這畫不值錢，只是我閒來無事之作，毀了再畫便是，沒那麼嚴重，老闆不用自責。」

「這……」

顧之瑾笑著指指桌上的食盒，道：「老闆不必自責，真不是什麼要緊的畫。妳看，妳每次都借我碗，這次還借我食盒，我都沒給過妳錢呢！這次不過一點小事，妳反而要給我錢？」

見顧之瑾說得真心實意，李何華知他是真的不在意，心裡很感謝。「謝謝您啊！顧夫子。」

顧之瑾擺擺手示意別客氣，將畫軸又慢慢卷起來，拐起食盒道：「老闆，我就先走了，食盒與碗明日給妳送回來。」

李何華點頭。「顧夫子慢走。」

第二十三章　寶貝的天賦

顧之瑾走後，大河低著頭，滿面羞愧。「荷花姨，對不起，我真是太笨了。」

李何華拍拍他的肩膀。「沒事的，你第一天做得已經很好了，下次再小心一點就行，別多想了，去忙吧！」

大河點點頭，轉身繼續去忙碌了。

李何華又走回張鐵山這桌，卻見小傢伙眼睛呼著，望著不遠處，正是拿著畫軸和食盒的顧夫子身影。

除了親近的人，小傢伙可是從來不會盯著別人看的，李何華疑惑。「寶貝，你在看什麼呢？是不是在看剛剛的夫子？」

小傢伙還是眼睛眨都不眨地看著顧之瑾遠去的身影。

李何華不解，看向張鐵山，想問問他知不知道？

張鐵山見狀，出聲道：「他不是在看人，他是在看那幅畫。」剛剛那位夫子展開畫軸時，小傢伙就一眼不錯地盯著，直到那人走遠，他還沒收回目光，不過他也不明白小傢伙為何要盯著那幅畫看？

李何華摸摸小傢伙的腦袋。「寶貝是不是喜歡剛剛那幅畫？喜歡的話，等娘賺了錢就給寶貝買一幅回家掛著，好嗎？」

小傢伙這才收回視線，看著她眨巴眼睛。

李何華捏捏他的小鼻子。「你吃飽了沒？」

小傢伙自然不會說話，倒是張鐵山代替他回答。「他吃飽了，剛剛餵了他八個餃子。」

對於小孩子來說，八個餃子真的不少了，小傢伙的確是吃飽了。

此時飯點已過，攤子上漸漸沒了客人，街上的人也少了很多，李何華便做了點麵條當作午飯，招呼大河來吃。

等到吃完，攤子上沒人，可以收攤了。

首先將鍋碗瓢盆裝上推車，大河將東西推了回去，不一會兒再推著推車回來繼續拉桌椅板凳。李何華先將空桌子往推車上搬，不過桌子太重了，她搬得一踉蹌，差點摔倒，嚇得她趕忙放了下來，準備叫大河一起抬，但還沒開口，手邊的桌子便被張鐵山搬走，輕輕鬆鬆地放到小推車上。

李何華驚訝，不過她不好意思讓他來給她幫忙，畢竟他們現在的關係連朋友都說不上，於是連忙拉住他的袖子。「張鐵山，你別忙了，我們自己可以的，你幫我看一會兒書林就好了。」

張鐵山看了眼李何華拉著自己衣袖的手，什麼都沒說，轉身又舉起一張桌子放到小推車上。

「……」這人怎麼還搶著幹活，腦子出問題了吧？

大河站在一邊也插不上手，愣愣地看著張鐵山搬東西，視線移向他堅實有力的臂肌，崇拜又羨慕。這位大哥真的好厲害啊！這麼重的桌子一下就舉了起來，輕鬆得好像手上沒重量一般，明明他搬的時候那麼吃力。

就這麼一愣神的工夫，張鐵山便將所有的桌椅板凳都搬上推車，堆放得很密實，一點都沒有浪費空間，正好一次就能全部拉回去。

李何華張了張嘴，不知道此刻該說些什麼？道謝嗎？

張鐵山將書林抱起來塞進李何華懷裡，然後推起推車，朝巷子裡走去。

李何華愣愣地站在原地，大河也不知道該怎麼辦，因為他搶了自己的活。

見兩個人都不動彈，張鐵山轉過頭看向李何華，眉頭輕皺，淡淡吐出兩個字。「帶路。」

李何華反射性地「哦」了一聲，抱著書林到前面帶路，心裡卻覺得怪怪的。

明明之前兩個人還頗有劍拔弩張的意味，張鐵山不是很討厭她嗎？現在怎麼願意幫她的忙呢？

張鐵山將推車推回李何華的小院，掃視一圈後，拍拍小傢伙的腦袋，什麼都沒說就走了，只不過心裡卻不太平靜。

他很確定，現在的這個李荷花不是原來的李荷花，兩個人壓根兒不一樣。

今日他是來鎮上賣野物的，想起書林跟在李何華身邊，便過來這裡看看，然後就見書林站在她腿邊，而她正在做著各種吃食，時不時低頭與書林說著什麼，那樣子真的很溫柔，跟他記憶裡那個胡攪蠻纏、不知廉恥的女人完全不同。

他不由盯著她看了許久，看著看著，他甚至覺得兩個人好像連面容也漸漸變得不像了。是了，這個女人瘦了好多，樣貌也變得跟之前不太一樣。

就在他看她的時候，沒想到她也看見了他，更沒想到她會抱著書林過來，請他去坐著吃飯。

他當時什麼也沒想，便點頭答應了。

她做的餃子真的很好吃，他從來沒吃過這般美味的餃子，這樣的廚藝，不是原來的李荷花能有的。

他原本就懷疑的心思，在聽小二說菜單上的字是她自己寫的之後，徹底確定了。

她不是李荷花。

一個人不會在短短時間內性格大變，也不會那麼快就學會寫字吧？家裡沒有任何書籍，連一張紙都沒有，李荷花也不認識任何讀書人，怎麼可能學會寫字？

想通了這點，一切奇怪的地方就突然能解釋得通了。雖然心裡覺得這個想法很荒謬，但他卻莫名地相信，她真的不是李荷花。

那她到底是誰？孤魂野鬼上身嗎？她為何對書林那麼好呢？

張鐵山眼神暗了暗，突然很想弄明白。

此時的李何華並不知道張鐵山已經猜到了她的底細，她正忙著和謝嫂子一起準備明天的食材。一切準備好後，便將小傢伙放在桌邊玩耍，她則數起今天的收入。

今日的收入是單獨放到一個木盒子裡的，她把全部的錢倒出來，嘩啦啦一大堆，全是銅板。

李何華一個個慢慢數著，每數出一百個就用繩子串起來，整整數了半刻鐘才全部數完。

今天一共賺了五百零四文錢，加上今日賣糕點的四百一十二文，去掉成本，今天一天的收入大約是大半兩銀子。

在這一兩銀子夠農家一家人生活好幾個月的時代，一天賺大半兩銀子其實算是很多的了，不過對於李何華這種要買房子、還想開店的人來說，還是遠遠不夠的。

希望攤子以後的生意能更好一點。

李荷花將錢收進箱子裡鎖上，這才對趴在桌子上玩的小傢伙道：「寶貝，娘數完錢了，咱們可以去睡覺嘍！」

小傢伙完全沒有聽見，依然自顧自地拿著筆塗鴉。

紙筆是李何華剛剛拿出來記帳用的，見小傢伙在一旁看著她，便給他一張紙和一枝筆讓他自己去隨意塗鴉，小孩子好像都很喜歡在紙上塗鴉。

小傢伙拿著筆，學著她的樣子蘸了點墨水，便自顧自地低頭在紙上畫了起來，頗為有模有樣。李何華見他難得願意玩，便讓他去了。

「寶貝，是不是玩得很高興啊？可是我們要睡覺了，明天娘再讓你玩好不好？」李何華走到小傢伙身後，打算收起紙筆，誰知在低頭的一剎那，心瞬間漏跳了一拍。

小傢伙面前的紙上，根本不是她以為的隨意塗鴉，而是一幅畫。雖然線條凌亂，有的地方還染上大片墨水，可還是很容易看得出來，這是一幅山水圖，且這幅山水圖就是白天顧夫子展開的那幅，相似度簡直有百分之七十。

李何華手一抖，低頭看向拿著筆的小傢伙，心裡突然覺得事情大條了。她兒子好像不是普通的小孩子耶！怎麼辦？

李何華坐下來，手扶著桌沿看小傢伙繼續畫，心裡有點慌。

在現代她就聽說過，一般有自閉症的孩子都伴隨著某種特殊的天賦，這些孩子在某個領域往往有超出常人的能力，沒想到竟然是真的，小傢伙竟然也有特殊天賦，而這天賦目前看來好像是畫畫。

一般的孩子哪裡能畫得出來這樣的山水畫？而且這還是他第一次拿筆，第一次見到山水畫，這不是天才是什麼？

之前她想著自己占了原主的身體，就要對孩子負責，又看著小傢伙可憐，就想讓小傢伙吃得好、睡得好，天天開心；可此刻她覺得好像不能只單純地讓小傢伙吃吃喝喝就行了，小傢伙是個天才，她不能耽誤他，必須培養他。

可要怎麼培養？她沒有養過孩子，更沒有養過天才孩童，該怎麼做才能不埋沒小傢伙的天賦呢？

李何華有些不知所措，想來想去還是覺得要跟張鐵山商量一下，畢竟他是孩子的親爹，要培養孩子，親爹必須要支持才行。

這一晚，李何華抱著懷裡的孩子，久久無法睡著。

第二天天一亮，她就爬起來，將昨晚小傢伙畫的那幅畫小心地收起來，放到推車上。等到張鐵山來時，她立刻朝他招招手，示意他過來，一把將畫塞給他。

「張鐵山，你看看這個。」

張鐵山疑惑地接過畫展開，裡面是一幅稍顯凌亂的山水畫，看起來有點奇怪，因為上面還有不少墨漬。

這畫不像是哪位書畫大家畫的。

張鐵山疑惑地看向李何華，用眼神詢問她什麼意思？

李何華抿抿唇，深吸一口氣，用手指點了點他懷裡的小傢伙。「張鐵山，這畫是小傢伙昨晚畫的。」

一句話說得張鐵山愣住了，看看畫，又看看懷裡的兒子，眼睛漸漸睜大。

他之前以為這畫是哪個讀書人畫的，所以覺得這畫有點奇怪，畢竟線條什麼的都不太流暢，還有斑斑墨漬；可如果這畫是書林畫的，那就太不可思議了，書林從來沒學過書畫，甚至連筆都沒拿過，怎麼可能一下子畫出這樣有神韻的畫？

見張鐵山驚疑不定，李何華將昨天的事情說了出來。

「書林只在昨天見過顧夫子那幅畫，昨晚回去他就自己拿筆畫出來了，畫得特別像，幾乎和昨天那幅畫一模一樣。我昨晚看到的時候嚇了一跳，但這是真的，書林在這方面有過人的天賦，所以我想找你商量一下。」

張鐵山就算不信也得信，他盯著懷裡的兒子看，心緒難以平靜。他們張家世代都是農民，沒有一個識字之人，沒想到他的兒子竟有如此天賦，讓他怎麼能不驚訝？

不過張鐵山畢竟是見過世面的人，在短暫的驚訝過後，立刻冷靜下來，心裡迅速想了很多。不過有一點他與李何華想得一樣，那就是不能耽誤孩子，無論花多大的代價，他也要好好培養書林。

張鐵山沒急著說出自己的想法，而是先問李何華的看法。「妳怎麼想的？」

李何華摸摸盯著她的小傢伙的臉，說道：「我覺得孩子有這個天分，咱們做父母的不該埋沒了孩子，我們應該想辦法讓書林接受最好的教導，你覺得呢？」

張鐵山點頭。「我同意妳的想法，不過這件事還要從長計議，我得去打聽看看哪裡有好的老師，然後還要想辦法請老師收下書林。」

李何華沒想到張鐵山和她的想法一樣，心頭不由添了一絲欣賞。「其實不用這麼麻煩，我有個想法，我想先找昨天那個顧夫子，就是拿畫過來的那位。他是個很有學問的夫子，現在自己開學堂教孩子讀書，昨天的畫也是他自己畫的，我覺得他畫畫的水準很好，他要是願意教咱們書林，那就太好了。」

張鐵山也想起昨天那位夫子，就算他不懂書畫，也知道那樣的水準絕對不低，要是能請他給書林啟蒙自然極好，就是不知道他願不願意收書林，畢竟書林跟普通的孩子不一樣。

「那他願意收書林嗎？畢竟書林……」

李何華知道張鐵山的顧慮，因為這也是她的顧慮，但不試試怎麼會知道呢？

「顧夫子經常來我這裡買糕點，我要是見到他就問問他，再跟他說明書林的情況；要是他真的不願意收書林，再另想辦法吧！」

張鐵山覺得她說得對，在對待書林方面，這個女人想得比他還周到。

收攤的時候，還是張鐵山將桌椅搬回推車上，推回小院。

這次李何華沒有推辭，親親懷裡小傢伙的臉蛋，十分不捨。小傢伙馬上就要跟著張鐵山回去，她就見不到他了。

小傢伙好像也感覺到什麼，雙手緊緊攬著她的脖子不鬆手，小臉埋在她的脖頸，不願抬頭。

李何華抿抿唇，慢慢走到張鐵山跟前，將小傢伙遞過去。

張鐵山看看小傢伙，又看看李何華，沒有伸手抱走他，而是獨自往門邊走。「我走了。」

李何華訝異。今天是第三天了，他今天來不就是來接孩子的嗎，怎麼不帶小傢伙回去？

「哎？張鐵山你……你不接小傢伙回去嗎？」

張鐵山聲音淡淡的。「現在書林啟蒙要緊，妳要是看見那個夫子，夫子免不得要見見書林，所以還是先將書林留在妳這裡吧！我會再來看他的。」

李何華驚訝過後就是狂喜，覺得張鐵山真是個大好人。

第二天，顧夫子又來了。

顧之瑾現在跟他家姪兒一樣，被李何華的手藝折服了，前天吃的牛肉炒麵尤其好吃，吃完後就一直惦記著。昨天吃家裡做的飯菜都吃得不太香，所以今天趁著午休便又來了。

「老闆，今天給我做一份香菇滑雞蓋飯吧！再多做一份帶走。」顧之瑾說著，將手裡的食盒遞給李何華。「這是上次的食盒。」

李何華看見顧之瑾來，別提多高興了，忙接過食盒請他入座，然後迅速地為他做了一份蓋飯，並親自端給他。

看顧夫子吃了起來，李何華又轉身去做另一份蓋飯，做好後裝進食盒裡，拎給他。「顧夫子，另一份給您做好了，您帶回去就行，不會涼的。」

「多謝老闆了。」

「不謝、不謝。」李何華將小傢伙抱在懷裡，在顧之瑾旁邊坐下。「顧夫子，我有一件事想請您幫忙。」

顧之瑾本想起身的動作頓住。「老闆但說無妨。」

「夫子，您先看看這個。」李何華掏出小傢伙的畫遞給他。

第二十四章　拜師

顧之瑾將畫卷打開，看見裡面畫的內容時不禁一愣，疑惑地看向李何華。「老闆，這幅畫是誰畫的？跟我上次帶來的畫很像啊！」就是筆觸太稚嫩，像一個學畫沒幾年的人畫出來的。

李何華拍拍懷裡的小傢伙。「夫子，這是我兒子書林畫的。」

「是這孩子畫的？」顧之瑾驚訝。這孩子才這麼丁點大，難道之前已經啟蒙過了？能畫出這樣的畫也是很了不起的。

「顧夫子，我家孩子之前連筆都沒碰過，畫作也沒見過，唯一見過的畫就只有前天瞥了一眼您的那幅，結果回家後他就自己拿筆畫出來了。」

顧之瑾的面色已由剛剛的驚訝轉為嚴肅，看著書林的目光漸漸深邃起來。

他深知畫畫需要的是天賦，不是努力學習就能學好的。

這孩子才這麼大，之前都不知道筆墨紙硯是什麼，卻在看了一眼他的畫後，就能如此神似地還原，這不光需要過目不忘的記憶力，還需要與生俱來的繪畫天賦。

這孩子，已經不能用天賦高來形容了。

顧之瑾知道老闆既然找自己說這事，肯定是有原因的，便問道：「老闆，妳找我是為了……」

李何華將書林放下，站起來朝顧之瑾福了一禮。「夫子，我知您才識淵博，您的畫也是極好的，我想請您給孩子啟蒙，教他畫畫。夫子，我不希望孩子好好的天賦被埋沒了，希望夫子能收下孩子。」

其實顧之瑾心裡已經猜到這一點，所以並沒有驚訝李何華的請求。說心裡話，這孩子的繪畫天賦比他高出不少，只不過現在剛啟蒙，還需要別人認真教導才行，他目前教導他還是可以的，未來是誰教導誰，可就說不定了。

他不忍心看著這麼好的苗子被毀了，所以教這孩子，他是願意的。

「老闆，我答應了，妳將孩子送去我那裡吧！我會親自教他的。」

李何華大喜過望，不過還是將書林的特殊之處，毫不隱瞞地說了出來。「夫子，真是太謝謝您願意收下我家孩子！不過有一點我不能隱瞞您，我家孩子的性子跟其他孩子不太一樣，他不太說話，也不太理人，對外界的反應也不大，總之就是……」李何華低頭看向小傢伙，目光無奈又憐愛。

顧之瑾一聽，便明白李何華的意思。他之前也聽說過有自我封閉症狀的人，一般都沈浸在自己的內心裡，對外界沒什麼反應，不愛搭理人，也不愛說話，就像這孩子一般。

顧之瑾看著乖乖依偎在李何華身邊的小傢伙，不由心生憐憫，但又覺得老天爺也算公平，也許他的特殊天賦就是對他的額外補償。

雖然知道這孩子比較特殊，但顧之瑾並沒有改變想法。「老闆，孩子的情況我知道了，我會根據他的情況好好教導他的，妳不用擔心。」

李何華驚喜。沒想到顧夫子人這麼好，在知道小傢伙這樣的情況下還願意收，當下感激得不知道說什麼才好。「顧夫子，真的太感謝您了！」

顧之瑾笑笑。「妳可以先給孩子準備準備，準備好後就將他送去我的學堂吧！」

李何華連忙應下，又問了些去學堂需要準備的東西，一一記下。

顧夫子一走，李何華便抱起小傢伙轉了個圈。「寶貝啊！你被顧夫子收下了，以後你就能去學堂了，高不高興？」

小傢伙抱著她的脖子看她。

李何華太高興了，覺得自己身上都是力量，等到收攤時，她還心血來潮地伸出兩隻手，分別抓住桌子邊緣，想學張鐵山那樣將桌子一下子抬起來，結果就是她一個踉蹌，幸好被一隻大手扶住了。

李何華轉頭一看，是張鐵山。

她有些窘，轉移話題般地問：「你怎麼來啦？」她還以為他今天不會來呢！

張鐵山沒說話，只是默默舉起桌子，搬去推車上，輕鬆得好像在拎一隻小雞。

李何華覺得自己這一身肉都是白長的。

張鐵山動作很快，兩三下就將所有桌椅搬好，再將剛剛扔在地上的野物拿起來，一併放到推車上。
李何華這才看見地上的野物。原來他今日是來賣野物的，再順道過來看看小傢伙。
張鐵山直接幫忙推著推車往小院去，李何華都不知道說什麼好了，只好將今日顧夫子答應收下書林的事情說了。
張鐵山聞言，點了點頭，嘴角也難得地微微翹了起來，顯然心裡是高興的。
李何華不禁暗想，小傢伙到底是自閉症才不愛說話，還是本來就遺傳他爹不愛說話的毛病？難不成是兩樣都有，一結合就變成現在這樣了？
李何華在腦子裡天馬行空時，張鐵山將推車推進院子裡，卻沒有像往常一樣立刻離開，而是從衣襟裡掏出一把碎銀子遞給李何華。
李何華不解。「幹什麼？」
「書林要唸書，這是他的束脩，妳拿著。」
李何華連忙擺手。「不用、不用，我有錢，我會給束脩的。」
張鐵山卻不理會，依然伸著手，語氣不容置疑。「拿著！」
李何華看他那副她不拿不行的樣子，在心裡糾結半晌，最後伸手接了過來。
古代男人應該都是大男人主義極強的，認為養家餬口是男人的事，不好意思用女人的錢，所以張鐵山才會給她錢，她要是不收，是不是很傷大男人的面子？
那她就收下吧！反正這錢也是全部花在小傢伙身上，她不會用他的錢。

見李何華收下，張鐵山滿意了。「我走了。」

見他轉身就走，李何華連忙叫住他。「哎呀，你忘了你的野物了！」說著指著推車上的野物。

張鐵山卻沒有停下，只丟下一句「那野物是帶給書林吃的」便走了。

李何華無語。這一隻大兔子和一隻大野雞，書林吃得完？能吃完幾隻腿就不錯了，要是全部吃完得吃到什麼時候？

李何華嘆了口氣，親親小傢伙的臉蛋，嘀咕道：「寶貝，你爹以為你是大胃王呢！你是嗎？」

小傢伙眨巴眨巴大眼睛。我好能吃的！

李何華拍拍他的小背脊。「好吧！那娘就換著花樣給你做好了，你吃多一點，才能長得壯。」

當天晚上，李何華便將雞處理了，準備先做一鍋地鍋雞。

她先用麵粉揉出一個麵團，加入少許鹽後放在一邊醒。接著將雞肉剁成塊，清理乾淨後，倒油入鍋，將蒜瓣放入，小火炒到金黃色後撈起，再加入生薑、蒜頭等香料煸香；將雞塊放入鍋裡，加一勺白糖、一勺酒、一勺醬油，翻炒均勻後，倒入開水用大火煮開，再用小火煮小半刻。

趁著燒雞肉的時候，她將剛剛醒好的麵團平均分成幾等份，每份都搓成一個圓球，然後將這些圓球放入水裡浸泡，目的是為了讓麵餅更加柔軟好吃。

等麵團泡得差不多時，再拿出來一個個壓扁，扯成長條形貼在鍋邊。等出鍋時，將準備好的青椒、紅椒，以及方才炒好的蒜瓣一塊兒鋪到雞肉上，一鍋地鍋雞就做好了。

濃濃的香味瞬間在廚房裡瀰漫，李何華自己都被香得吞口水，小傢伙更是緊緊地盯著鍋子，一看就是餓了。

在吃之前，李何華先拿出一個大碗公，裝了一碗地鍋雞出來，對小傢伙道：「寶貝，這是留著明天給你夫子的，就是顧夫子，以後他就是你的夫子了，你要跟著他好好學習，所以我們有什麼好吃的，都要想著你的夫子。」

李何華覺得小傢伙現在還小，還不知道孝敬夫子，那就由她來做，等到他長大懂事了，他就自己會做了。

正好這吃食是顧夫子需要的，他家的孩子肯定也會喜歡，而且也不是什麼值錢的東西，顧夫子應該會收下。

張鐵山帶來的這隻雞特別大，就算給顧夫子送去一大碗，也還剩下很多，她和小傢伙壓根兒吃不完。

李何華想了想，又拿出一個大碗公盛了一碗，對小傢伙道：「我們也給你爹留一碗吧！畢竟這雞是他獵來的，我們總得表示一下感謝，是不是？」

小傢伙眨眨眼。李何華知道他肯定是認同的。

第二日，李何華本想收攤後就帶著書林去買點筆墨紙硯，再送書林去顧夫子的學堂裡拜師，可偏偏今日碰上趕集日，客人很多，碼頭上也來了許多商船，很多人下船歇腳，以至於李何華和大河兩人都忙不過來，還要大丫在賣糕點之餘抽空來幫忙。

李何華煮好一碗水餃，見大河正在收桌子，沒空過來端給客人，只好放下鍋鏟，準備自己動手端過去。

由於這碗餃子的數量有點多，以至於餃子湯都快滿到邊緣，李何華的手剛摸上去就被燙了一下，嚇得她趕忙摸耳朵。

她正打算重新拿抹布包著手端時，一雙大手就伸來將碗端走了。

李何華嚇了一跳，抬頭看去，就見張鐵山已經俐落地將水餃端到客人面前。

這人怎麼總是突然出現啊？

「你怎麼來了？」難道今天又來賣野物？

張鐵山淡淡瞥了她一眼。「今日不是要帶書林去書院拜夫子嗎？我送你們去。」讓一個女子單獨帶著孩子去買東西拜師，他張鐵山做不出來，這個女人已經為書林做了很多了。

原來是不放心她帶書林去拜師。李何華點點頭，沒再說什麼，轉身繼續去忙了。

下一位客人點的是魚香肉絲蓋飯，李何華拿出昨晚炒好的魚香肉絲，以及早上煮好的米飯，俐落地做出一碗，正準備喊大河來端走，那雙粗糙的大手又將碗端走了。

李何華眉頭微微皺起，想開口喊住張鐵山，他已經將碗端到客人面前。等張鐵山走回來，李何華連忙道：「張鐵山，你別忙了，你帶書林去坐著吧！」她怎麼好意思讓他幫忙，畢竟兩人沒什麼關係，他也不是她請的夥計。

張鐵山就像沒聽見般，又轉身去幫大河收拾桌子。

「……」

不過有了張鐵山的幫忙，大家都輕鬆很多，終於在未時末的時候收攤，還來得及去學堂。

路上，李何華先帶小傢伙去一家賣文房四寶的鋪子，給小傢伙挑了個最小尺寸的書箱。這是這個時代的讀書人用的書包，本來李何華還想給小傢伙做個現代的雙肩包，可惜她的針線活根本不能看，最終放棄了這個打算。

挑好書箱，李何華又給小傢伙買了筆墨紙硯，以及啟蒙用的《三字經》、《百家姓》和《千字文》。雖然小傢伙是去學畫的，但是基本的文學知識也是需要學的，所以這些都得買。

老闆算好帳後，李何華正準備從荷包裡掏錢，張鐵山卻先一步掏出錢付了，李何華趕緊拉住他的胳膊。「張鐵山你別給，這個我來給錢！」

張鐵山卻沒理她，直接將錢給老闆，老闆樂呵呵地收下，還調侃道：「夫妻倆誰給錢不都一樣，不用爭、不用爭……」

「……」他們怎麼又成夫妻倆了？

不過一男一女帶個孩子來買上學的東西，的確容易讓人誤會。李何華暗想，以後得注意，這裡不同於現代，男女之間還是要避嫌的。

走出書店，李何華直接掏出錢遞給張鐵山。「這是剛剛買書的錢。你已經給了束脩，所以筆墨紙硯這點東西我來給錢就是，我是書林的母親，這點錢是我應該出的。」

如今她是小傢伙的母親，她給小傢伙買東西是應該的，沒道理讓張鐵山一個人花錢，且他一個農家漢子，靠種田和打獵賺錢，賺的都是辛苦錢。

張鐵山的眉頭卻皺了起來，抱著書林，嚴肅地看著她。「書林是我兒子，他讀書合該我花錢，以後這樣的話不必再說了。」

「可你……」

她的話被張鐵山打斷。

張鐵山指著手裡拎著的籃子，道：「妳不是已經花錢了嗎？」

籃子裡裝著的是李何華帶去拜師用的，裡面不是什麼貴重的東西，全都是她自己做的吃食，除了有地鍋雞、糕點，還有李何華親手釀的酒，這些東西顧夫子肯定會收。

不過這些都沒花什麼錢，張鐵山卻說她花錢了，她真的無話可說，乾脆不說了，大不了以後她再給小傢伙買。

三人來到顧夫子的學堂，說是學堂，其實是他家的住宅，只不過宅子有前院，改成了學堂，一家人在後院住。

李何華敲了敲門，不一會兒，便有個老頭過來開門；聽說是帶孩子入學，便將他們請了進去，領到一處招待客人的屋子，便去喊顧夫子了。

剛才李何華走過來時，特意看了幾眼上課的教室，只見顧夫子站在前面讀著什麼，下面的孩子們趴在身前的小桌上跟著夫子讀，有的還搖頭晃腦，甚是可愛。

李何華將書林抱進懷裡。「書林啊，以後你就是這裡的學生了，你也會像剛剛的小孩一樣。你要乖乖的，等你下學，娘就會來接你回家。」

小傢伙眨眨眼，眼睛看向不遠處的教室。

第二十五章 顧錦昭

等了一會兒，顧夫子便來了。

李何華和張鐵山立刻站起身，朝顧夫子打招呼。

顧之瑾笑著道：「快請坐。」說完看了看小傢伙。「孩子大名叫什麼？」

李何華答道：「他叫張書林，書寫的書，樹林的林，今年四歲。」

顧之瑾點點頭。「雖然孩子還小，現在上學太早，但孩子有天賦就不能耽誤，我會慢慢教他，上午就讓他讀書識字，下午我單獨教他書畫。」

李何華聽得出這是給書林的特別待遇，心裡十分感謝。「謝謝顧夫子。」

顧之瑾擺擺手示意不用在意，便和他們說起學堂的情況。

「辰時初上學，申時末下學，每十天休沐一日。學堂中午是不提供吃食的，自己帶或接回家吃都可以，帶飯食的話可以在我這裡加熱，你們可以根據情況選擇。」

李何華決定給書林帶飯，因為中午她要做生意，來不及做好吃的東西給書林吃，也沒辦法陪書林，還不如讓書林在學堂裡吃，吃完了還可以好好休息一下。

顧之瑾道：「學堂的情況大概是這樣，你們還有哪裡不放心的，可以直接問。」

李何華很信任顧夫子，便道：「顧夫子，在這裡沒什麼不放心的，就是這束脩多少？我們今日先把束脩交了。」

顧之瑾直接說了普通的束脩錢。「學堂裡的束脩一季一交，每季六百文。」

李何華知道這是普通孩子的束脩價格，但是書林不一樣，書林每天下午單獨教課，以這個價錢來說真的太少了，想來顧夫子這是有意照顧書林，李何華心裡十分感謝，想起自己帶來的吃食，伸手遞了過去。「顧夫子，我們來拜師也沒準備像樣的拜師禮，準備了些吃食，都是自己做的，不值什麼錢，希望夫子不要嫌棄。」

本來顧之瑾是絕對不會收拜師禮的，但聽說是老闆自己做的吃食，拒絕的話就說不出口了。他頓了片刻，沒有拒絕。「老闆做的東西可謂是十分好的拜師禮，顧某就厚著臉皮收下了。」

見顧之瑾收下，李何華覺得自己送對了，心裡同時想著，以後想感謝顧夫子，還得從吃食入手。

「顧夫子，我們今日就先回去了，明日我會準時送書林過來。」在給了束脩後，李何華提出告辭。

顧之瑾站起來相送。

李何華抱著書林正準備出去，一轉身就見門口一個小腦袋趴在門上看他們，見被發現了，一下縮了回去。

顧之瑾也看見了那顆腦袋，出聲道：「錦昭，進來！」

不一會兒，門外的小腦袋露了出來，嘻嘻一笑，跑了進來。

來人是個五、六歲的男娃娃，長得頗為可愛，小臉胖嘟嘟的，一看就很健康，可見家人養得極好。

小男孩絲毫沒有被發現的窘迫，先是衝顧之瑾嘻嘻一笑，像模像樣地拱了拱手。「二叔，小姪在此。」

李何華被他一本正經逗趣的樣子逗笑了。

顧之瑾無奈地搖搖頭，神情卻很寵溺，對李何華和張鐵山介紹道：「這位是我姪兒，頑皮得很，兩位不要介意。」

原來就是這孩子喜歡吃自己做的糕點啊！李何華笑著搖搖頭。她哪裡會介意，孩子活潑才好。

顧錦昭見二叔沒有教訓他，眼睛滴溜溜地轉了一圈，最後落在書林身上，好奇地朝書林走兩步，伸手比了比兩人的身高。「二叔，這就是您說的新收的學生嗎？他怎麼這麼小啊！」

顧之瑾拍拍他的頭。「書林才四歲，當然小了，你可不准欺負他，要好好照顧他，學堂裡要是有欺負他的，你也要保護他，知道嗎？」

自家姪兒可是學堂一霸，再皮的孩子都不敢招惹他，要是自家姪兒願意照顧書林，那就沒人敢欺負書林年紀小了。

顧錦昭看了眼才到自己肩膀的小孩，瘦瘦小小，眼睛卻烏溜溜的，覺得很有意思。不過嘛，可不是什麼人都值得他保護的，要不然他不是忙不過來嗎？要知道他可是很忙的。

自家小祖宗眼睛一轉，顧之瑾就知道他在想什麼，於是拿著剛才李何華帶來的吃食給他看。「你平時愛吃的糕點、炒飯和炒麵，都是書林的娘做的，今天書林還給你帶了一籃子好吃的呢！」

話音剛落，剛剛還一副小跩樣的顧錦昭立刻變了表情，眼睛一下黏到食籃上，不自覺咽了口口水，抬頭看了下自家二叔的臉，立刻一拍自己的小胸脯。「二叔，您放心，書林這麼小，我當然會好好照顧他了。交給我吧！我保證誰都不敢欺負他！」

顧之瑾笑著點頭，讚賞地拍拍顧錦昭的頭。

李何華在一旁快被這小孩子逗死了，幸好拚命忍住。怎麼會有這麼可愛的小孩，要是書林也能這麼活潑就好了。

顧錦昭向顧之瑾表明決心後，走到書林跟前，哥倆好地拍拍他的肩膀，一副大哥的口氣對他道：「你放心，以後我保護你，你別怕。」那樣子頗有黑社會大哥的模樣，李何華莫名覺得自家孩子今日來拜了個山頭。

書林頭一扭，直接抱住李何華的大腿，將臉埋在她腿上。

李何華怕顧錦昭不高興，便替書林道：「錦昭別介意，書林太害羞了。嬸嬸謝謝你以後照顧書林，以後嬸嬸有什麼好吃的，都讓書林帶給你吃。」

倒不是李何華想用食物討好這孩子，實在是這孩子見到她做的吃食的樣子太可愛了，她很願意讓書林分享好吃的給他，也算是幫書林交個朋友。

聽了李何華的話，顧錦昭的眼睛瞬間亮了，不動聲色地吞了口口水，然後拍拍自己的小胸脯。「你們放心吧！包在我身上！」

李何華憋笑。

顧之瑾無奈地搖搖頭。「你們別介意，我這姪兒就是這麼皮。」

李何華擺擺手。「令姪兒這樣真好，書林要是能跟他多學習，我們才開心呢！」見時辰不早了，李何華再次提出告辭。「顧夫子，我們先走了。」

顧之瑾帶著顧錦昭，將他們送出學堂外。

臨走前，顧錦昭還拍拍書林的肩膀，語重心長地叮囑道：「你明早莫要遲到嘍！」

回去的路上，李何華還在笑。「剛剛那小孩真好玩。」

張鐵山「嗯」了一聲，他也覺得剛剛那孩子性格挺好的，書林要是也能活潑一點就好了。

李何華拍拍小傢伙的背。「書林，以後在學堂要好好和剛剛那個哥哥相處，知道嗎？」

小傢伙從張鐵山懷裡伸出手來，想要讓她抱。

李何華將他抱過來，親了他一口，心想明日要給書林帶兩道菜，一葷一素，再加一個飯後甜點，每樣做兩份，讓書林給那個小傢伙也帶一份，兩個小孩一起吃。

第二天，李何華準時將書林送去學堂，顧之瑾在門口親自迎接。
李何華將小書箱揹在書林的肩膀上，小小一隻都快被這個鼓鼓囊囊的書箱全部擋住了。雖然書箱沒什麼重量，但從後面看去，就像一隻笨拙的小蝸牛，看著又可愛、又可憐。
顧之瑾也看見了，伸手將書箱接了過去。
李何華給書林帶了午飯，裝了滿滿一籃吃食，裡面有兩人份的米飯、一大碗紅燒兔肉與一大碗香菇青菜。她還準備了飯後甜點，一人兩塊點心，以及一碗什錦水果，這是給書林和顧錦昭兩個小孩準備的，可謂是很豐富了。
一籃子裝得滿滿的，小孩肯定拎不動，李何華只好麻煩顧之瑾。「顧夫子，這是我給書林準備的午飯，挺重的，小孩子拿不動，麻煩夫子拿了。」
學堂規定家長不能進去，只能將孩子送到門口，帶的東西需要孩子們自己拿進去。其他孩子們倒是沒問題，唯有書林太小了，胳膊離地面的距離還沒籃子高。
顧之瑾伸手接過籃子，一入手，重量還真不輕，不由笑問：「妳給書林做了多少好吃的，這麼重，小孩子能吃得了這麼多嗎？」
李何華笑著解釋。「裡面是兩個孩子的吃食，還有錦昭的，聽說他很愛吃我做的東西，昨天也答應他以後要給他帶好吃的，所以才這麼重。」
顧之瑾聞言，頓感不好意思。「這太麻煩老闆了，那小子就是饞嘴，不能慣他，以後只給書林帶就行了。」

李何華擺擺手。「不麻煩的，就是順帶多做點的事，而且小孩子就是要在一起吃才吃得香，所以夫子就別客氣了，要客氣也是我客氣啊！書林以後都要麻煩夫子照顧了。」

顧之瑾還是覺得頗為不好意思，但又不是那種口舌索利的人，要他跟李何華推辭來、推辭去，他還真做不來；再加上自家姪兒挑嘴得很，要是能吃上老闆做的午飯，肯定能吃得香。

就拿昨天的事情來說，老闆帶來那一籃吃食，昨晚就被自家姪兒解決大半，吃得直打嗝還捨不得停，他以前可從沒見過錦昭吃飯吃得這麼香。

想到這裡，顧之瑾最終還是接受了，心裡則想著以後要對書林更加周到仔細，當另一個姪兒疼，也算是報答老闆。

和李何華說完話，顧之瑾要帶書林進學堂，正要去牽他的手，書林卻一下子撲到李何華身上，抱著她的大腿，小臉蛋蹭啊蹭的，像隻撒嬌的小貓，明顯不願意自己一個人進去。

李何華對顧之瑾抱歉地笑笑，將撒嬌的小傢伙抱進懷裡，親了親他的臉蛋，輕哄道：「書林，忘記娘跟你說的了？你來這裡是為了跟夫子學畫畫，以後每天都要畫畫帶回家給娘看，不進去就不能給娘畫畫了，所以你要乖乖的，等你下學，娘就來接你。」

現在的書林就像是去上幼稚園的孩子，明明在家裡都說好了，可在看見父母離開時，還是會忍不住鬧一鬧。只是書林不會哭鬧，只會摟著她的脖子不捨地蹭。

最後，在她的輕哄下，書林還是乖乖跟顧之瑾進去了。

他一步三回頭的樣子，差點讓李何華落下眼淚。她不捨地看著那個小小的身影，直到看不見了才轉身回去。

顧之瑾將書林安排坐在顧錦昭旁邊，讓顧錦昭好好照顧他。

顧錦昭一見昨天收的小弟來了，自覺身為大哥要有大哥的風範，便拍拍胸脯保證。「二叔您就放心吧！我顧錦昭堂堂男子漢，如何會食言？」

顧之瑾點點他的腦門。「那你就要說到做到，沒做到看我不罰你！」

等顧之瑾離去後，顧錦昭便將目光投向身旁的小弟，見他低著頭坐著一動不動，以為他害怕，便拍拍他的肩膀，安慰道：「你別怕，有我在，要是有人欺負你，你就報上我的名號！」

說完，見他家小弟並沒有對他感激涕零，然後像話本裡那樣與他稱兄道弟，顧錦昭疑惑地撓了撓頭。難道是因為他家小弟不知道他的名聲有多響亮？

顧錦昭覺得他必須好好跟小弟說說自己的名號，好讓小弟知道自己的厲害。他伸手將書林的腦袋轉向自己這邊，讓他看著自己，結果發現手裡的臉被擠成了包子，可愛得很，忍不住又擠了擠。

書林被擠著臉，動彈不得，也不急，只靜靜地看著面前的臉不說話。

顧錦昭道：「我跟你說，我很厲害的，在學堂裡大家都不敢惹我，只要有人敢欺負你，你就說你是我的兄弟，欺負你的人立刻就不敢了，所以你別怕，做大哥的一定會照顧你，只要你以後都乖乖聽我的話。」

書林的嘴巴被顧錦昭擠成了包子嘴，只有眼睛能動，只好眨巴著眼。

顧錦昭也跟著眨巴眨巴眼睛，覺得自己這個小弟的膽子真的太小了，連話都不敢說，要是被別人欺負了，估計都不敢告狀。

唉，他收的小弟是不是太慫了啊～～看來得想辦法讓他膽子變大一點。

就在顧錦昭琢磨著如何將小弟的膽子變人時，他二叔涼涼的話語猶如驚雷。「顧錦昭你在幹什麼？給我出去面壁思過！」

顧錦昭嚇得一下子放開雙手，讓書林的面容恢復正常。

「二叔，我只是在照顧他呢！我沒欺負他啊！」顧錦昭趕緊將手掌貼在耳邊作發誓狀。

可惜顧之瑾不吃他這套，他只看見書林小小的臉被自家這個混世魔王擠成了包子，可憐得緊，氣得他只想讓他立刻出去面壁。

顧錦昭嘆了口氣，拍拍書林的肩膀，一副從容就義的表情出了教室，乖乖地面壁思過。

這一面壁就到了吃飯時間，活力滿滿的小霸王被餓得無精打采的。

「二叔，您好狠的心啊～～」顧錦昭哀怨極了。

顧之瑾懶得理他，將書林牽去後院吃飯。

書林太小了，他不放心讓他跟其他孩子一起在飯堂吃飯，且現在書林也算是他的關門弟子，跟自家孩子差不多，他以後都打算帶他回後院吃飯、休息。

書林帶來的飯，他已經讓劉嬸拿去熱好了。

顧錦昭見狀，更加哀怨了，默默地跟在後面。莫非自己不是二叔的親姪子？那他真是個身世坎坷的苦命人……

顧之瑾將書林抱坐在椅子上，見自家的混世魔王蹲在地上畫圈圈，笑意從眼裡一閃而過，也不理他，只對劉嬸道：「劉嬸，去將書林的飯食端來，裡面有書林的娘做的吃食。」

劉嬸應了一聲，轉身去廚房。

地上的某個傢伙耳朵明顯豎了起來。

顧之瑾眼裡的笑意更甚，幽幽嘆息道：「唉，本來書林娘帶了兩份，還想讓某人跟書林一起吃，現在看來那份可以省了，畢竟某人都不想上桌吃飯，那就讓書林全吃完吧！」

話一說完，地上畫圈圈的手停住了，俐落地站起來往桌邊走，邊走邊道：「哎呀，我剛剛東西掉地上，終於撿起來了。好了，現在可以吃飯了！」

顧之瑾以手掩嘴，輕咳了一聲。

飯食端上來，顧錦昭的眼睛一下就亮了，毫不客氣地拿起筷子，挾起一塊兔肉送進嘴裡，眼睛陶醉地眯起，快活得不得了。

「真好吃啊！書林，你娘的手藝真好！」顧錦昭真心實意地誇讚，同時不忘也挾一塊兔肉給書林。「來來來，你別客氣，多吃點。」

顧之瑾看書林還沒動筷子，自家姪兒就已經三塊肉下肚了，趕緊對書林道：「書林，夫子餵你好不好？」再不吃就要沒了，這時候連他也是阻止不了自家姪兒下筷子的。

書林卻自己拿起李何華給他準備的勺子，舀起一口飯送進嘴裡，動作雖笨拙，卻十分穩。

顧之瑾看書林自己會吃，便沒有餵他，只時不時為他挾點菜。

吃了李何華做的飯，顧錦昭覺得書林這個小弟必須要認，飯後竟主動拉著書林到他的房裡午睡。要知道，平時就連顧之瑾也無法去他的房間睡覺，由此可見，顧錦昭對於書林這個小弟的認可。

也是從這時候起，兩人成了好兄弟，就算以後長大，在各自的領域裡發光發熱，彼此也是最好的兄弟，從未改變。

第二十六章　賣早飯

李何華在擔憂了一整天後，還沒到下學的時間就在學堂外等著了，同來的還有張鐵山。

李何華也不知道張鐵山什麼時候來的，反正她從家裡一出來，就看見他站在巷子口。兩個人便一起等待。

等到學堂下學，張鐵山便見自家兒子像一陣旋風般撲進李何華懷裡，蹭啊蹭啊！他這個爹就像透明人一樣。

張鐵山內心有點小憂鬱。

李何華抱著懷裡的小傢伙，只覺得心終於放下了，狠狠地親了他兩口，這才顧得上跟顧之瑾說話。

「顧夫子，書林今天乖嗎？沒讓您少費心吧？」

顧之瑾淡笑道：「沒有，書林很乖，寫字、畫畫的時候都很用心，一點不用我操心。」說著將書林今日寫的大字和畫，遞給李何華和張鐵山看。「這是書林今天寫的字還有畫，非常不錯，假以時日一定不凡。」

李何華驚喜地接過書畫，展開和張鐵山一起看，只覺得寫得真好，忍不住又親了小傢伙一口。「書林，你真的太棒了！」

小傢伙將頭從李何華的脖頸裡抬起來，看著她眨巴眼睛，好不可愛。

李何華又和顧之瑾說了一會兒書林在學堂的事情，便抱著書林回去了。張鐵山依然默默跟在後面，手裡拿著書林的小書箱和小籃子。

李何華莫名有點同情張鐵山。她怎麼覺得他這個爹當得有點沒有存在感呢？自己懷裡這寶貝到現在都沒理過他爹啊！他爹的心都快碎了吧……

李何華抱著書林回到家，想到張鐵山到現在都沒有和書林說一句話，便試著開口邀請道：「張鐵山，你要不要進來和書林玩一會兒？我去做晚飯。」

張鐵山頓了下，點點頭，將書林從李何華懷裡抱過來。「妳去忙吧，我來帶他。」

李何華點點頭，轉身朝廚房走去。

廚房裡，謝嫂子正在準備明天的食材，本來要等準備完才會做晚飯，但現在張鐵山在這裡，等他趕回村裡估計天都黑了，不如讓他在這裡吃晚飯吧！誰教他這麼好，允許書林住在她這裡呢！

為了快速，李何華用雞湯做了一大鍋麵疙瘩，用家裡最大的碗盛了滿滿一碗送去堂屋，讓張鐵山和小傢伙一起吃，她則和謝嫂子在廚房吃。

謝嫂子吃著碗裡的麵疙瘩，抬頭看了看李何華，想說什麼，又低下頭。

李何華見她欲言又止的樣子，便道：「謝嫂子，妳有什麼話就直說吧！」

謝嫂子眼神往堂屋那裡看了看，猶豫半刻後道：「其實這話不該我說的，只是我知道妳是個好女人，有些話就想提醒妳一下，要是嫂子說得不對，妳別介意。」
李何華笑了笑。「沒事的，嫂子，妳只管說。」
謝嫂子稍稍湊近一點，輕聲道：「前面那位我看過好多次了，他不是與妳和離了，怎麼還這樣上門？這樣對妳多不好，要是被別人拿來說嘴，以後妳還怎麼嫁人？」
之前謝嫂子問過張鐵山是何人，李何華也沒隱瞞，只說是書林的爹，他們和離了。
李何華知道這時代的人很保守，單身女子和男人相處尤其讓人詬病，一個不好就能讓人說三道四。今天謝嫂子說出來，估計是附近已經有人在嘀咕了。
但李何華卻不像這個時代的人對名聲那麼在意，只要她行得直、坐得正便好，至於其他人的看法，她無法面面俱到。要是為了所謂的好名聲，便處處小心翼翼，那她這生意也做不成，別人要是想說妳，總能找到由頭。
再說了，李何華也沒想過要再嫁人，這個時代二婚還能指望嫁得多好？不是去給人家做牛做馬，就是給人家當後媽，她為何要給自己找罪受？她又不是養不起自己，嫁了人還不如自己過得自在呢！
李何華知道謝嫂子無法理解自己的想法，便道：「嫂子，謝謝妳的提醒，不過他是書林的親爹，他願意將書林放在我這裡，我很感謝他，現在他想見見書林，和書林相處，我總不能不讓人家見吧？那我成什麼人了，妳說是不是，嫂子？」
謝嫂子也是明理人，想想覺得李何華說得有理，便道：「妹子妳說得對，這麼看書林的爹還是不錯的，起碼我從來沒見過哪家和離的夫妻，能夠讓女人帶走孩子的。但是，妹子，這麼長久下去，妳還怎麼改嫁啊？妳可不能不把這當回事啊！我跟妳說，男人在娶妳之前，肯定會在附近打聽妳的名聲，到時候萬一……」

李何華拍拍謝嫂子的手。「嫂子，妳擔心得對，但我沒想過要再嫁。嫂子妳看，女人再嫁還能嫁什麼好的，妳見過多少再嫁的女子過得開心？」

謝嫂子一噎。女子二婚的確找不到什麼好的，一般都不太被重視，說得不好聽點，就是嫁去給人家做牛做馬。

但女人怎麼能不嫁人呢？

看謝嫂子還想說什麼，李何華阻止了她的話頭。「好了，嫂子，妳別擔心，妳看我現在自己能賺錢，不是過得挺好的？再說了，我現在這樣，誰能看得上我啊？連給我介紹的都不會有，所以嫂子妳想得太多了。」

李何華本意是想通過自貶，讓謝嫂子別操心她的人生大事，誰知謝嫂子不操心了，換曹四妹操心上了。

曹四妹拉起李何華的手拍了拍，笑咪咪地道：「大妹子，大姊今天想跟妳說件事呢！」

「大姊是不是要告訴我啥好事啊？」

曹四妹臉上的笑意更甚。「可不是，是好事呢！我跟妳說啊……」說著往李何華身邊湊了湊，輕聲道：「姊姊我想給妳介紹一個人，對方是咱們村的，人很老實能幹，他原配妻子……」

曹四妹話還沒說完，就被李何華打斷了。「等等、等等，大姊，妳都把我說懵了，怎麼好好地妳要給我介紹人呢？我沒打算再找一個啊……」走了謝嫂子，怎麼又來一個啊！

曹四妹卻一臉不贊同。「大妹子，妳怎麼不打算再找一個呢？妳一個女人家，還能一直一個人啊？快別說傻話了，妳還年輕，以後的日子還長著，一個人怎麼走得下去？妳聽大姊的，大姊不會害妳。」說著，握著李何華的手繼續剛剛的話。「妳聽大姊將這個人的情況說說，包准妳滿意！

「我介紹這個人啊！他原配三年前生病去世了，當時為了看病，花了不少錢，不過他講情誼，一直給原配看病吃藥，從來沒有嫌棄過她，真真是個好品性的。不過人還是沒治好，最後還是去了，他這三年也沒有再娶。

「大姊告訴妳，這人絕對不錯，他爹娘都去世了，妳和他要是能成，上面沒有公婆壓著妳，他自己為人能幹又老實，是個疼媳婦的。像妳這樣的情況，就得找個疼媳婦的，嫁過去才過得開心。妳也別擔心當後娘的事，因為他就一個女兒，再過幾年就可以嫁人了，到時妳再給他生個兒子，什麼東西都是妳的，妳受不了委屈。」

「……」李何華完全插不上話。

看李何華不說話，曹四妹勸道：「妹子，大姊真是心疼妳一個人過得孤零零的，盼妳找個知冷知熱的人陪著妳。我知道女人再嫁不太好找，大姊也不敢找那不可靠的，大姊都看了好一陣了，就這個真不錯，妳就見見吧！保證不錯。」

李何華知道曹四妹是為了她好，這份心意她很感謝，但她真的不想找個人嫁了，除非她找到一個自己喜歡的，然後心甘情願嫁給對方。如果沒遇到喜歡的，她不想為了嫁人而嫁人，反正她一個人過得很好，況且她還有書林陪伴。

「大姊，我知道妳是為了我好，但是妳看，我現在做生意，日子過得不比誰差，我覺得現在的生活挺好的，真的不想再嫁。所以，大姊，妳就別勸我了好不好？」李何華說著還搖了搖曹四妹的袖子，故意撒嬌。

曹四妹眉頭皺了起來，無奈地嘆了口氣。「妳怎就這麼倔喲……算了，這事不能強求，妳自己再想想吧！說不定過兩天就又想相看了呢！到時候和大姊說，大姊安排你們見一見。」

李何華笑笑。「好好好，我要是改變主意了就找妳，好不好？」

曹四妹失笑，點點她。「妳啊……」

大河在旁邊擦桌子，無意中聽到了一點，知道他娘這是要給荷花姨介紹男人，而且還是他們村的，忍不住好奇地湊過來。「娘，您要給荷花姨介紹誰啊？怎麼沒聽您說過呢？」

曹四妹板起臉，手一揮。「去去去，孩子家家的懂什麼，幹你的活去！」

大河悻悻然，摸了摸鼻子幹活去了。

李何華也摸了摸鼻子，覺得驚險度過了一關，希望以後別再遇到這事了。

不過李何華心大，一會兒就將這事拋到了腦後，在腦子裡想著攤子上賣早點的事。

加賣早點其實很容易，只要比平時多做點包子、饅頭，再加些茶葉蛋、豆漿、燒餅之類的就行了。就算早上賣不掉，也可以中午接著賣，反正每天都有很多碼頭上幹活的漢子捨不得吃小吃，只買點包子、饅頭吃的。

除了這些，李何華還打算增加點乾糧，方便那些長期住在船上的人。

這個時代的乾糧，為了容易攜帶和保存，做得非常乾澀，的確很難吃，如果能發明新的乾糧，而且好吃又頂餓，那麼肯定不愁賣。

於是，李何華邊忙著做小吃，邊思考該做什麼好吃又頂餓的乾糧？

到下午收攤時，李何華已經決定好了。

她準備做肉夾饃，兩片大大的饅頭間挾點蔬菜和肉，裝在油紙包裡就能帶走，要吃的時候直接拿出來吃就行了，既方便又營養。

其次，她還打算做醬香餅，也是拿著就能吃，用來當早、午、晚餐都沒問題，口味絕對一流。

這兩樣東西做起來非常簡單，只要麵粉就能解決。原料簡單意味著成本低，也就代表價格便宜，這樣好吃又便宜的東西，肯定會有很多人願意買。

當天晚上，李何華便動手做起肉夾饃和醬香餅，每樣做了一大籃，數量多卻沒花費多少時間。

做出來後，首先品嚐的就是謝嫂子和書林了，謝嫂子吃了以後，一個勁地豎著大拇指。「好吃、好吃！妹子，妳這做得太好吃了，我從來沒吃過呢！」

得到謝嫂子的大力表揚和支持，李何華轉向書林，看小傢伙正拿著肉夾饃一口一口吃得香，便蹲到他面前問他。「書林，娘做得好不好吃？」

小傢伙眨巴了下眼睛，突然張大嘴巴，咬了一大口，眼睛都瞇了起來。

太好吃啦！

李何華哈哈一笑，不知道書林什麼時候學會用這招表達的，跟以前的內斂方式有點不同，明顯外放了些，簡直可愛極了。

一定是跟顧錦昭那個小傢伙一起學得越來越活潑了，真是太好了。

李何華覺得顧錦昭那個小傢伙真是不錯，書林跟他待久了，說不定會願意開口說話，畢竟那小傢伙的話不少。

李何華轉身去將食盒拿來，挑了四個肉夾饃和幾大塊醬香餅裝進去，對一旁的書林道：「書林，娘給你裝點肉夾饃和醬香餅，明天你帶去和錦昭一起吃，記得給顧夫子也嚐一嚐，以後有好東西要跟夫子和好朋友分享，知道嗎？」

既然顧夫子和顧錦昭都有，李何華心想也不能少了書林他爹，便又拿來一個大的油紙包，往裡面裝了幾個肉夾饃和醬香餅。「這是給你爹的，你現在上學的錢都是你爹出的，你也要記得孝順他，不然你爹該傷心了。」

裝完之後，剩下的都是明天要賣的。

第二日出攤前，李何華將昨晚做好的包子、饅頭裝進蒸籠，在家裡的大鍋上蒸好，再連帶著蒸籠帶去攤子上，放在小鍋上熱著，就這樣正式賣起了早餐。

大河對著人來人往的街道，吆喝起來。「賣早點嘍！又大又香的包子和饅頭，還有好吃的肉夾饃和醬香餅喲～～」

由於大河賣力地吆喝，街上的人便知道這家攤子還賣起了早點，有不少人來買吃的，其中有很多老客人都上來和李何華打招呼。

「老闆以後還賣早點啊？」

李何華笑著點頭。「對，以後早上都賣早點，要吃的可以來買。不只有包子、饅頭，還有我獨家製作的肉夾饃和醬香餅，可以買去當乾糧，以後大家要準備乾糧，可以試試我家的肉夾饃和醬香餅。」

很多人被肉夾饃和醬香餅吸引，看樣子也覺得很好吃，價格也不貴，便都掏錢買一個嚐嚐。

李何華一時間忙得不亦樂乎，沒注意到不遠處有一個男人正注視著她。

此人便是曹四妹口中說要介紹給她的相親對象，名為顧大峰。

曹四妹之前便對顧大峰說起過李何華。顧大峰喪妻二年，想著也是時候再娶一個了，聽曹四妹說對方很能幹、賢淑，還自己開了個小吃攤，連曹四妹一家都在為她幹活，便想著見一見。可是這幾天都沒有任何消息，他不由急了起來，今早便自己過來了，想看看到底是什麼樣的女子。

由於距離不遠，顧大峰將李何華看得很清楚。她穿著粗布衣裳，皮膚很白，五官也挺不錯的，就是身材有點胖，不過他不介意，胖點好，看起來有福氣。最重要的是，她看起來真的很能幹俐落，這樣的女人娶回家的確是福氣，曹大姊沒有騙他。

顧大峰心裡挺滿意的，很想立刻就相看一番，可不知為何曹大姊那邊沒了動靜，難道是對方不願意？

想著，顧大峰不由自主地走上前去。

第二十七章　喜歡上了

李何華笑著問面前的人。「您需要點什麼？」

顧大峰頓了頓，看了看攤子上的東西，伸手指著肉夾饃和醬香餅。「每一樣來一塊。」

李何華俐落地各包了一塊，遞給他。「好了，您的東西拿好，一共兩文錢。」

顧大峰被李何華的笑容閃了閃，趕忙低下頭掏錢，將兩文錢遞給她，看到有不少人坐在後面的桌子吃，便也默不作聲地坐去桌邊。

曹四妹無意中回頭，便看見顧大峰坐在後邊吃飯，嚇了一跳，趕忙過來。「大峰，你怎麼來了啊！」荷花妹子不同意相看，這人卻來了怎麼辦？

顧大峰快速地瞥了眼李何華，沒說實話。「大姊，我來鎮上有事，剛好肚子餓了，所以來吃點東西，這家的吃食真的挺不錯的。」

曹四妹心裡卻不信顧大峰這話。什麼來吃東西，肯定是想來看看荷花妹子的。本來這是好事，可誰知荷花妹子不同意見面，這就不好辦了。

曹四妹騎虎難下，只能湊近顧大峰道：「大峰啊，之前我給你說的那事，出了點問題，我這妹子暫時還沒想通，不想相看，我還想著等她再考慮考慮呢！所以你們這事……這事大姊沒辦好，對不住了啊！」

顧大峰吃東西的動作停了下來，又一次看向正在忙碌的李何華，心裡突然湧上一層苦澀。

她為什麼不願意和他相看呢？是看不上他嗎？

顧大峰突然有點坐不住了，站起來對曹四妹道：「大姊，謝謝妳的心意，沒什麼對不住的。我先回去了，妳先忙吧！」說著便離開攤子。

曹四妹看著他走遠的背影，心裡怪不是滋味的。這事是她辦得不地道，她不該先跟大峰說這事的，本來她以為這事十拿九穩。

「娘，您不會是要把大峰叔介紹給荷花姨吧？大峰叔是來相看的？」大河的聲音突然在曹四妹耳邊響起，嚇了她一跳。

曹四妹敲了大河一記。「你個死孩子，幹你的活去，不該問的不要問！」

大河鬱悶地噘起嘴，揉揉自己的頭，怕他娘再打他，趕緊跑去另一邊擦桌子，看他娘回去賣糕點了，才敢小聲嘀咕。「肯定是的，不然大峰叔來這兒幹啥？不過大峰叔其實和荷花姨挺相配的，大峰叔人不錯，肯定會對荷花姨好，要是成了，也是不錯的一門親事啊……」

正坐在桌子上吃東西的張鐵山動作一頓，眼神看向忙碌的李何華，想起剛才和曹四妹一起說話的男人。

原來是給她相看的男人？

心裡莫名不太舒服，張鐵山將三文錢放在桌上，拿起地上的野物，毫無聲息地離去。

早點的生意很不錯，李何華又增加了幾樣飲品：豆漿、稀飯以及辣糊湯。這幾樣正好可以配包子、饅頭和肉夾饃。

稀飯和辣糊湯很好準備，用家裡的鍋子就能做好，但豆漿需要買石磨才能磨出來，李何華便去買了個石磨回來放在院子裡，每天早上起床，第一件事就是磨豆漿。每天都磨得滿頭大汗，不得不洗個澡再出攤。

這時代的石磨都是用石頭做的，非常重，推起來頗費力氣，常累得她氣喘吁吁。

李何華第一次推磨時，胳膊痠疼了好幾天，不過她咬牙堅持了下來，幾天之後便適應了。同時也發現磨豆漿有助於減肥，因為她連續推了好幾天石磨後，驚喜地發現身上新做的衣服變得更寬鬆了，瘦得比以前快得多。

李何華忍不住摸摸自己的臉，又拿出買來的鏡子照了照，發現臉上的肉也少了很多。以前是滿臉橫肉，現在是微微有肉，五官清晰許多，漸漸有了清秀的模樣。加上原主的皮膚本來就白，現在的臉看上去倒是還成，最起碼不算醜。

想想自己剛來時看到原主的醜樣，再看看現在，李何華覺得她昇華了，這就是進步啊！心裡止不住地冒泡泡，覺得幹活一點都不累了。

「老闆，什麼事這麼高興呢？」來買早飯的客人問道。

李何華抬眼，發現站在面前的是顧大峰，嘴角的笑僵了僵。「沒什麼、沒什麼。對了，您要買點什麼？」

顧大峰也不在意，像是沒看見李何華的不自然般，笑著買了兩個包子和一個肉夾饃後，便熟練地拿著東西去後面桌子坐著吃。

李何華扯扯嘴角。這顧大峰每天都會來她這裡買早餐，有時候也會吃午飯，已經連續來了五天。

一開始李何華只當他是普通客人，還熱情招待過，但紙包不住火，李何華還是從曹四妹嘴裡知道了他的身分，然後就尷尬了，只能把他當成普通的客人。

曹四妹看在眼裡，心裡也著急，忍不住又找了顧大峰，將他拉到旁邊說話。「我說大峰啊，你這是幹什麼，我前幾天不是都跟你說清楚了嗎？」

顧大峰低下頭，沈默片刻後，抬起頭看向曹四妹，說出心裡話。「大姊，我知道她的意思，妳放心，我不會打擾她的。我就是回去想了想，覺得她真的挺好的，要是能娶到這樣的女子是福氣。她現在雖然不願意嫁人，可不代表以後不會改變想法，說不定以後又想嫁人了；反正我現在也不急著成家，不如多來和她見一見，混個眼熟，以後她要是想嫁人了，我還能爭取一下。」

顧大峰那天聽聞李何華不願意相看，心裡的確是不舒服，但想起李何華輕柔的微笑、溫和的態度，以及好吃的食物，便又覺得放棄太可惜。

她是他見過最特殊的女子，和他生平接觸過的村裡女子都不同，雖然長得不好看，卻很有吸引力。

要是能和這樣的女子成為夫妻，日子一定很有滋味。

顧大峰也不知道怎麼地，第二天又來到攤子上買吃食，就這麼一直來了好幾天。

他打算以後有空就來，但他不會厚著臉皮去打擾她，他只是想著起碼可以趁這個機會和她混熟，這樣等她改變心意後，說不定他就有機會了，到時候再讓曹大姊說一說，十有八九會成。

曹四妹聽了顧大峰的話，也不知道說什麼好？其實他這樣做也沒什麼錯，反正他沒有打擾荷花妹子，人家難道還不能來買吃食了？

而且說真的，他這做法還挺讓人有好感的。

曹四妹嘆了口氣，什麼話都說不出來了，心裡希望李何華真的有改變心意的一天。

快要接近午飯時間，李何華將早餐的東西撤掉，騰出地方來做午餐。

她先將蒸籠搬到小推車上放好，接著回過身去拿裝豆漿和稀飯的木桶。誰知剛一轉身，便有人先一步將東西搬了過來。

來人竟然是好幾日不見的張鐵山。

李何華驚訝了一瞬，主動打招呼。「張鐵山，今日來賣野物嗎？」

張鐵山定定地看著李何華，眼睛一眨不眨。

李何華疑惑。「張鐵山，你怎麼了？」

張鐵山沒說什麼，低低「嗯」了一聲，繞過李何華將三個木桶放到推車上，不用李何華插手，便三下五除二地將剩餘的東西全搬好了。

李何華內心無奈。怎麼每次張鐵山來都幫她幹活，弄得她都沒事幹了。

張鐵山搬完東西後沒有離開，徑直坐到桌邊。

李何華估算著他是想見見書林，畢竟他都好幾天沒來了，肯定想兒子了，於是便動手給他做了一份超大分量的蓋飯給他。「你先吃點午飯，等書林下學可以和我一起去接書林。」

張鐵山點點頭，低頭吃起飯來。

李何華便去給其他客人做吃的。

到了午時，客人漸漸多了起來，李何華忙得一口氣不能歇，大河也忙得腳不沾地，就這樣還有不少人在等著座位吃飯。大河要端飯又要收錢，還要收拾桌子，便跟不上李何華做飯的速度。

張鐵山見狀，捲起袖子，上前接過李何華做好的飯食，二話不說端去給客人。

李何華一愣，見他又來幫忙，心裡有些不好意思，好像每次他來的時候都要當一回免費夥計。

好不容易客人漸漸少了，李何華抹了抹頭上的汗，鬆了一口氣；她看見張鐵山頭上也忙出了汗，連忙端給他一碗綠豆湯。

「辛苦你了，真不好意思，每次你來都幫忙，我這邊會再招人，下次你別忙了。」

張鐵山喝湯的動作一頓，抬頭看向她，淡淡道：「不用招人。」

「啊？」李何華不解。

張鐵山抿抿唇，聲音小了點。「以後我來給妳幫忙，妳不用招人。」

李何華擺手道：「不行、不行，怎麼能讓你幫忙呢！」

張鐵山卻很堅定道：「我來給妳幫忙！」說完見李何華還要反駁，便補充了句。「反正我也要過來賣野物和看書林，閒著也是閒著。妳要是實在過意不去，可以提供我早飯和午飯，就當工錢好了。」

李何華還是覺得不妥。那點早飯和午飯算是什麼工錢？更重要的是，他們並沒有什麼關係，這樣不太妥當。

「張鐵山，你還是……」李何華的話還沒說完，便被張鐵山打斷了。

「好了，就這麼說定了。」張鐵山霸道地一錘定音，說完後一口氣將碗裡的綠豆湯喝完，便站起來去收拾桌子，讓李何華來不及阻止。

李何華咬住下唇，有些不解。張鐵山這人莫不是爛好人？就喜歡樂於助人那種？可也不像啊……

張鐵山知道李何華心裡肯定對他不解，但他也不知道該怎麼解釋？

上次聽見她要相看男人，心裡莫名就不舒服，一刻也不想多待，立刻回家。

對於心裡的不舒服，他原以為是她現在的身子是她前妻的原因。兩人畢竟夫妻一場，就算明知道內裡不是原來的那個人，但身體是，所以見她相看人家，心裡難免覺得不太對勁。

可他們畢竟已經不是夫妻，還是他主動休了她，她再嫁正常不過；而且她不是原來的李荷花，嚴格說來，他們並沒有任何關係，所以不舒服什麼的，只是一時感覺不對勁罷了。

這段日子他好像去得太多次了，以後還是要少去攤子那裡，去多了不好，萬一別人誤會，說不定會耽誤她相看對象。

所以這幾天他都沒有再去攤子上，就連書林都忍住沒有去看。

本以為生活還是和以前一樣，可他卻時不時想起她相看男人的事，忍不住在腦子裡猜測，她是不是會相看成功？若是成功了，是不是就會嫁給那個男人？

她每天為那個男人做各種好吃的，和那個男人一起為小吃攤忙碌，再給那個男人生孩子，比對書林還好、還溫柔……

腦子裡不停想像著這些畫面，越想越憋悶。

他突然發現，他非常不想她給別的男人做吃食，不想她和別的男人一起為小吃攤忙碌，更不想她給別的男人生兒育女，然後像對待書林一樣地好。

張鐵山一直是個頭腦清醒的人，也從來不是個自欺欺人的人，當腦子裡排斥的想法連續充斥大腦幾天後，他開始審視自己，然後便明瞭自己真實的心意——

他對她有占有慾，他想要她只和他一起忙碌，他想要她只對他的孩子好。

他想娶她，不是娶李荷花，而是娶她，娶真正的她。

儘管不知道這樣的心思何時而起，但起了便是起了，他接受，並面對。他做事一向奉行快狠準，絕不拖泥帶水，想要什麼就去爭取。

所以，今日他便來了。

她現在對他也許是抗拒過多，畢竟是他休了她。當初她還住在他家時，他對她不好，他娘和弟弟也對她不好。

他仔細想了想，她是什麼時候變成另一個人的？結果發現，他給她休書的那天，她便變了，應該從那時候她就不是原來的李荷花了，只不過他沒有發現，他們一家將對李荷花的怨恨與惱怒，全部發洩在她身上。

甚至最後，他們還把她逼走……

現在想來，真的很後悔。

她心裡肯定是不喜他的吧！但沒關係，他可以用心對待她，在以後的日子加倍對她好，他相信，一定能再次擁有她的。

他要她做他的妻子，而不是其他男人的妻子！

張鐵山將桌椅和板凳全部搬到推車上，不用她動手，便將一切都做好了。

他推著推車回到小院，將該卸的東西卸下來，也沒有走，等到書林快下學了，跟著她一起往學堂去。

「張鐵山，我跟你說，書林現在會寫不少字了，前幾天還在寫『一二三』，現在也寫其他字了，進步神速。顧夫子說書林天生記憶力奇佳，只要看過一遍就能刻在腦子裡，一點不差地描摹下來，就像上次畫畫那樣，他只是看了一眼，便可以畫得八九不離十。」李何華忍不住跟張鐵山炫耀書林的聰明。

張鐵山嘴角翹了起來，聽得很認真。

看張鐵山聽得津津有味，李何華便接著道：「書林真是個神童，學堂裡其他孩子都比不上他，不過他最愛的還是畫畫，一畫能畫好久都不動彈，而且顧夫子說書林現在畫得越來越好，線條也越來越流暢，假以時日必成一代大師。」

這話真是顧夫子說的，李何華聽到時簡直高興得不得了，驕傲自豪的心情是這麼多年來都沒有體會過的。

李何華一路都在說書林的事，張鐵山一個字都沒插嘴，聽得格外認真。一人說，一人聽，就這麼到了學堂外。李何華這才驚覺，在對方沒說一句話的情況下，她還能說了一路，她是話癆嗎？

李何華不好意思地瞅了瞅張鐵山，發現他嘴角帶著薄笑，便撓了撓頭，轉向學堂大門的方向，專心等待書林下學。

張鐵山眼角餘光瞥見她的小動作，嘴角的弧度越發大了。

第二十八章　張林氏反對

張鐵山說要給李何華幫忙，就真的來幫忙了。

天才剛濛濛亮，他就敲響了李何華家的門。一進來，二話不說捲起袖子開始磨豆漿，石磨在他手下好似沒有任何阻力般，絲毫不費力氣。

「……」李何華無語地看著。

張鐵山邊磨邊問：「書林還在睡？」

李何華點頭。「今天書林休沐，讓他多睡一會兒，我們出攤的時候再叫他。」

張鐵山道：「今天我來帶他，妳專心忙妳的就行了，不用操心他。」

李何華笑笑。他這個爹帶孩子，她當然不操心。

為了犒勞這位白工，李何華去廚房做了點韭菜盒子。

想著張鐵山的飯量，她一口氣做了十四個。她吃兩個，書林吃兩個，張鐵山吃十個，應該能吃飽。

韭菜盒子很好吃，但比較油膩，吃完容易口渴，她又做了一碗胡辣湯讓張鐵山配著吃，她和書林則一人一碗豆漿。

眼看時間不早，李何華便將還在呼呼大睡的小傢伙從被子裡挖出來。看著小傢伙睡得紅通通的臉蛋，忍不住捏了捏，手感十分不錯。

小傢伙現在長了不少肉，看起來可愛死了。

李何華忍不住又親了親他的小臉蛋。「書林，起來吃早飯啦！」

小傢伙從睡夢中被叫醒，揉了揉眼睛，迷迷糊糊地睜開眼。

李何華將他抱進懷裡顛了顛。「快醒醒，娘做好早飯了，今天吃韭菜盒子哦，快起來吃。」

書林抱著李何華的脖子蹭了蹭。

李何華看他差不多清醒了，開始為他穿衣服，邊穿邊道：「書林，你爹爹來了，待會兒跟爹爹一起吃早飯。爹爹知道你今天不用去學堂，特意來帶你的，所以待會兒要抱抱爹爹，好不好？」

小傢伙配合地伸胳膊、伸腿，不一會兒就穿好了，乖乖地讓李何華牽著去洗漱。

李何華拍拍他的小屁股。「快去跟爹爹打個招呼，爹爹在院子裡呢！」

小傢伙眨巴眨巴眼睛，轉過身，邁著小短腿往院子裡走去。看他爹在推磨，也不說話，就站在一邊靜靜地看著，等他爹停下來加黃豆的時候，突然動了，一把撲上去，抱住他爹的大腿蹭了蹭，像隻小貓一樣。

張鐵山感受到腿上柔軟的觸感，低下頭，看到自家兒子，嘴角微勾，伸手揉了揉他的小腦袋。

李何華看到這一幕，莫名地覺得很溫馨。

「張鐵山，你帶書林進來吃早飯吧！」李何華朝院子外喊道。

張鐵山一把將書林扛在肩上，將他扛進堂屋，然後將肩上的小傢伙放到椅子上坐下。

李何華將手裡的筷子遞給張鐵山。「你快吃吧！這十個韭菜盒子都是你的，我和書林一人兩個。」

張鐵山看著自己面前滿滿一大盆的韭菜盒子，眼裡閃過一絲笑意，低頭吃起來。

見他吃了，李何華挾起一個盒子餵到書林嘴邊。書林張開嘴，咬了大大的一口。

張鐵山見狀，一把將小傢伙抱進懷裡，對李何華道：「妳別管他，我來餵，妳先吃飯。」

李何華看了看書林，見小傢伙坐在他爹懷裡也很乖，便同意了。

吃完飯，她將張鐵山磨出來的豆漿拿去廚房裡加工，等全部都弄好，也到了出攤的時候。

因為有張鐵山的幫忙，今天的攤子擺得很快，比平時早擺好半個小時。不過攤子一擺好，便有人來買早點了，李何華顧不得其他，立刻陷入忙碌中。

張鐵山抱著書林坐在椅子上，看著小傢伙拿著算盤撥弄。這是臨走時李何華給他帶的，說是玩具，免得小傢伙無聊；不光拿了個小算盤，還帶了九連環，再加一本小畫冊。

張鐵山看自家兒子玩得津津有味，不得不承認，她很會帶孩子，甚至比他娘還會帶，孩子跟著她過得很開心。

不知道她以前是幹什麼的？怎麼一個女人家既有涵養又有學識，還有一身出神入化的廚藝，到底是什麼樣的人家，才能培養出這麼好的女子呢？

漸漸地，張鐵山的目光從懷裡的小傢伙，轉到正在賣早餐的李何華身上。

真的很奇妙，喜歡上一個人，心態也會跟著發生巨大的變化。明明還是李荷花的樣子，可現在再看，卻完全沒有之前的厭惡感，取而代之的是滿眼的喜愛。

原來對一個人的感覺是根據心來的，他現在終於相信「情人眼裡出西施」這句話了。

就在這時，一個男人的出現打斷了張鐵山的思緒。

「老闆，早安！」顧大峰站在李何華面前說道。

李何華手一頓，下一秒恢復自然，笑問：「您要吃點什麼？」

顧大峰笑著道：「老闆，今天給我來碗辣糊湯，外加一個肉夾饃和一塊醬香餅。」

李何華點點頭，拿起油紙包正準備去包肉夾饃，卻被一雙粗糙的大手拿走了。

「妳忙到現在，去歇一會兒吧！這兒我來。」張鐵山道。

李何華伸手想將油紙包拿回來。「不用、不用，你去陪書林吧！我來就好。」

張鐵山將手抬高，沒讓李何華搶回油紙包，語氣淡淡，卻不容置疑。「妳去陪書林玩一會兒。」

李何華看向盯著她的顧大峰，想了想便沒有拒絕，轉身去跟後面的小傢伙玩了。

見李何華聽話，張鐵山笑了笑，再回頭面對顧大峰時，面色卻沈了下來。
顧大峰心裡咯噔了下，直覺對眼前的男人沒什麼好感。
這男人跟她說話的語氣為什麼這麼親密？他們是什麼關係？
張鐵山掃了眼顧大峰驚疑不定的神色，低下頭將他的東西裝好遞給他。「你的東西好了，一共四文錢。」
顧大峰皺了皺眉頭，掏出四文錢遞給張鐵山，一言不發地拿著東西坐到李何華隔壁桌的位置上，時不時看一眼李何華所在的桌子。
李何華感受到盯在自己身上的目光，面上裝作沒發現，心裡卻很不自在。她現在確定了，這顧大峰是真的對她有意思，並不是單純來吃東西的。
可是……為什麼？雖然她瘦了很多，但比起普通女子還是很胖。她現在這個樣子，連她自己都看不上，怎麼這顧大峰就對她有意思了呢？男人不都很注重外表的嗎？
不過不管怎麼樣，她都不想相親，現在也不想嫁人，她和顧大峰是不可能的。
李何華的眼睛瞥向正一絲不苟地幫她賣早點的張鐵山，希望這次能藉由他讓顧大峰死心，雖然有點利用張鐵山的感覺……
張鐵山要是知道李何華的想法，一定表示他很願意被她利用，最好把所有對她有想法的男人都趕跑才好。

同一時間，攤子不遠處有兩個女人正看著這邊，臉色難看。

「娘，那真的是鐵山哥！您說他是什麼意思啊，怎麼還幫那女人賣東西？」吳梅子氣惱地道。

吳方氏的眼睛死死盯著正在和書林玩的李何華，眼睛像是淬了毒。

看她娘不說話，吳梅子急得跺了跺腳。「娘，鐵山哥不是休了那女人嗎，怎麼現在反而天天往這裡跑，現在還幫那女人賣東西？這是什麼意思啊！」

吳方氏拍拍自家女兒的手，安撫道：「妳別急，我們先弄清楚再說，也許不是那樣。」

吳梅子卻急壞了。「娘，我怎麼能不急？您不是說要去跟嬸子說我和鐵山哥的親事？萬一鐵山哥又回頭找這女人，我怎麼辦啊！娘，我不管，我就要嫁給鐵山哥，要不是這個女人，我早就已經是鐵山哥的妻子了，都怪這個女人不要臉，搶走鐵山哥，這次說什麼也不能讓她再次搶走！」

想當初，張鐵山長得英俊，一身力氣無人能敵，又有一手打獵的好本事，賺錢更是不必說，十里八村不知道多少人家想把張鐵山變成自家女婿，吳家也是其中之一。

吳方氏和梅子爹很看好張鐵山，再加上自家女兒梅子從小就很喜歡他，便打算讓張鐵山當自家女婿，想著憑自家兒子和張鐵山關係好，應該不難。

沒想到親事還沒說呢，張鐵山就娶了李荷花，讓吳家人恨得牙癢癢，吳梅子也有好一段時間以淚洗面。

現在好不容易等到張鐵山休了李荷花，吳家人想將吳梅子嫁給張鐵山的心思又冒了出來。雖說張鐵山是二婚，又有個拖油瓶兒子，但他年輕力壯，賺錢是把好手，再加上吳梅子也是老姑娘了，吳家人覺得兩人很是般配，便打算去找張林氏說道說道。

誰知去了一次，張林氏卻沒有立即答應，只說考慮一下。

吳家人臉上有點掛不住，但耐不住吳梅子天天在家鬧著要嫁給張鐵山，吳方氏便答應女兒一定會把事辦成。

誰承想偶爾來鎮上趕集，卻看見張鐵山在李荷花開的攤子上幫忙，這怎不讓吳方氏和吳梅子著急上火？

吳方氏朝地上啐了一口。「她算個什麼東西，也不拿鏡子照照自己那樣子，母豬都長得比她好看，鐵山能看上她？我看啊，八成是這個女人藉著兒子故意拖著鐵山呢！畢竟鐵山就這麼一個孩子，疼一點是正常的。」

聽吳方氏這麼說，吳梅子的臉色好看不少，不過還是不放心。「可要是這個女人一直拿書林勾搭鐵山哥呢？到時候他們兩個人不會真的……」

吳方氏瞇起眼，肯定道：「不會的，娘說過讓妳嫁給鐵山，就一定能成；而且妳忘了，妳的臉可是為了護著鐵山娘和弟弟才被那個賤人弄傷的，要不是妳的臉傷成這樣，也不會耽誤到現在嫁不了人。張家欠著我們大恩情呢！張鐵山敢不娶妳就是忘恩負義！」

吳梅子聽她娘提起這事，伸手摀住自己臉上的疤，臉上閃過一絲心虛。「娘，其實我並不是為了護著嬸子和青山，我就是聽說李荷花那女人亂嚼我舌根，才去找她麻煩的。誰知道卻正好趕上她跟嬸子在吵架，我壓根兒沒想插手，就在旁邊罵了她一句，哪知那女人就跟瘋子一樣，二話不說把我一起給打了，嬸子他們這才誤會我是去幫他們的。娘，要是嬸子他們知道我並不是……」

吳方氏伸手按住女兒的手，阻止她的話。「只要妳說是就是，妳的確是在李荷花那女人欺負鐵山娘和弟弟時跟她起了衝突，就是為了護著他們才受傷的，以後不要再多說什麼了，知道嗎？」

吳梅子眼神閃了閃，繼而堅定地點點頭。

「可是，娘，我們現在就什麼都不做嗎？萬一鐵山哥又被別人搶走了怎麼辦？」

吳方氏哼笑一聲。「當然不會什麼都不做，妳別急，娘有辦法。」

晚上，張鐵山回家時天已經黑透了，本以為他娘已經休息了，沒想到她坐在堂屋裡，眼睛緊緊地盯著他。

「娘，這麼晚了，您怎麼還不休息？」

「這麼晚了？你還知道晚啊！你每天都跑去給人家幫忙，時間都忙得忘了吧！」

聽他娘這語氣，張鐵山便大致猜出他娘是知道了。不過知道就知道吧，反正遲早要知道的，他要娶她，也不可能瞞著他娘。

張鐵山在桌邊坐下，看著張林氏。「娘，有什麼話您就直說吧！」

張林氏恨鐵不成鋼地看著張鐵山。「我說鐵山啊，我聽說你天天都去鎮上給那個女人幫忙，是不是真的？」

張鐵山毫不猶豫地點頭。「對，是真的。」

張林氏一梗，氣得捶了下桌子。「你知不知道你已經休了那女人了？你現在是想再娶那女人嗎？你忘了那女人做過的事了？」

張鐵山安靜地聽他娘說完後才道：「娘，她跟以前不一樣了，她完全變了個樣子，她現在很好，兒子很喜歡她，想娶她回來。」

張林氏眼前一黑，差點一口氣厥過去，好半晌才緩過來，顫著手指著張鐵山。「你……你真是瘋了！你把我孫子送去給那個女人帶，我忍了，你現在竟然還要娶她?!你都忘了她是怎麼對待你娘、你弟弟還有你兒子的？鐵山啊，你怎麼就這麼糊塗呢！」

張鐵山微皺眉頭，心裡嘆了口氣。他無法跟別人說她已經不是原來的李荷花，只能讓他娘相信她完全改變了。

「娘，您相信我，她現在跟以前不一樣了，以後她會對你們很好的。」

張林氏又拍了下桌子。「我看你是被那個女人迷住了！那個女人有哪裡好？我告訴你，反正我是不會同意的！你說不想娶吳梅子，好，那就算了，娘再給你找，但李荷花是絕對不行的，她要是想再進我張家的門，除非從我身上踏過去！」

張鐵山捏了捏眉心。現在是他想娶，她還不一定會嫁啊！

「娘，我要娶只會娶她，我希望您能同意，不同意的話，我也還是會娶。」

張林氏被氣了個倒仰，指著張鐵山，說不出話來。

「還有，娘，以後不要再幫我物色女子了，我不會同意的，您要是不聽我的話，到時候丟了面子不要怪我。」

「你這個孽子喲！你爹去得早，留下我們孤兒寡母的，我好不容易把你們養大，你卻這麼氣我，我的命怎麼就這麼苦，我看我還不如不活了——」張林氏拍著大腿號哭起來。

張鐵山無奈，他娘這一招已經好久沒用了，沒想到現在又重出江湖。

張鐵山站起來，徑直往房間走去。「好了，娘，您快點睡吧！年紀大了熬夜對身體不好，我先去睡了。」說完將門關上，徒留張林氏張著嘴，哭不出來，只好悻悻地去睡覺了。

張林氏的話並沒有對張鐵山產生任何影響，他依然在天不亮時便出門，去攤子上幫忙。只不過今天還沒到攤子上，便遠遠地看見攤子前圍著許多人，還伴隨著男人的怒喝聲。

張鐵山一驚，迅速走上前，顧不得其他，用力擠進人群，入眼就是地上一片狼藉，碗筷碎了一地，桌子也翻倒在地。

幾個流裡流氣的男人站在中間，其中一人正指著李何華道：「我告訴妳，今兒個妳要是不乖乖給老子道歉，老子就砸了妳這攤子，讓妳生意徹底做不下去！」

——未完，待續，請看文創風698《胖妞秀色可餐》下

為流浪貓狗加油 和貓寶貝 狗寶貝 廝守終生(一定要終生喔！)的幸福機會

對人來說，貓寶貝狗寶貝只是生活的一部分，但妳（你）對牠們來說，卻是生活的全部，領養前請一定要考慮清楚——

▲ 純真的運動男孩　小咖啡

性　　別：男生
品　　種：米克斯
年　　紀：約3歲
個　　性：活潑、開朗
健康狀況：1.已結紮、注射晶片，已完成預防針注射，約18公斤
　　　　　2.領養前出過車禍，有開刀，已痊癒；
　　　　　　領養後做過健檢，顯示都很正常
目前住所：台南市

『小咖啡』的故事：

悠太是在虎尾跟小咖啡相遇的。她第一次見到小咖啡時，小咖啡正在動物醫院，牠因為車禍導致右大腿受傷，被一位愛心的狗媽媽救下，送到醫院來。悠太當時看到小咖啡的處境後，便決定要將小咖啡帶回家，好好照顧牠。

悠太表示，經過一段時間相處後發現，小咖啡就像個天真爛漫的大男孩，喜歡吃東西，也很喜歡運動，且平時也都十分地乖巧，很討人疼愛。悠太還特別提到，她常常都會看到小咖啡的眼神中，流露出單純的快樂與希望，讓她也不自覺地嘴角也跟著上揚。

然而，雖和小咖啡生活的時間不長，但悠太仍察覺到小咖啡似乎開始有些不開心。因為悠太目前仍是學生，有時為了課業，她難以全心全意陪著小咖啡；還有，令她最難受的是，她無法提供小咖啡良好的活動空間。悠太說，即便她很喜愛小咖啡，但是為了能讓小咖啡過得更好、回到以往的開心時光，她只好為小咖啡找到一個更適宜的環境，她想為牠找尋一個愛牠、給牠溫暖的家。

運動時也想有人一起陪著努力嗎？小咖啡是個非常好的候選者喔！趕快接牠回家一起運動吧～請來信b5905490@gmail.com（悠太）。

認養資格及注意事項：

1. 認養者須年滿20歲，並有穩定的經濟能力。
2. 須同意簽認養寵物切結書，並讓中途瞭解小咖啡以後的生活環境。
3. 能有充足的時間陪伴小咖啡，以及有足夠的空間能讓小咖啡活動。
4. 小咖啡因出過車禍，所以稍有些怕車。
5. 小咖啡會暈車，若需長途坐車，得適時休息，帶牠下來走走，呼吸新鮮空氣。
6. 中途願意將目前之狗屋、玩具、飼料、零食等，給小咖啡的新主人。

來信請說明：

a. 個人基本資料：姓名、性別、年齡、家庭狀況、職業與經濟來源等。
b. 想認養小咖啡的理由。
c. 過去養寵物的經驗，及簡介一下您的飼養環境。
d. 若未來有結婚、懷孕、出國或搬家等計劃，將如何安置小咖啡？

胖妞秀色可餐 上

國家圖書館出版品預行編目資料

胖妞秀色可餐 / 一筆生歌著. --
初版. -- 臺北市 : 狗屋, 2018.12
冊 ; 公分. --（文創風）
ISBN 978-986-328-938-8（上冊：平裝）. --

857.7　　107018143

著作者　一筆生歌
編輯　王冠之
校對　沈毓萍　簡郁珊
發行所　狗屋出版社有限公司
地址　台北市104中山區龍江路71巷15號1樓
電話　02-2776-5889～0
發行字號　局版台業字845號
法律顧問　蕭雄淋律師
總經銷　知遠文化事業有限公司
電話　02-2664-8800
初版　2018年12月
國際書碼　ISBN-13　978-986-328-938-8

定價250元
狗屋劃撥帳號：19001626
網址：love.doghouse.com.tw　E-mail：love@doghouse.com.tw